见证

我们的70年

中共广东省委宣传部
广东省习近平新时代中国特色社会主义思想研究中心　编

SPM 南方出版传媒
全国优秀出版社　全国百佳图书出版单位　广东教育出版社
·广州·

图书在版编目（CIP）数据

见证：我们的70年 / 中共广东省委宣传部，广东省习近平新时代中国特色社会主义思想研究中心编. — 广州：广东教育出版社，2019.11
ISBN 978-7-5548-3006-2

Ⅰ. ①见… Ⅱ. ①中… ②广… Ⅲ. ①纪实文学—作品集—中国—当代 Ⅳ. ①I25

中国版本图书馆CIP数据核字（2019）第234428号

本书部分图片无法与其著作权人取得联系，我社已将稿酬寄往中国版权保护中心，请著作权人前往领取。

主　　编：杜新山
副 主 编：丁晋清
编　　委：张军民　连黎斌　胥志伟　欧阳湘
　　　　　欧大军　熊育群　周西篱　孙国英

见证：我们的70年
JIANZHENG WOMEN DE 70NIAN

出 品 人：陶　己
策划编辑：赖晓华　刘　帅
责任编辑：渠　汛　刘　帅　王晓晨　吴　杰　李　庆　黄　熙
责任技编：姚健燕
装帧设计：何　维　友间文化

出版发行：广东教育出版社有限公司
地　　址：广州市环市东路472号12-15楼（邮政编码：510075）
网　　址：http://www.gjs.cn
经　　销：广东新华发行集团股份有限公司
印　　刷：广州市岭美文化科技有限公司（广州市荔湾区花地大道南海南工商贸易区A幢）
开　　本：787mm×1092mm　1/16
印　　张：19　　字　　数：380 000
版次印次：2019年11月第1版　2019年11月第1次印刷
定　　价：88.00元
ISBN 978-7-5548-3006-2

质量监督电话：020-87613102　邮箱：gjs-quality@nfcb.com.cn
购书咨询电话：020-87615809

谨以此书献给新中国成立70周年

出版说明

为展示新中国成立70年来广东人民在中国共产党的领导下推进社会主义革命、建设与改革开放的实践、成就和经验，中共广东省委宣传部、广东省习近平新时代中国特色社会主义思想研究中心组织党史专家、知名作家编撰出版了《见证：我们的70年》理论通俗读本。本书取材新中国成立70年来南粤大地上具有典型性、代表性的27个人物或事件，生动反映了新中国成立70年来，特别是改革开放以来广东人民筚路蓝缕、风雨兼程、砥砺前行的伟大历程。本书坚持“理论情怀、故事表达”的风格，以小故事讲大道理，从小切口反映大时代，把理论的宏大叙事变成日常生活的小叙事，让读者从故事和榜样中汲取奋进力量，以闻鸡起舞、日夜兼程、风雨无阻的奋斗姿态，奋力书写新时代广东改革开放再出发的新篇章。

目　录

南方大学校门

南方大学是伴随着广州解放而成立的一所新型干部教育学校，它所培养的两万多名革命干部和专业人才，成为新中国成立初期广东地区建设与发展的中坚力量，为广东的革命建设和改革事业奠定了雄厚的干部基础。

01

广东干部的摇篮

——南方大学纪事

◎**陈典松**

一

新中国成立之初，中国共产党就非常注重新型人才的培养。在毛泽东的直接指示和关怀下，叶剑英开始创办南方大学。

1949年夏，解放广州和华南的事情被提上日程，毛泽东把当时任北平（今北京）市长的叶剑英调任为中共中央华南分局第一书记。

华南师范大学校内的叶剑英铜像

叶剑英向毛泽东汇报工作时谈到，由于解放军由北向南迅速推进，已解放的地区留下了许多干部，这样到了广东，能用得上的干部就不多了，成了“水尾田”。我们需要培养更多的干部参与即将解放的华南地区的革命和建设。毛泽东指示叶剑英，到广州后创办一所新式的革命大学——南方大学，培养更多理论联系实际的干部，并亲笔书写“南方大学”校名交给叶剑英。

叶剑英接到毛泽东的指示后，通过中共中央组织部，抽调了曾在延安抗日军政大学等学校担任教授的哲学家陈唯实，以及在华北大学（今中国人民大学）等学校从事教学工作的李又华等17人，于8月17日随军南下，9月上旬到达江西赣州，开始了南方大学的筹建工作。

在赣州期间，中共中央华南分局开会专门讨论了解放广州有关的八件大事，创办南方大学即为其中最重要的内容之一，并上报到中央，很快得到党中央、毛主席的批复，筹备南方大学的机构也就在中共中央政治局指示下成立了。

南方大学第一副校长陈唯实接受苏联《真理报》记者采访

1949 年 11 月，叶剑英（左三）在庆祝广州市解放大会主席台上

在叶剑英的直接领导下，筹备人员集中学习了党的教育工作方针和知识分子政策，拟订了南方大学的教育方针、招生简章、组织机构和开办经费预算等工作草案，并报中央批准。

1949年10月1日，毛泽东在天安门城楼向全世界宣布中华人民共和国、中央人民政府成立。当时的广州还在国民党势力的控制下，南下的中国人民解放军由江西向广东境内推进。10月14日广州解放，南方大学的筹建工作进一步加快，筹备干部和教学人员抵达广州，在光孝寺成立办事处并开展工作。

这时，曾在第二次国内革命战争时期代理福建省委书记和担任过中央党校教育处长的罗明，以及从广东、香港等地调来南方大学工作的教授、专家张明生、卓炯、罗克汀、李曼晖和各级行政干部、教职人员也陆续来到广州报到，投入紧张的筹建工作中。

10月23日，中共中央华南分局作出了关于加紧筹建南方大学的决定。南方大学筹建委员会成立，陈唯实为主任，委员有李曼晖、钟雄亚、王万春、李又华、梁未闻和郑勉。

11月24日，中共中央正式批准叶剑英兼任南方大学校长，陈唯实、罗明为副校长。

二

刚刚解放的广州，百废待兴，国民党政府留下了许多破败设施和场地，筹建委员会的人员寻遍了广州城内外可以做校址的地方，发现位于当时城市东郊的石牌广州国民政府“总统府”比较适合。筹委会将选择石牌作为南方大学校址的报告呈报给了叶剑英。

为了使南方大学有一个较好的教学环境，中共中央华南分局指示立即清理环境、修缮校舍。

为了加强领导，办好南方大学，专门成立了以中共中央华南分局第一书记叶剑英为主任，第三书记方方、宣传部部长萧向荣为副主任，古大存、赖传珠、邓华、杜国庠、易秀湘、李凡夫、陈唯实、罗明等为委员的中共中央华南分局南方大学委员会，全面领导南方大学的工作，负责审查、制定学校的教育方针、招生任务、培养目标、教学计划等重大原则问题。

11月中旬，南方大学举办了预备班。通过党组织和广州青联，从广州的高等学校和高中学生中选择了近二百名思想进步或曾参加地下学联进行过革命活动的青年学生入学，以便了解广东青年的思想特点、文化程度，积累教学经验，为大量招生做准备。

第一期招生简章，经中共中央批准，于12月1日在《南方日报》上刊登。第一期计划招生3500名，其中，广州招2000名，其他各地招1500名，培养革命和建设所需要的政治、经济、文化教育等各类人才。

报考资格在三个方面作了规定：政治上，“思想纯正，品质优良，愿为中国人民革命事业服务者”；文化程度上，“高中毕业以上至大学毕业的青年学生，高中毕业及相当程度至大学毕业的公教人员、失业失学的知识分子，海外侨胞和其他革命分子，年龄在20岁以上32岁以下”；身体上，“健康，无痼疾及不良嗜好者”。报考手续严格，学员要交验毕业证书或肄业证书，有的还需要县（区）以上人民政府或革命团体的证明或介绍信。

考试科目为国文、政治常识、中外史地和数学，经过严格考试，通过笔试、面试、体检和政审等环节，择优录取。

学员以广州生源为主，包括广东各地和其他19个省市的生源，及港澳同胞、东南亚地区华侨，第一期共录取学员4329名，录取人数占报考人数的四分之一。

学员享受供给制待遇，学习期满毕业后，根据工作需要、学习成绩、特长及个人志愿，由学校统一分配。

1950年1月1日南方大学正式宣告成立，并开学上课。

2月1日，南方大学补办了隆重的成立典礼。校长叶剑英、中共中央华南分局宣传部部长萧向荣、广东省文教厅副厅长秦元邦、军政大学副政委李孔亮、致公党代表陈其尤等出席典礼并讲话。叶剑英说明了创办南方大学的目的，介绍了创办南方大学的经过，向南方大学的学员提出了要求：“希望很大，要求很急”，并亲笔题词：“大家同心协力，为办好一个南方大学而奋斗！培养干部，扩大影响。”在成立典礼上，全校教职学员宣读了誓词。

在专业设置方面，共设六个教学部：第一部文教学院，第二部行政学院，第三部财经学院，第四部政治研究院，第五部工人、民族学院，第六部华侨学院。

学习内容包括：马克思列宁主义基本理论、毛泽东思想、新民主主义

学员证章

论、中国共产党的建设及历史、中国近代革命史、爱国主义与国际主义、共产党的各种政策、人民政协共同纲领、工作作风与工作方法、时事、业务学习等。

南方大学继承了老解放区革命大学的传统，吸取其办学经验，又根据当时新的历史条件、学校性质、教育方针和培养目标，规定了校风、学风，制定了校章、校旗和校徽，并选定了校歌。

南方大学开办时，教师数量不足，无法承担全部课程，得到中共中央华南分局的支持后，除本校领导干部和专家教授授课之外，还邀请中共中央华南分局及省、市负责同志来校授课。叶剑英、陈唯实、罗明等皆亲自授课。陆定一、罗瑞卿等中央领导和华侨领袖陈嘉庚、司徒美堂，文化名人艾青、何干之等应邀来校作专题报告或演讲，广东省、广州市各部门的领导和专家分别就有关政策和专业知识来校作报告或讲座。另外，还邀请苏联院士尤金等来校讲学，并聘请了俄语讲师毕加、助教丹娘担任俄语系专职教师。

南方大学的成立，一时影响很大，香港《文汇报》发出评论："南方大学的校长是著名红色将领叶剑英，南方大学的校址在广州市的石牌，昔日的总统府楼阁成云，今后将成为士子学习深造的高等学府。"

1950年6月，第一次全国高等教育会议在北京召开，叶剑英委派第二副校长罗明作为南方大学的代表参加。罗明在会上介绍了南方大学的有关情况，引起了毛泽东和周恩来的重视，他们分别接见了罗明。毛泽东勉励要办好南方大学，还同罗明一起进餐。

罗明深受鼓舞，回到南方大学后，立即把毛泽东对南方大学的肯定向全校师生作了传达，在广大师生中引起了强烈反响。

三

由于受师资力量的限制，南方大学有的课程采取集体上课的方式。为了有一个规模较大的校舍和能容纳4000余人的大礼堂，学校采取了紧急措施，总务处干部与广州有关部门和建筑公司协商，用茅草、葵叶、竹笪等材料，仅花了一个多月时间就盖了一座可以容纳5000余人听课的大礼堂，同时修建了校舍、饭堂、仓库等。虽然条件简陋，但保证了学校按时开学。

为了改变“半草棚”的学习条件，学校党委成立了劳动建校委员会，领导师生劳动建校，对师生进行为什么要提倡劳动建校的教育，明确指出劳动建校既可解决住宿，又可以解决经费不足的困难；通过劳动，既有利于树立劳动观点，也能锻炼好身体。

在劳动建校委员会的领导下，全校师生热烈响应，每天进行一两个小时的劳动，师生们自己动手，打土砖、盖房子，仅用3个月时间，就盖起了10栋砖瓦房，还自建了自来水厂、印刷厂、图书馆、电影院、校医院等设施。其间，北京电影制片厂还来校拍摄了师生们劳动建校的情况并进行宣传报道，在社会上产生了很好的影响。

学校特意到中大农科所请来一批农艺专业人员，指导学校搞农场、畜牧场，挖鱼塘养鱼等。学校农场初具规模，不仅种了水稻、蔬菜、甘蔗、香蕉等，还养了猪、牛、鸡、鱼，办起了豆腐房，较好地改善了师生的生活。

新中国成立初期，广州的局势并不稳定，经常遇到国民党军队或美国空军飞机的空袭，为此，学校成立了防空指挥部，由罗明负责指挥。

有一次，全体师生正在大礼堂听陈唯实副校长讲课，突然传来敌机空袭的警报，大家一时受惊，出现了慌乱的情绪。陈唯实问罗明怎么办，罗明有过去在苏区瑞金中央党校和长征路上防敌机突袭的经验，遇事冷静。他考虑到分散隐蔽已经来不及了，如果几千人跑到外面的大操场，更容易暴露目标，于是，走到讲台上，请陈唯实暂停授课，要求大家坐在原地不动；外面的人立即进入草棚，保持肃静，一切听从指挥。同时对全校进行戒严，组织保卫人员在附近严密监视，严防坏人向敌机发信号。就这样，敌机在学校上空盘旋达一小时，没有发现目标便飞走了。警报解除后，全校师生继续上课。如果当时处置不当，师生有可能暴露，成为敌机轰炸的目标，后果不堪设想。

此一事件反映了当时南方大学师生教学、生活环境的不易。

南方大学的创办是伴随着广州解放和新中国建设同步推进的，学校的教

校刊

学与当时的国家形势紧密相连。

南方大学刚刚开办半年多一点的时间，中共中央华南分局接到中共中央的紧急指示，准备应对朝鲜战争，因而要求南方大学第一期的学员赶修政治课和业务课，提前在8月底结业，到广东各地进行土地改革工作，巩固人民政权和后方。

南方大学于1950年9月初从第一期学员中抽调2000余人编入广东土改团，经过一个月专门学习土地改革各项政策之后，分派到兴宁等地参加土地改革试点工作。

第二期学员，经过半年的学习，又抽调了300名前往韶关等地进行土改。同时，还选送了2900余人到陆海空三军和公安部队，他们中有许多人先后参加了抗美援朝战争。

第一期毕业证书封面

1951年8月，由于抗美援朝、土地改革和镇压反革命三大运动的深入开展，因此整个学校的教学活动都在紧张的氛围里进行。第四期开学典礼大会上，广东省人民政府副主席、广东省土地改革委员会主任方方作报告，动员广大师生参加土改，号召“秀才三年一考，土改千载难逢”。大家纷纷请求下乡参加土改，全校有7000名教职工和学员于12月15日分别前往肇庆、湛江、兴梅等地参加土改，这些人大部分在土改完成后留在当地工作。

四

南方大学经过三年的努力，基本完成了党要求的培养大批革命干部和专业人才的紧迫任务。

1952年10月，全国高等院校调整，中央要求革命大学支援地方高校，南方大学的干部和教职员工分流到中山大学、华南师范学院、广东民族学院、广东革命干部学校等高校，南方大学宣告结束。

根据中共中央华南分局决定，调整合并后的华南师范学院迁到石牌原南方大学校址，陈唯实任院长兼党委书记，南方大学的部分干部和俄文班学员调整到华南师范学院。

南方大学原主要领导分配到广东省各高等院校担任领导职务。

南方大学从1950年1月成立到1952年10月结束，历时近三年，叶剑英亲自主持了学校的大政方针。学校共培养出正式毕业生18230名，还有1200多名教职工在这个革命大学里锻炼成长。这两万多名革命干部和专业人才，在土地改革、抗美援朝、城镇民主改革等运动中，在华南及其他一些地区的革命、建设和改革事业中，艰苦奋斗，建功创业，发挥了骨干作用。

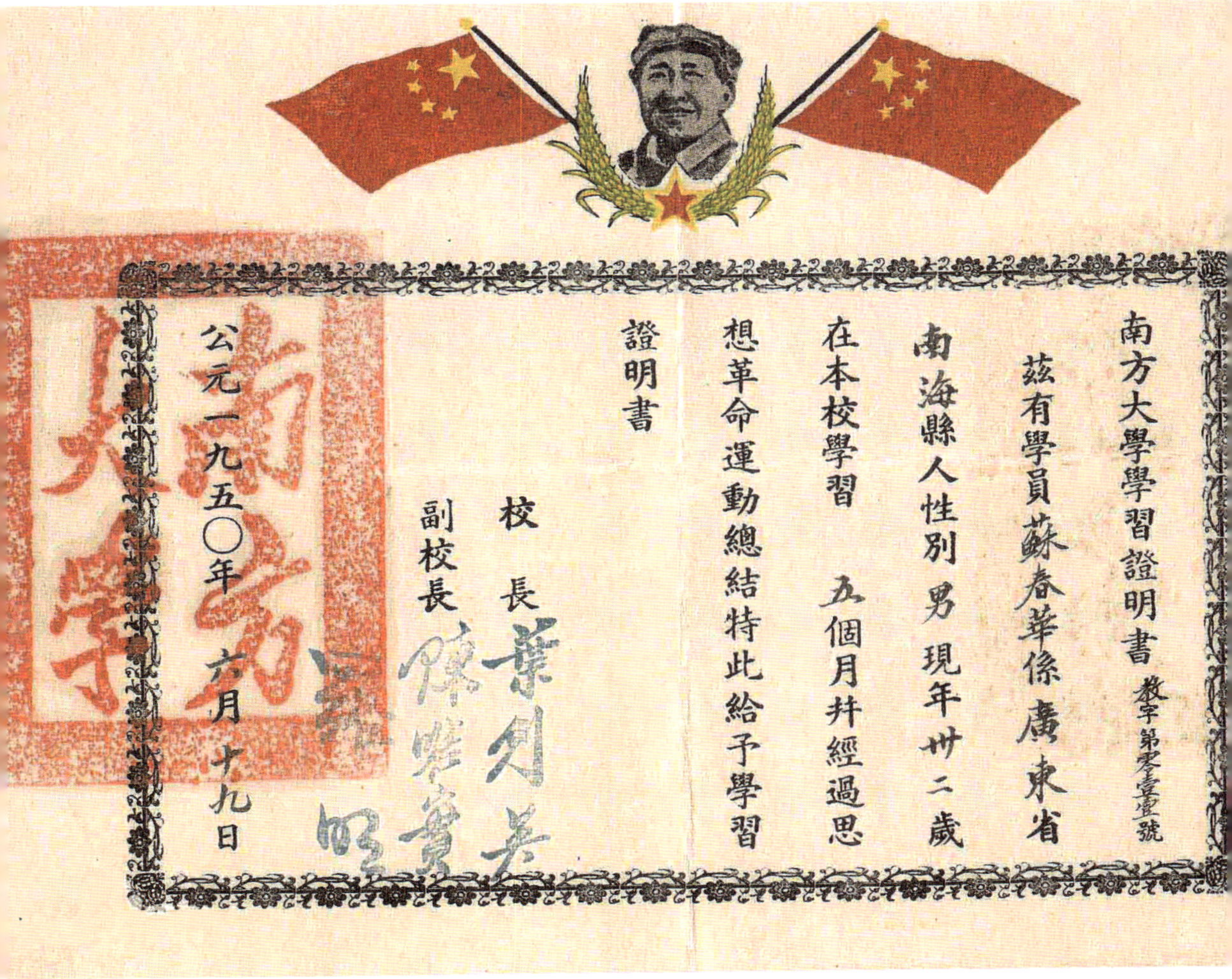
南方大學學習證明書 教字第零壹壹號

茲有學員蘇春華係廣東省

南海縣人性別男現年卅二歲

在本校學習 五個月并經過思

想革命運動總結特此給予學習

證明書

校長 葉劍英

副校長 陳唯實

公元一九五〇年六月十九日

学习证明书

中国人民志愿军空军

他已被深深地触动了，心里认定了社会主义确实可以救中国，也只有社会主义才能振兴中国！

02

志愿军的坚强后盾

——爱国商人陈祖沛捐献战斗机始末

◎黄滢

在伟大的抗美援朝战争中，中国人民志愿军跨过鸭绿江开赴朝鲜战场，与朝鲜人民军并肩作战，共同谱写出一曲响彻云天、保家卫国的英雄赞歌。熊熊战火点燃了广东人民的爱国热情，他们千方百计克服困难，踊跃参加捐献支前运动，掀起了一波又一波捐献热潮。

在捐献支前的人民群众中，有这么一个人，他义不容辞地变卖资产，倾尽所能捐献45亿元（当时的人民币，下同），认购了3架战斗机，成为志愿军的坚强后盾。他就是爱国商人陈祖沛，怀着赤子之心，一生践行他的理想追求。

保家卫国的正义之战

1950年6月25日，朝鲜半岛爆发大规模战争。美国为维护其自身利益，立即出兵干涉，并悍然越过“三八线”（即朝鲜半岛南北分界的北纬38度线），把战火烧到了中朝边境的鸭绿江和图们江，对中国的安全造成了严重威胁。10月，朝鲜政府请求中国出兵援助。

唇亡则齿寒，户破则堂危。经过反复权衡，中共中央政治局作出“抗美援朝，保家卫国”的决策。中国人民志愿军跨过鸭绿江开赴朝鲜战场，与朝鲜人民军并肩作战，共同打击侵略者。

当时，新中国仅仅成立了一年，百废待兴。但是，面对拥有世界上最先进武器装备和最强军工生产能力的美国，敌我力量悬殊，使得战争异常残酷，尤其缺少军需物品、武器弹药等的供给。于是，抗美援朝宣传教育运动在全国范围内轰轰烈烈地展开。

“雄赳赳，气昂昂，跨过鸭绿江。

保和平，卫祖国，就是保家乡……”

中国人民志愿军胸章

中国各界群众举行支持抗美援朝示威游行

歌声传遍祖国大地，“保和平，卫祖国，就是保家乡”的宣传教育也使全国人民的爱国热情燃烧起来。亿万中华儿女义无反顾地响应号召，投身于这场保家卫国的正义之战中，开展声势浩大的支前运动。

广东省内人民群众的爱国热情更是熊熊燃烧。1950年11月4日，广州市召开第三届各界人民代表会议，时任广州市市长叶剑英在《目前形势与抗美援朝重大意义》的报告中揭露了美国的侵略行为，号召全市人民共同保家卫国。随后，发动了反对美国侵略朝鲜的和平宣言签名运动，广州市124万人在和平宣言上签名。由此，广州抗美援朝运动拉开了帷幕。

港澳工商界东北观光团

坚定无悔的人生选择

陈祖沛14岁时被迫辍学，只身去到香港当学徒，从码头的跑腿做起，凭借其勤奋好学、诚实守信的品质，先后成为经纪人助理、业务主任。1939年初，23岁的陈祖沛在广州集资创建了大成行。大成行创建初期，主营南北粮、油、糖及土产杂物的批发交易，从零起步，经历数年艰苦创业，总部迁至香港，分行遍布广州、上海、汉口、长沙、重庆、青岛等地。

1950年5月，时任港澳工商界总务主任的陈祖沛赴东北各地参观考察。沿途所见之景，让陈祖沛深深震撼了：人民群众热情高涨，劳动场面壮观，社会和谐稳定，处处生机盎然。当他在参观考察的过程中，得知内地为复苏经济需要大量钢材时，第一时间致电位于香港的大成行总部，指示立即订购1万吨钢材，要求设法冲破封锁迅速运回内地。

观光团参观考察后返回北京，受到中央人民政府副主席朱德、政务院副总理陈云等国家领导人的接见。他们热情地介绍了新中国成立后的大好形势及经济建设构想，对海外侨胞、港澳同胞寄予厚望，强调欢迎港澳实业家回内地投资办工业。听完这番话，陈祖沛的内心汹涌澎湃，久久无法平复。一方面，他大受鼓舞，认定在新中国经营工商业大有可为，坚定了大成行北上发展的决心和信心，决定投身于祖国的社会经济建设中；另一方面，他已被

天津大成行旧址

深深地触动了，心里认定了社会主义确实可以救中国，也只有社会主义才能振兴中国！

陈祖沛回港后召集大成行全体股东和各分行经理开会，分享了参观考察的经过和自己的感想，分析了回内地办企业的优点与大成行的前途。他说服了大家，最后决定将总行迁往天津，把资金调回内地，三年内暂不分红利只发股息。他动之以情，晓之以理，感之以诚，所以当时绝大多数人都表示热烈赞同，只有极少数人要求退股抽走资金，但这并不影响大局。随后，陈祖沛把位于香港渣甸山的一套花园住宅以10万港币的价格低价出售了，并以30万港币的价格出让制钉厂。

1951年，大成行全部的资产，通过各种形式转回内地，共达1700万港币（折合当时的人民币630亿元），这个数额是1939年陈祖沛投资创建大成行时的1万倍。陈祖沛带着全家老少回内地定居，并在天津华安街11号购房作为大成行的营业部、仓库和加工点，准备大展拳脚，为实现父亲“实业救国”的遗愿而再次扬帆起航。

他携资回内地的举动，让人们感动不已。曾有香港报纸议论，如果陈祖沛当年不回去，光凭香港渣甸山的花园住宅和制钉厂这两处地产也是大富翁了。许多香港的老朋友替他惋惜，但这位曾叱咤风云的商场巨子却对这个选择坚定无悔，他坚毅地表示：“为新中国竭尽全力，我矢志无悔！” “我绝不后悔当年的选择，我只是做了一个中国人应该做的事情，至于个人荣辱得失，那是第二位的。看到今天我们的国家这样欣欣向荣，我感到由衷的高兴。”这样的坚定不仅源于他的自信，他相信自己能在新中国闯出一番天地，干出一番事业；更是源于他对祖国的强大充满信心，始终坚信中国共产党会带领中国人民走向繁荣富强。

义无反顾的爱国之举

陈祖沛回到内地后，时刻关注着抗美援朝战争局势的发展，一直思考如何再为祖国奉献自己的力量。广州市捐献飞机大炮运动开展后，陈祖沛经营的大成行捐了3架战斗机，在广东地区引起了极大的反响。

1951年6月1日，中国人民抗美援朝总会（全称中国人民保卫世界和平反对美国侵略委员会）发起了号召全国人民开展捐献飞机大炮的运动，并在发出的通知上明确捐款的折合计算方式。正当此时，中国人民志愿军归国代表团抵达广州市，广大市民群众热烈欢迎代表团，并踊跃前来聆听来自朝鲜前线的报告。中国人民志愿军在战场上奋勇抗击，表现出了不怕牺牲的献身精神，不少战士还写下了血书。面对武器装备先进的美国军队，战士们没有害怕和退缩，而是以血肉之躯对抗钢铁洪流。战士们英勇顽强、舍生忘死的感人事迹让广大市民群众深受感动，爱国浪潮再次席卷广东，捐献飞机大炮的运动立即轰轰烈烈地开展。

6月8日，广州市工商联召集各行业代表400多人举行捐献飞机大炮动员大会，会上定下了动员全市工商界认捐100亿元以购买飞机大炮的目标，制订出详细的捐献办法，这一举动把广州捐献飞机大炮运动推向新的高潮。

陈祖沛受到人民群众积极开展捐献飞机大炮运动的感染，以大成行总经理的身份起草了一封信。在信中，他这样写道：“中国以往长期受外国欺凌与奴役，幸得共产党领导人民群众斗争才得到翻身，并且推翻了旧政权，建立了新政权。现美帝通过侵略朝鲜，企图扼杀新中国于摇篮，广大人民群

原新华通讯社香港分社社长、广东省政协原主席梁威林题字称赞陈祖沛

众同仇敌忾，有钱出钱，有力出力。为此，我提议大成行捐献3架战斗机，共人民币45亿元。其中企业（含总行各分行及工厂）两架，另一架从在职员工（由总经理至见习生，但工厂生产工人不在内）的1951年奖金提取半数，如仍不足，则由总经理本人补足。如同意，请在信中签名。”

信中的倡议情真意切，陈祖沛炽热的爱国情感跃然纸上。因此，信发出后不久，就得到了来自广州、青岛、上海、重庆、长沙、汉口以及香港大成行各行正副经理和广大职员的签名响应。大家内心产生了强烈共鸣，爱国之情被激发和点燃，希望能够为保家卫国贡献一己之力。

陈祖沛经营的大成行捐献3架战斗机的这一爱国壮举，在全国工商界中都是首屈一指的，在社会上也引起了强烈反响。他在全国工商界中起了很好的带头作用，工商界人士纷纷向他学习，踊跃认捐。在陈祖沛的影响下，据最终的统计，广州市工商界共捐款526亿多元，比原来计划的认捐数490亿元超出36亿余元，可购战斗机35架。当时广州全市人民共捐献战斗机71架，其中广州工商界捐献了35架，占了半数。可以说，这当中陈祖沛功不可没，也因此受到了各级人民政府多次表扬，不愧被称作“志愿军的坚强后盾”！

坐落在辽宁省丹东市英华山上的抗美援朝纪念塔

树上的重要战略物资——橡胶

他们，肩负祖国神圣使命，用朴实和忠诚奠定了新中国橡胶事业的基础，铸就了时代的辉煌。

03

从热带丛林涌现出垦殖大军

——广东农垦突破北纬十七度垦殖橡胶纪事

◎ 谢显扬　温金荣

20世纪50年代，在世界东西方“冷战”的大棋局上，以苏联为首的社会主义东方世界，与以美欧为主的帝国主义西方世界，展开了一场掌控战略物资的殊死战争。1952年9月15日，中苏签订合作协议，中国在3年内垦殖橡胶800万亩，从1959年开始，每年向苏联出口橡胶1.5万吨至2万吨。

一

橡胶是重要的战略物资。在现代战争中，飞机、大炮、汽车的轮子，士兵的头盔、雨衣、胶鞋，防毒面具和防化服等，都必须用它来制造。换言之，具有防辐射性能的橡胶，是美国成功制造原子弹的必备材料；有了用橡胶制成的宇航服和航天器中的特殊零件，加加林遨游太空、阿波罗登月才成为现实。

西方学者早已断言：北纬17度以北不适宜种植橡胶。若要突破北纬17度橡胶垦殖禁区，谁来横刀立马肩负使命？

“我看，这事就让陈云和剑英去干。”毛泽东与周恩来商定，“陈云抓总，剑英负责组建机构，领导生产基地建设。”

1951年8月31日，中央人民政府政务院根据中共中央的决策，召开第100次政务会议，并通过了《中央人民政府政务院关于扩大培植橡胶树的决定》，要求自1952年至1957年，以最快速度在广东（时辖海南岛除外）、广西、云南、福建、四川等五个省区共植巴西橡胶及印度橡胶770万亩（海南岛的任务另定）。其中广东、广西两省（任务为500万亩）400万亩的巴西橡胶的培植工作，应于1954年完成，以争取10年后，每年可达产胶量10万吨目标。

时任中共中央政治局委员、中央人民政府政务院副总理兼国家财经委员会主任陈云与时任中共中央华南分局第一书记、华南军区司令员、广东省人民政府主席叶剑英，于1951年9月共同主持召开了一个有华南地区党政负责人、中央和地方林业工作方面领导人、中苏专家要员参加的会议，传达党中央决定：橡胶事业是国际事业，是保卫世界和平的事业，必须马上动手，时间不容许我们慢吞吞地干……

正确的路线确定之后，干部就是决定的因素。1951年11月初，中共中央发出通知：成立华南垦殖局，任命中共中央华南分局第一书记叶剑英兼局长；中共广西省委书记陈漫远、中南财经委员会华南分会副主任易秀湘、海南军区司令员冯白驹兼副局长；调任中共中央华南分局秘书长李嘉人、西北

叶剑英看割胶

军政委员会农林部部长惠中权、解放军第一百五十六师师长邓克明、东北国营农场管理局局长顾绍雄为副局长。同一时间，中国所有设有农学或林学系的大学，都接到来自中央人民政府政务院的通知：动员、选调农学、林学的教师和毕业生，到华南参加橡胶垦殖工作。

深入调查研究，精准把握第一手资料，是破解橡胶种植难题的制胜法宝。1951年11月底，已经多次实地深入高雷地区考察的叶剑英，对整个华南存活的86万多株橡胶树的情况已了然于胸，但他仍要考察弄清楚一个重要问题，那就是巴西橡胶树究竟最北能种到什么地方。

功夫不负有心人。当叶剑英带领考察组一行人在雷州半岛由南而北，循徐闻到海康，再渡过南渡河，在雷州半岛以北的茂名地区寻找存活的橡胶树时，发现茂名农校东门坳有三棵橡胶树，是一个华侨从马来亚带到广州，再由时任茂名农校校长吴柳轩带回高州种下的。这次调研发现高纬度生长的橡胶树无疑是叶剑英和几名苏联专家最有价值的收获。专家测定东门坳处于北纬22度线上，意味着中国橡胶种植可以从原掌握的位置往北推进约200公里。叶剑英来到橡胶树下，抬眼往坳口望了一下，转身面向南方，把右手提到胸前，用力往外一挥说：“从这里开始，一直向南，都可以种橡胶！”

垦殖工作千头万绪，叶剑英却有条不紊地驾驭大局。他亲自召开大会，动员组织专业勘测设计人员531人、解放军第四十三军99名官兵、土改工作队干部300人和几千名青年农民集成“尖兵部队”，挺进南疆荒原林莽，开展橡胶林地选择和勘测设计、土地调查、寻找橡胶母树、搜集黄金般贵重的橡胶种子以及整地育苗等工作。

二

1952年春节前夕，叶剑英一声令下，华南垦殖局整体移师湛江。接着，华南垦殖局根据叶剑英的指示，分别于1952年2月和4月召开两次垦殖会议，确定橡胶种植“先大陆后海南，先平原后丘陵，先机垦后人力”的工作方针。明确全年工作任务：采种128.16万斤，筹备育苗竹篮1.5亿个，开荒种胶420万亩。高雷地区确定为重点植胶区，开荒定植220万亩。

军令如山，两个师一个独立团的19653名官兵迅速集结，奔赴指定垦区铸剑为犁。其中林业工程部队第二师9000多名官兵，在雷州半岛全力开垦橡胶宜林地。其间，为加强垦殖大军与地方党委的统筹协调工作，组建高雷垦殖分局，由粤西区党委书记刘田夫、行署专员李进阶先后担任高雷垦殖分局、粤西垦殖分局局长，高雷地区各县委书记兼任所在县垦殖所所长。

垦殖大军从四面八方汇集湛江。自1952年夏季开始到当年底，以雷州半岛南部为中心，加入垦荒队伍的有军工2万人，固定工19万人，民工25万人。在雷州半岛的土地上，几百个垦殖点同时作业，几十万垦殖大军昼夜奋战。经过四五个月的鏖战，在雷州半岛开垦的86万亩土地上，种下2189万株橡胶小苗。

开荒、育苗、种植、管理，垦殖大军投身于热火朝天的垦殖战斗中，每天除了面对高强度体力劳动的考验，还时刻面临毒蚊毒蚁、蛇蝎恶虫、吸血蚂蟥、蜇人野蜂的袭击，经常与超强台风、烈日雷电、雨雪霜冻等恶劣天气抗争。同时有的农场面临恶性疟疾袭身，一个月就病死21人；有的农场职工遭到敌特土匪冷枪偷袭；有的农场一夜之间被烧掉橡胶苗660株、茅房23间。那些胶林深处的坟茔，是垦殖大军特殊的“单位”，是无数光荣生命的安息地。他们没有烈士的名分，甚至连名字都不为外界知晓，但他们都有着伟大的平凡。

至1953年春夏，华南垦殖局已拥有29个垦殖所、309个垦殖场、10个拖拉机站和1个机械修配厂；在高雷、合浦、海南等地共种下巴西三叶橡胶树140多万亩，新中国第一代橡胶树苗壮成长。1000多名大学师生和数百名归国侨工，19653名林业工程部队官兵和125名第四十三军干部，7300余名地方干部、21万名职工和25万名民工，肩负祖国神圣使命，用朴实的忠诚奠定了新中国橡胶事业的基础，铸就了时代的辉煌。

三

1953年3月5日，斯大林去世。其后苏联单方面撕毁中苏协议，新中国的橡胶事业迎来了艰难的“大转弯”。党中央迅速调整了发展橡胶事业的方针：一是要自力更生；二是要按科学规律办事；三是要走企业化经营的道路。一大批临时工人被动员回家，资遣数万名正式工人，华南垦殖局的两个林业工程师和一个独立团也成建制转业，带有半军事化性质的华南垦殖大军实现艰难蜕变，以政企合体的资源型国营企业面貌出现在南粤

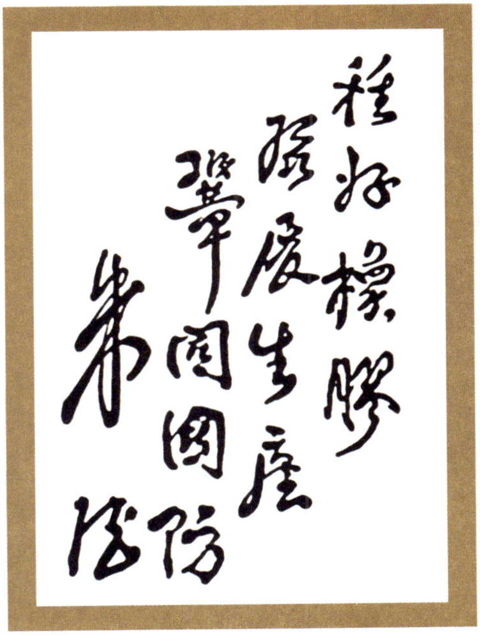

1953年，朱德总司令题词：“种好橡胶，发展生产，巩固国防。”

大地。

1956年，农垦事业发展的机遇再次到来。同年5月，中华人民共和国农垦部成立，王震任首任部长。这位先后在南泥湾开荒、北大荒开垦、新疆兵团屯垦的将军，是垦殖事业的行家里手。他先后19次到湛江垦区湖光农场视察，倡导“橡胶为主，多种经营”，多次从北大荒、上海等地调动一批批东方红拖拉机、奶牛等支援湖光农场，并于此蹲点试办“中国式的革命化农场”。

1959 年，刘少奇主席（右二）和周恩来总理（左二）在广东省委第一书记陶铸同志（左一）陪同下，视察广东垦区橡胶农场种植的木薯、地瓜作物

春风又绿粤西胶林。1957年春天，华南垦殖局种下的第一批橡胶树，流出了第一滴胶乳。中国橡胶事业的开拓者之一，时任中华人民共和国国务院副总理陈云，亲临现场见证这一橡胶开割的历史性时刻。

这是个特别的日子，建设农场沙埚队的男侨工手握胶刀，将刀刃贴到树皮上斜斜地推过去，树干上留下一条弧形浅沟，割线上沁出一点一点珠状的白色胶乳，沿着“鸭舌”滴到胶杯上。陈云仔细地看着胶工的动作，当第一滴胶乳滴进胶杯时，开怀笑了。他回过头来对在场的人说：“有的人说我们种植的橡胶没有胶乳，现在不是没有胶乳了，这是大有希望的嘛。”他又对时任华南农垦总局（华南垦殖局1957年改名为华南农垦总局）局长李嘉人和粤西农垦局领导说：“要一胶二林，有林就有胶，农场要边整顿边发展，稳步前进。”说完，他望着胶

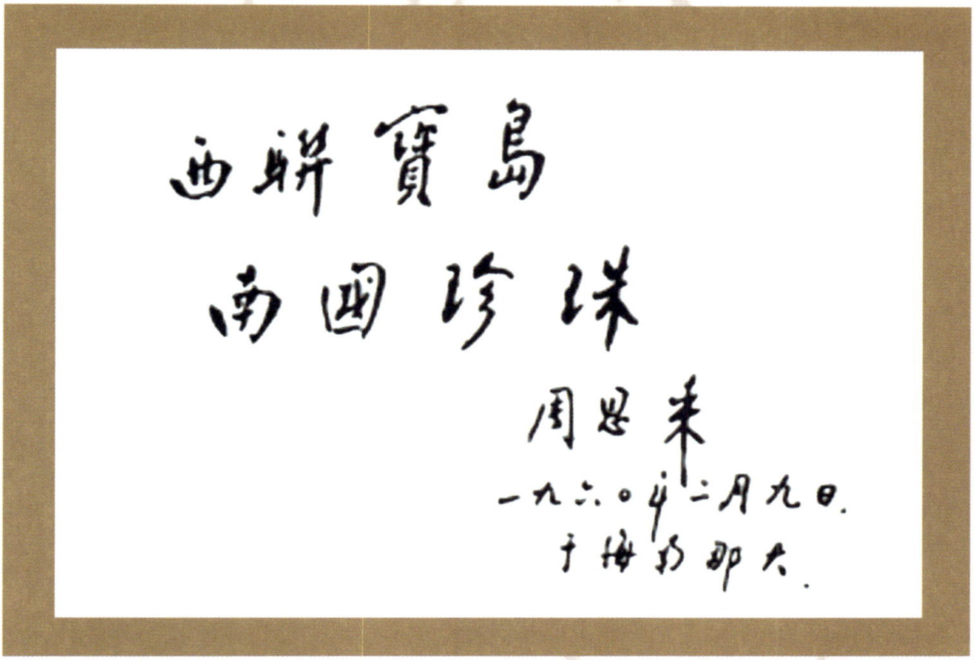

周恩来总理 1960 年为海南西联农场题词：“西联宝岛，南国珍珠。”

1960 年，王震同志（右四）看望广东农垦干部职工，与老红军、农垦厅副厅长危秀英（右三）等干部亲切交谈

1961 年，邓小平同志（左二）视察广东垦区，在胶园观看工人割胶，并与胶工亲切交谈

工手中的胶刀，做了一个割胶的手势。胶工会意，把胶刀递给陈云，说："首长要亲手割一刀。"

陈云接过胶刀，在胶工的指点下往开好的割线上试割了一刀，已经沁出了胶乳的割线上，胶乳出得更顺畅了。4月1日，陈云题词："我国的橡胶事业虽然有几十年的历史，但大规模的国营橡胶胶园还正在初办。我们要兢兢业业稳步前进。只要这样，我们是会成功的。"

垦殖大军历经艰苦生活和艰辛劳作的磨难后，终于实现了他们的理想追求：1965年，广东垦区橡胶种植面积累计达到189.27万亩，共5190.87万株，其中开割面积71.98万亩，共1316.1万株，干胶总产1.61万吨。

广东农垦为祖国橡胶事业发展创造了辉煌：1982年10月16日，中华人民共和国农牧渔业部农垦局举行了一次特别的记者招待会。农垦局局长赵凡以充满自信的洪亮声音宣布："被世界植胶界公认在北半球只适宜在北纬17度线以南生长的巴西三叶橡胶树，已经在我国大面积北移种植成功，最高种植纬度到达北纬24度。这是世界橡胶种植史上的奇迹。这项成果，将由国家授予科学发明一等奖。"

同日，中华人民共和国农牧渔业部部长何康接到叶剑英的电话，他对中国橡胶事业取得的光荣业绩，对创造了这一业绩的科技人员和农垦职工表示热烈祝贺。

1984年7月，在法国巴黎世界橡胶育种、采胶生理科学会议的讲坛上，新中国橡胶科研事业的奠基者、广东省农垦总局高级工程师徐广泽宣读关于橡胶树在高纬度培育生长的总结性科学论文，为中国人鼓劲的友善而钦佩的掌声响彻巴黎。

1963年1月，朱德委员长（右二）视察粤西试验站

四

星移斗转，尽管华南垦殖局先后更名为华南农垦总局、广东省农垦厅、广州军区生产建设兵团、广东省农垦总局，但其所传承的艰苦奋斗精神恒久不变。1994年成立的广东省农垦集团公司，保留了广东省农垦总局牌子，打造出以橡胶为主，蔗糖、剑麻、乳业、水果、养殖业等优势产业齐头并进的农业产业化集团。

20世纪末，亚洲金融风暴给农垦经济造成重创，拥有10万职工、近50个农场的广东农垦系统亏损3.93亿元。然而，从2000年起步，至2002年底，广东农垦全面实现扭亏为盈，负债率大幅下降。一个以橡胶为龙头产业的南亚热带作物现代企业集团凤凰涅槃，重新崛起。《南方日报》在头版头条位置刊登了《广东农垦大步迈向产业化》的通讯报道。

具有战天斗地精神和时代创新意识的广东农垦人耕耘出新的业绩，走向更高更新的起点。2003年8月9日，《人民日报》以《3.9亿元亏损是如何扭转的——广东农垦系统改革脱困发展纪实》为题，在头版头条位置大篇幅刊登。2004年3月下旬，广东农垦被中宣部列为全国“改革创新，服务三农”宣传典型之一。中央和省主流媒体记者团深入广东农垦采访，集中刊播了系列报道。

2005年，广东农垦以全球眼光加快实施橡胶产业走出去的发展战略，再造海外新农垦，先后在泰国、马来西亚、印度尼西亚、柬埔寨、老挝以及新加坡等东南亚国家共建立了45个天然橡胶项目，构建起集科技研发、种苗繁育、种植基地、精深加工、仓储物流、国际贸易于一体的全产业链体系。

2013年10月4日，习近平总书记在出席中马经济合作高峰论坛时强调，要继续加强中马在天然橡胶种植和加工领域的合作。广东农垦积极响应国家“一带一路”倡议，全力推动我国海外天然橡胶事业的创新发展。2016年，广东农垦成功收购全球第三大天然橡胶企业的泰国泰华树胶公司，天然橡胶年加工能力达到150万吨（其中海外130万吨），橡胶种植规划面积200万亩，成为全球最大的天然橡胶全产业链经营企业。

着眼于高质量发展，广东农垦聚焦国家乡村振兴战略和粤港澳大湾区战略，加快推进农垦改革发展，逐步完善国家战略资源（天然橡胶和剑麻产业）、城市安全食品（糖业、畜牧、乳业、粮油、果蔬等）两大主业板块和一个支持服务产业板块（商贸流通、金融服务、小城镇开发建设、酒店旅游等），建成了一批现代化国有农场和天然橡胶、蔗糖、粮油、畜牧、乳业、剑麻等重要农产品生产基地，形成了组织化程度高、规模化特征突出、产业体系健全的独特优势，培育了1家上市公司、12家国家及省级重点农业龙头企业，发展成为一二三产业融合发展、国内外市场同步开拓的现代农业产业集团。

1957 年 4 月 25 日，首届广交会开幕

凝聚着举国力量的广交会，以中华民族的勤劳与智慧、以新中国不可遏止的开放力量，在冲破帝国主义的封锁中诞生；以平等互利、互通有无的对外贸易原则，在社会主义对外贸易事业中竖起里程碑；以民族复兴、大国崛起的梦想追求，在新中国前行的步伐中正式打开了中国经济与世界交流的大门！

04 为共和国砥砺奋进

——『中国第一展』的梦想与荣光

◎ 喻季欣

一

1957年4月25日，第1届中国出口商品交易会（简称“广交会”）在广州中苏友好大厦隆重开幕。这一天，花城广州喜迎四方宾客，花城无处不飞花。

更令人惊喜的是，人们在展馆里看到了周恩来总理的身影。为广交会倾注心血的周总理亲临现场视察，他一个馆一个馆地仔细察看展出的商品，并倡议展会简称为广交会，他亲切地对大家说：“广交会不单要发展同外国的贸易，还要展览我国工农业新产品……换取更多外汇，增进与世界人民的友谊。”

冲破封锁，换取外汇，是广交会创办时肩负的重大使命。新中国需要从国外进口大量的建设物资，获得外汇是当务之急。

广交会开幕当天，香港中华总商会的王宽诚、叶若林等知名人士和马万祺率领的澳门工商人士团体来了。为新中国的坦诚感染，新加坡、马来西亚、印度尼西亚、泰国、叙利亚、比利时等多个国家和地区的客商也来了。国内上百家外贸企业带着出口计划货单来了，广东、广西、湖南、贵州、吉林、辽宁、浙江、江苏8个省（自治区）27个内贸企业，带着4200多万元的货单来了。

1957年4月，27岁的李欢参加首届广交会时的留影，此后广交会届届不落

这是新中国商品最为集中、敞开大门面向世界的第一次出口商品交易会，集中展示新中国出口的各种货源。整个会展展出面积达9600平方米，分工业品、纺织品、食品、手工艺品和土特产品5个展馆，陈列着工农业产品1.09万件。

亲历第1届广交会的盛举，当年27岁的年轻人李欢是香港南北行公所商人，此后广交会届届不落。2013年5月，当83岁的他前来参加第113届春交会时，他深情追忆：“那时，中华人民共和国百废待兴，目睹祖国日新月异，看到冲破西方封锁而诞生的交易会如此声势浩大，每一个来参展的商人心中都有一种莫名的振奋，都被这场景所感染，全被迷住了。”

农副产品和新小商品是首届广交会出口的主要商品，这是由新中国当时的国内经济状况决定的。一穷二白的新中国，在国家采取一系列方针、政策和措施后，才抑制了国民党政府遗留下来的恶性通货膨胀，稳定了市场物价，解放农村生产力，农副产品得以不断增加。这在今天看起来颇像是农贸市场的出口商品交易会，却是首届广交会肩负历史使命迈开的最初步伐。

第1届广交会，在让世界新奇而热烈的气氛中持续了整整一个月，以出口成交1754万美元落下帷幕。1957年，春秋两届广交会的出口成交总额占全国当年创汇总额的20%，这一成绩着实惊艳世界。

二

“巴统”（巴黎统筹委员会，正式名称为“输出管制统筹委员会”）有包括美国、英国、法国、日本在内的17个成员国，其宗旨是执行对社会主义

早期广交会客商洽谈绸缎品生意

广交会成为最新产品的展示窗口，人们争相一睹

国家的禁运政策，禁运产品有三大类：军事武器装备、尖端技术产品和战略产品。这个禁运对象包含中国在内的政策，一直到二十世纪七八十年代，中国与美国及西欧国家建交之后，才解除对中国的制约。

如何打破西方封锁，创办广交会是一种尝试。当年的广交会，汇聚着一个并肩冲锋前行的红色方阵。

他叫严亦峻，1914年出生于山西省太原市，1936年加入中国共产党，1938年2月受中共山西省委派遣，赴山西平遥开展中共地下组织活动，不久任平遥县长。1946年受党组织安排，开始在革命根据地开展贸易工作。耳濡目染的晋商精神与炮火中磨炼的革命意志，使这位年轻的共产党员出色地诠释了他“红色商人”的初心品质。新中国成立后，严亦峻调到武汉任中南军政委员会贸易部办公室主任，1955年又调任外贸部驻广州特派员，1956年4月兼任广东省外贸局局长。

从晋商之地山西到同样是颇负盛名的粤商之地广州，严亦峻不仅感受到它们有各自商业文明的精彩，更从国家对外贸易事业大局出发，以一个对外贸易战线开拓者的敏锐，感受到广州毗邻港澳对外贸易特殊环境的特殊地位。

1951年10月14日，新中国成立后的广州举行了首次华南土特产展览交流大会，吸引了众多港澳商人主动参加，一时成为广州贸易交流盛会。1955年秋天，一场规模更大的华南出口物资交流会，再次掀起客商采购高潮。

目睹华南出口物资交流会的盛况，严亦峻特别注意到，在广州的交流会，有超过一半土特产被销往海外。此时正值第一个五年计划实施期，国家建立工业体系需要大量钢材、机器设备等重要物资，但主要依赖进口。

出口，出口创汇，从出口实现进口，这里大有文章可做。

想到此，严亦峻兴奋不已，一个构想在他脑海浮现：“既然小型的展会效果不错，为何不搞一场更大规模的而且专做出口的呢？”

经过深思熟虑，严亦峻专程向当时广东省委书记兼省长陶铸作详细汇报，得到大力支持。

1956年6月12日，严亦峻在广东省委以个人名义向外贸部发出一封电报。这封电报具体介绍了广东展会情况，说明了展会的作用。随后，他以“四大益处”阐述举办全国性出口商品展览会的必要和意义，并在电报中明确建议外贸部于当年9月或10月在广州举办这场展会。

一封具有历史意义的电报从广州发向北京，一个具有历史意义的举动在严亦峻手中完成。

1956年6月16日，外贸部收到严亦峻的电报后，时任外贸部部长的叶季壮迅速在这封电报上做出批示：“我同意，如果大家没有不同意见，即照办。”

叶季壮，这位担任外贸部第一任部长的高级官员，1893年出生于广东省新兴县（今属云浮市）一个贫苦农民家庭。从土地革命战争时期到全国解放，他先后担任中国工农红军、八路军、东北人民解放军总供给部部长、总后勤部部长等职。1952年8月外贸部成立，他出任第一任部长，还先后任政务院财政委员会副主任、国务院财贸办公室副主任，协助周恩来、陈云、李先念抓财政工作，被誉为“红管家”。

正是有“红管家”的胆识，叶季壮与广东省人民委员会充分商议后，在向国务院的汇报中充分阐述了举办全国性出口商品展览会的意义，对展览会名称、主办单位、主办名义、贸易方式、组织领导等提出了具体请示意见，得到周恩来总理的批准同意。

在严亦峻的一生中，他记不清向北京发过多少封电报，但这一封，他铭刻脑海，记忆清晰，半个多世纪后回忆起来，依然那样豪情万丈：“我做了大半辈子外贸，促成广交会是我一辈子的标志性事件。”

1956年11月10日，中国出口商品展览会如期召开。这虽是一场试办性质的展会，却是今天广交会的前身。它为广交会的创办做出了重要的前期实践，奠定了重要基础。说严亦峻“一封电报催生广交会”，并不为过。

明确的目标，集体的智慧，叶季壮和同志们在中国出口商品展览会结束后决定：在这次展览会的基础上，在广州建立永久性的全国出口商品陈列馆。这个陈列馆就是后来第1、第2届广交会的举办会馆。

三

从“南海Ⅰ号”到“新哥德堡Ⅰ号”，从粤海关到十三行，从“一口通商”到广交会，开放、开创、开拓的海上丝绸之路文明，在广东绵延光大，一脉相承的文化密码，不掩广东镂刻的海上丝绸之路荣光。

追寻海上丝绸之路开创的对外贸易历史路径，光大弘扬历史传承的开放理念，在改革开放的时代大潮中，广东先行一步，紧紧把握历史机遇，经济发展千帆竞发，对外贸易乘风破浪，外向型经济成为鲜明特色，广交会成为广东经济社会发展的强大驱动力。

1986年，广东外贸进出口总额突破百亿美元，1995年突破千亿美元，2013年突破万亿美元，达6.78万亿元人民币，占同期全国外贸总值的26.2%。

2001年中国加入WTO后，广东积极应对，外贸出口在较高水平保持平稳快速发展。这是广东经济和对外贸易发展的坚实轨迹，也是中国经济和对外贸易发展的历史缩影。

这发展与变化，在“外贸经济晴雨表”的广交会上留下深刻历史印记。

这是一个有趣的现象：每届广交会的参展情况和成交变化，与广东省参展企业情况和成交情况相应成正比，而广交会的起伏波动与广东省的外贸发展变化也有着近似轨迹。

广交会是中国改革开放的一扇窗口。改革开放的总设计师邓小平把创办经济特区、“杀出一条血路”的试验场放在广东，广东成为改革开放前沿。港澳商界从参展广交会的生力军到助力广东改革开放、投资办厂兴业的先行者，粤港澳携手共进，大湾区建设格局日渐形成。

“立足广交会、用好广交会，放眼国内外、走向全世界。”这是广东与广交会相得益彰的真实写照。从家电到服装、从重型机械到新技术产品等各式“广货”开创新天地，闯出“新蓝海”，品牌闪亮世界。

2011 年 10 月 14 日，第 110 届广交会开幕。从 2007 年 4 月第 101 届起，广交会更名为“中国进出口商品交易会”

广交会琶洲展馆

这是一个富有意味的路线图：从中苏友好大厦，到侨光路2号中国出口商品陈列馆、起义路1号新馆、流花路馆，至如今的琶洲馆，广交会展馆面积一路扩展，体制与形式不断深化改革，“中国第一展”品牌闪亮世界。2019年4月15日开幕的第125届广交会，民营企业占据了绝大多数展位，成为广交会最大的参展主体。特别是按照高质量的要求，各行业领军企业持续参展，品牌企业达2296家，产品更新率超过30%，“三自三高”（自主知识产权、自主品牌、自主营销、高科技含量、高附加值及高效益）产品不断增多。进口展中，共有21个“一带一路”沿线国家和地区的383家企业参展，展位数630个，分别占比达60%和63%。

以梦想开创新局面，披荣光迈向新时代。广交会作为广东的一张闪亮名片，将继续为“一带一路”添彩，为祖国增辉。

1959 年 4 月 5 日，容国团（左二）荣获第 25 届世界乒乓球锦标赛男子单打冠军

“人生能有几回搏，此时不搏，更待何时。”容国团一生如光似电，用全部的能量燃尽自己。他创造了中国体育运动史上的奇迹，成为我国体坛里程碑式的人物。

05

人生能有几回搏

——记新中国第一个世界冠军获得者容国团

◎西　篱

1937年7月7日夜，日本侵略者炮轰卢沟桥，抗日战争全面爆发。8月10日夜，祖籍广东省香山县南屏镇（今属珠海市）的香港银行职员容勉之的第一个孩子降临人间。家乡被日军侵占的消息传来，曾经参加过广州起义的容勉之，内心充满忧虑。他望着可爱的婴儿，说：“中华民族遭遇如此危机，我们多么需要一个强大的国家和团结的民族啊。就叫国团吧！”

容国团（1937—1968），广东省政协委员，优秀的乒乓球运动员、教练员，国家运动健将。在第25届世界乒乓球锦标赛上，他以广东人特有的敢为天下先、勇于拼搏、勇于创新的精神，先后战胜各国乒坛名将，为中国夺得了第一个乒乓球男子单打世界冠军，成为新中国第一个世界冠军获得者，从此改写了该运动项目先后由欧洲人和日本人独霸各项冠军的历史，振奋了海内外中华儿女的民族精神，为新中国乒乓球运动崛起构筑了高起点。

2019年4月，我冒着大雨到广州体院（全称广州体育学院）采访。广州体院行政楼前，我在容国团的塑像前久久伫立。塑像是依照容国团生前载誉

1959 年，容国团获得中国第一个世界冠军载誉归来时在机场留影

归来时的形象创作的，那张在机场受到社会各界热烈欢迎的照片，我不知看了多少遍，已然存于心。照片上的帅气青年浓眉大眼，面庞清秀、瘦削，一笑便露出洁白的牙齿。塑像将一瞬凝为永恒，他手捧鲜花和奖杯，目光似望向祖国母亲，朴实的笑容里隐藏着激战之后的疲惫和宁静。雨水冲洗着塑像，雨水泼打在伞布上，哗哗的声音，令我产生幻听，仿佛置身赛场，乒乓球如光似电，以变化无常的节奏击打球拍面和桌面，也撞击着现场所有人的心扉……

"人生能有几回搏！"

容国团的激情誓言，成为体育界乃至社会各界传颂的时代强音。直至今日，镌刻在塑像基座上的这句话，仍让人心潮澎湃，激励着每一个广东人，以新担当、新作为推动广东高质量发展取得新成就、创造新辉煌而努力拼搏！

一

让我们穿越历史，回到60年前。

1959年3月，位于德国西部北威州鲁尔区的多特蒙德，钢铁和啤酒是这个城市的象征，鲁尔河和埃姆斯河分别在南部和市区蜿蜒流过，水面宁静祥和。来自46个国家和地区的440多名乒乓球运动员聚集在这个古老的工业城市，争夺他们至高无上的荣誉，为圣·勃莱德杯而战。

那是世界乒乓球锦标赛开赛以来参赛人数最多的一次，竞争的紧张激烈自然也是前所未有的。据中国乒乓球协会原主席徐寅生回忆，当时中国队队员几乎都是头一回去到柏林墙以西的地带，东道主给安排的住地是一家离赛场很远的简陋小旅馆，只供应早餐。而日本队却住在离赛场很近的旅馆，可以步行到赛场。日本队已经先期到达欧洲进行适应性练习，并想方设法摸中国队的底。日本的世界冠军荻村伊智朗曾于1957年访问香港，以0：2败在20岁的容国团手下。他在多特蒙德接受采访时说："中国男队将是我们最危险的对手！"

4月4日，充满历史沧桑感的威斯特法伦体育馆里，观众的呼叫声铺天盖地。

此前这里已经爆出特大新闻：男子单打进入前八名争夺战的，有一半是

永恒的英姿

中国人！

但接下来，形势急转直下，中国三名选手在第六轮单打循环赛中一一被淘汰，只剩下容国团进入半决赛。

21岁的容国团，身材修长。因曾经在香港感染肺结核，他一直脸色苍白、面庞清癯，甚至有些形销骨立。此时此刻，队友们接连失利，给他造成了很大的心理压力。但是，一想到中国体育竞技类项目在世界的弱势地位，想到自己一年前在广东全省体育工作大会上立下的誓言，他立刻激发出斗志，拼搏的力量在身体里涌动。

在国内，全国人民牵挂他，人们靠报纸和电台广播来获得他的消息。

比赛第一轮轮空。

第二轮，容国团迎战联邦德国的朗格。他穿短袖运动T恤和白色运动裤，如果不是因为赛事激烈，人们似可欣赏青年英才的翩翩风度。他长臂挥拍，一开始就以2：0连胜两局。第三局朗格的球出界，19平，其教练自恃是东道主，竟然向裁判抗议说是擦边球，裁判也竟然改判为18：20。

这是对中国运动员的公然蔑视！

容国团控制住自己的情绪，终以3：1击败朗格。

第三轮迎战南斯拉夫的马科维奇。这可是个劲敌，是势头正劲的乒乓球国际赛事冠军！他不仅能正反手攻球，还能近台推球。但是，容国团很快发现他的致命处在于防守薄弱，他以快速直板攻球和发球打得马科维奇难以招架，赢得比赛。

第四轮的对手是瑞典新秀埃里克森。容国团只用稳健打法就以3：0获胜。

接下来，容国团无法轻松，因为要遭遇的对手越来越强。他需要小心谨慎，需要更大的勇气和毅力。

首先要面对的是日本名将星野展弥。星野展弥擅发球抢攻，攻球力量大、命中率高，曾为日本队第五次蝉联男子团体世界冠军立下汗马功劳。容国团早先细心观察星野展弥的战术特点，也准备好了自己的战术：回击硬球，不给其抢攻的机会。同时，用推挡和发球抢攻直击他的反手球和防守破绽。容国团先发近网短球，当星野展弥刚拉过来，容国团就用反手攻推他的左方，再侧身用正手杀板。忽长球忽短球，星野展弥摸不清容国团的规律，有点乱了阵脚。他一心想接近网短球，容国团却发的是长下旋球。他一紧张，发球也出现了失误。他反手发转球，料想容国团会搓过左方，准备侧身下杀板，谁知白光一闪，球已经向自己右角反射回来，他猝不及防，扑救时几乎跌倒，球拍也被打飞出数米外，引来观众的哄笑。

容国团最终以3：1战胜星野展弥，打破了日本队教练“我们不相信中国队能打败日本队选手”的狂言。

4月5日，容国团首先迎战匈牙利选手别尔切克。1958年5月，别尔切克访问广州时曾被容国团两次击败。尽管如此，别尔切克那“起重机都拉不起来的下旋球”仍令人畏惧，夺魁呼声很高。交战开始，别尔切克以低、转、稳削球压住容国团的两面抽杀，容国团寻机杀板，迅速打成2：2。此时，容国团一反前面的硬攻狠打，交替使用搓拉和伺机扣杀。别尔切克的下旋球失灵了！他刚找到机会起板抽杀，不料被容国团轻轻放回高球，再攻，再被放回高球……五六个

容国团的正手攻球姿势

回合你来我往看似“和谐”，却突然被容国团一板扣死。别尔切克大为气馁，很快出现21：5的悬殊比分。

这一战，惊心动魄，现场观众对别尔切克的落败瞠目结舌。

第七轮，对手是美国冠军迈尔斯。1957年，迈尔斯访问香港，香港乒乓球总会安排他与当时刚打败荻村伊智朗的容国团较量，他怕丢面子，以腹泻为由辞去。但是，32岁的迈尔斯，球龄长，比赛经验丰富，守球稳，其削球技术更是无懈可击，此前中国两员骁将均败在他手下。

前有退避，今又相逢。并且，迈尔斯是个人自费参赛，一副胸有成竹、志在必得的架势，容国团不敢轻敌。与强手过招，容国团斗志昂扬，首胜一局。

但是接下来，迈尔斯低而旋转性极强的削球，完全阻挡了容国团的攻势，形势变得不妙，容国团连输两局。

片刻休息之后，容国团已经准备好了新的战术，蓄势上场。球台前，得意的迈尔斯嘴里嚼着口香糖，双腿不停弹跳，还顾盼四周，给容国团制造心理压力，也向观众传达他稳胜的信息。

让迈尔斯意想不到的是，容国团突出奇招，开始施展最擅长的“搓球”：不疾不徐，近搓、远搓，急搓、慢搓，搓转、搓不转，声东击西……迈尔斯的稳削防守失去了效用，容国团以21：18扳回第四局。

容国团精神抖擞，继续搓球。迈尔斯张皇失措，破绽百出。比分到20：7时，迈尔斯完全失去信心了。只见容国团把球抛起，发了个漂亮的下旋球。迈尔斯抵回一个半高球，容国团一板扣杀！观众席顿时掌声响起，经久不息。

至此，容国团已经斯杀了26个回合。他战胜了联邦德国名将，淘汰了南斯拉夫冠军，拼掉了瑞典新秀，制伏了日本最凶悍的“快攻杀手”，又狙击了赛会头号男单种子，再从拉攻结合转变到搓球过渡淘汰了美国名将。

二

赛事的高潮即将到来：容国团——西多之战！

在国内，人们拧开了收音机，守候到深夜。报社不断接到探听战果的电话。

在广州，容国团的父亲容勉之彻夜难眠。从中国队出访开始，他每晚守候在收音机旁，听播音员传递儿子在异国他乡的消息。

他最担心的是儿子的体力。

从团体赛开始到单打冠军争夺战共10天，其中只有一天休息。所有乒乓球世界冠军，无不具备超乎常人的体力，所以才能久战不疲，越战越勇，走向巅峰。这种超负荷的拼搏，容国团能不能支撑得住，能不能坚持到最后?

如果仅仅是从体力和体质来说，容国团是达不到冠军等级的。

容国团靠的是天分。他4岁时，香港沦陷，全家回到广东家乡，受舅父的启蒙，他开始爱上打乒乓球。小小白球就像小精灵，似为他而生，乐于与他嬉戏，在他的掌控之中旋转舞蹈。

容国团靠的是意志和毅力，靠的是“人生必须搏”的精神力量。对容国团来说，更强有力的支撑，是全国人民的期待，是至高无上的国家荣誉，是中华民族复兴的强烈愿望。

他能感受到祖国那强有力的脉搏，与自己、与威斯特法伦体育馆息息相关。为祖国而战，他激情澎湃。

他要认真地审视这个凶悍的对手。西多身经百战，拥有20年的比赛经验，在世界乒乓球锦标赛中曾先后九次荣获团体、单打、双打冠军，为匈牙利夺得无上荣光，被称为世界乒坛“巨无霸”。在团体赛中，容国团就观察到西多无论是在技术还是精神状态上，都达到了巅峰。

最后的对手，总是最强的。西多的气势咄咄逼人，而近台逼角反攻的绝技，也似乎让他永立不败之地。容国团沉着、冷静，告诫自己，为祖国荣誉而战，除了技术上的自信，还得深入思考，好好运用自己的智慧。

4月5日下午，偌大的体育馆里笼罩着紧张的氛围。有了成熟的战略战术，容国团平静、自信，临上场对队友说：“今天我要好好搏一搏！”

观众席上的八千多名球迷，一直在为西多呐喊助威，匈牙利队队员也已经给他们的队长准备好了鲜花和新球拍。这个月14日就是西多37周岁的生日，夺取世界冠军，自然是他给自己最好的生日礼物。

对决者入场了！

一个是穿T恤短裤的欧洲老将，头发灰白，身高1.85米，体重90多千克；一个是穿T恤和白色运动长裤的21岁亚洲青年，玉树临风，但身体羸弱。

比赛开始，容国团运用拉左杀右和发

球抢攻战术，以7：3遥遥领先。西多加强反攻，追成8平。此后开始了拉锯战。从9平、12平到21平，容国团攻球失误，以21：23失利。

西多更加气势逼人。

容国团开始调整战术。

西多身高手长，两边照顾范围大。容国团就加强拉球力量。

4平以后，容国团猛攻西多右角。攻一阵，又长短兼施，实实虚虚，虚中有实。重板打出去，短搓勾上来。这一来，西多在台边东抢西救，气喘吁吁，有点自顾不暇。21：12，容国团扳回一局！

第三局，西多拼命加转和逼角反攻，以7：4 领先。西多的球迷又活跃起来了，喊声震耳欲聋。容国团全神贯注，沉着应战，不断发球抢攻，追成平手。

接着，容国团以侧上旋拉球压住西多的反攻，比分很快变成13：8。西多连攻4板，被容国团左推右攻，连削带打压了回去。21：15，容国团又胜一局！

到了第四局，老谋深算的西多，在逼角反攻的招数被对方控制的情况下，对防守带旋转的拉攻屡屡放出高球，左右飘忽，忽攻忽挡，中间突击，攻守自如。

容国团知道西多欺他体弱，想用放高球来消耗他的体力。容国团拿出拉、扣、搓、推、吊全套战术，越打越有信心，渐入佳境。他的低球重杀稳且准。西多疲于应付，毫无还手之力。

比分21：14，西多败了！

银光闪闪的圣·勃莱德杯被这个瘦高的中国青年高高举起，雄壮激昂的中国国歌响彻体育馆，五星红旗冉冉升起，中国让全世界感到意外，中国震撼了世界！

比赛结束后，西多在接受记者采访时由衷地说：“只有钢铁般的意志，才能经受住严峻的考验，容国团的胜利证实了这点。”

在广州，容勉之听到播音员激动的声音：“《日内瓦日报》评论说：‘中国运动员在世界上以优秀选手的姿态出现，这件事看来比容国团个人的胜利更加重要得多。’”他的眼睛潮湿了，自言自语：“这个评论员不错，和我想的一样呢！”

容国团夺得冠军的这天，国际乒乓球联合会第25届代表大会通过一项决议，宣布第26届世界乒乓球锦标赛将在中国北京举行。

这是有史以来中国首次

争取到举行世界性体育比赛的资格。

全国上下一片欢腾，人们情不自禁地到街头集会，齐呼：“祖国万岁！”

“五一”国际劳动节来临，首都举行了十万多名运动员组成的体育大游行，其中成千上万的乒乓球运动员表演着各种击球姿势经过天安门。何等的豪情，何等的壮观！

举国上下掀起了“乒乓热”，据统计，当年全国挥拍上场比赛的人数竟达到900万人次！

敏感的外国通讯社评论说：“容国团取得的胜利，在世界乒坛上是一个转换点，中国将执世界乒乓球运动的牛耳。”

这个预言很快成为不可否认的事实。

从第25届到第51届世乒赛结束，中国共获得122.5个世乒赛冠军。而之前的劲旅匈牙利队共夺冠68.5个，日本队共夺冠47个。

被容国团不屈不挠、为祖国而拼搏的精神感染和鼓舞，1960年初，中国登山队以不怕牺牲、不怕困难的顽强斗志，第一次登上了世界最高峰——珠穆朗玛峰。

“团结起来，振兴中华！”

那是一个火红的年代！

每个人都对新中国充满了深情，每个人的内心都充满自信。我国体育事业迅速发展，全国人民以巨大的热忱，欢欣鼓舞地投入建设社会主义强国的伟大事业中。

《中国青年》杂志 1959 年第 10 期封面

1957年11月，容国团进入广州体育学院学习

今年争取入团 做到又紅又专

容国团提出奋斗指标

不获世界乒乓冠軍誓不罢休！

本报讯 最近获得全国九城市乒乓球锦标赛冠軍的容国团，昨天在全省体育工作会議上表示：在1961年的世界乒乓球锦标赛中，要争取男子单打冠軍；今年內要争取入团，使自己成为既是健将，又是团員，又紅又专。

容国团的指标是：

一、今年內，任何外国乒乓球队来广州比赛，个人保証在团体赛中取得两分，争取3分；

二、在今年全国乒乓锦标赛中，保持男子单打冠軍称号；

三、如果能够参加明年3月在西德举行的世界乒乓球锦标赛，要晋入男子单打前8名內；

四、在1961年的世界乒乓球锦标赛中，取得男子单打冠軍；在团体赛中，个人在每场比赛中要取得两分以上；

五、今年争取入团，3年后争取入党。

容国团满怀信心地提出：决不满足现状，不骄傲自满，继续苦練，不获世界男子单打冠軍，誓不罢休！同时加强政治学習，不断提高思想觉悟，建立無产阶級人生观，做到"五好"——身体好、工作好、学習好、团結好、体育道德作風好。容国团曾經以2比0打败过1955年世界冠軍、今年世界第2名好手荻村伊智朗，又曾經4次以絕对优势打败去年我国冠軍、世界第8名好手王传曜。容国团告新記者，他現在的練習情况和身体情况都良好，明年即可进行身体全面訓練。目前他在技术上主要努力的是要提高攻球、特别是反手攻球的命中率，以及防守的稳健性，达到技术全面化；并在战略方面貫徹积极、主动进攻的思想。

1958年4月4日，容国团率先发出在1961年夺取世界冠军的誓言

1958年10月12日，全国乒乓球锦标赛在广州举行。在男子单打决赛中，广东省运动员容国团（右）以3：1胜北京市运动员姜永宁，获得冠军

三

林语堂先生在《中国人》一书中写道："在中国正南的广东，我们又遇到另一种中国人。他们充满了种族的活力……"

容国团就是这"另一种中国人"。

他8岁随父母返港，入读中国共产党地下组织创办的知行中学附小。他痴迷于打球，13岁时与小伙伴们一起组成街头乒乓球队，参加比赛，被誉为"东区小霸王"。他16岁获得参加全港乒乓球单项比赛资格，17岁获团体亚军。

在他短暂的人生经历中，参加1955年庆祝中华人民共和国成立六周年乒乓球表演赛，是一个巨大的转折。当时，他的老板因为他参加该活动逼他写悔过书，他愤然辞职，并产生了回家乡打球、为新中国效力的强烈愿望。

1957年，他20岁，借参加港澳乒乓球联队回内地访问比赛的机会，正式申请回内地。终于，在年末他获得贺龙副总

理的函请，到广州体育学院学习。

1958年容国团被选入广东省乒乓球队，同年参加全国乒乓球锦标赛，获得运动健将称号。

1961年的第26届世界乒乓球锦标赛上，他和队友们协作击败连续获得五届团体世界冠军的日本队，为中国第一次夺得男子团体世界冠军。

1964年末，他被委以重任，担任国家乒乓球女队主教练，数月之后率女队出征，在第28届世界乒乓球锦标赛上，他指挥中国女队以3：0击败连续保持世界女子团体冠军的日本队，为中国第一次夺得世界乒乓球锦标赛女子团体冠军。

容国团担任中国乒乓球女队教练。1965年，中国女队获得了中国的第一个女子团体冠军

“人生能有几回搏，此时不搏，更待何时。”容国团如光似电，用全部的能量燃尽自己。他创造了中国体育运动史上的奇迹，成为我国体坛里程碑式的人物。他短暂的一生，就像飞旋的乒乓球划出的光线，光彩照人。

《乒坛名将容国团》连环画

20世纪80年代的孩子们，在连环画《乒坛名将容国团》里读他的事迹。

在他去世的40余年后，2009年中华人民共和国成立60周年之际，中央有关部门联合组织开展“100位新中国成立以来感动中国人物”评选活动，近亿人参与投票，他榜上有名。祖国和人民并没有忘记他，一直深深地怀念他、爱戴他。

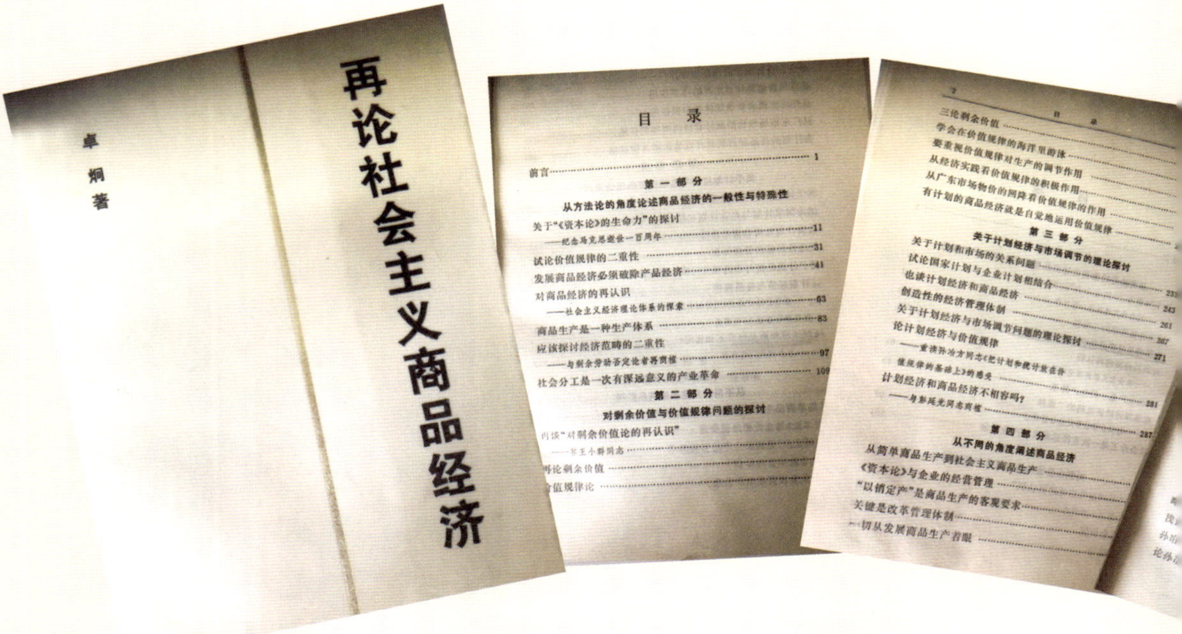

卓炯专著《再论社会主义商品经济》

改革经济管理体制的关键就是要破除产品经济体制，实行商品经济体制或者说市场经济体制。

你有了商品而没有市场，怎么交换？市场就是一个交换的场所！

——卓炯

06

勇闯禁区的改革理论先驱

——记经济学家卓炯

◎欧大军

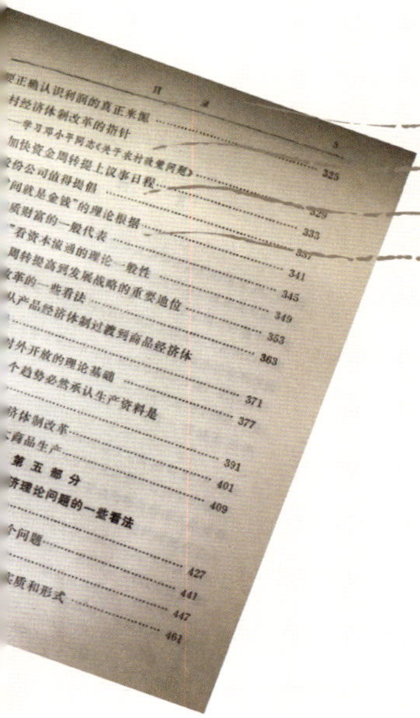

勇于推动学术创新

早在1961年11月18日，卓炯在《论社会主义商品经济》一书的前言中就这样写道：“商品经济问题是一个重大的实际问题，也是一个重大的理论问题，可是长期没有得到解决。”

卓炯强调指出：“当然，经典作家也曾提出消灭商品生产的问题，比如恩格斯就说过：‘一旦社会占有了生产资料，那么商品生产以及与之一起的生产品对于生产者的统治就将被消除。’如果是从文字上去理解，商品生产当然是要被消灭的。我们要处理这个问题，一方面要全面地分析经典作家关于商品经济的理论，一方面还要从社会主义建设的实践出发。后者特别重要，因为实践是检验真理的尺度。”

由此可知，卓炯正是运用“实践是检验真理的尺度”这一哲学命题作为思想解放的武器，从事社会主义商品经济（或者说市场经济）理论研究，并取得了丰硕成果。

研究有计划商品经济问题

在中国，建立什么样的经济体制是一个重大问题。而商品经济问题是我国经济理论界长期争论不休的问题。

早在20世纪50年代，卓炯就对商品经济问题作了深入研究。

1958年，卓炯调入当时的中共中央第六中级党校（即现在的中共广东省委党校）。1959年2月底和3月初，1961年5月至1962年底，卓炯挂职任肇庆专区德庆县委书记处书记，参加人民公社整风整社运动，并在凤村公社蹲点。

卓炯（左二）在德庆挂职搞农村调查（一）

卓炯（后排右二）在德庆挂职搞农村调查（二）

其间，他带领省委党校的教师，先后去了南凤公社、播植公社、九市公社，帮助公社群众摆脱大饥荒。

怎么解决大饥荒问题？卓炯要求年轻教师从理论上探讨产生大饥荒的原因。

“饥荒的原因是人多，粮食少，人多不够吃就产生了饥荒。”这是当时流行的说法。

“人不是今天一下子多起来的，为什么以前不发生饥荒，而今年发生饥荒。显然人多不是根本原因。”卓炯并不认同当时流行的观点。

“根本问题是经济结构发生了问题，不是按照农、轻、重的次序安排生产，而是按照重、轻、农的次序安排生产。”卓炯从理论上阐明了自己的观点。

卓炯的观点是正确的。

卓炯在凤村住了较长的时间，凤村农民群众的生存环境、状况，成为他提出社会主义商品经济理论的现实基础。

卓炯说过：“我参加了整风整社运动，深深感到不承认商品生产，就是不承认社会分工，许多东西农民不生产了，市场供应非常紧张，有钱买不到东西。但农贸市场一经开放，市场马上活跃起来。”

卓炯在凤村的这段经历，使他深深感到社会主义非搞商品经济不可。他思考着社会主义经济建设的基本思路，就是发展商品经济。于是，在德庆县凤村公社的艰苦环境下，他写了《论商品经济》《论社会分工在政治经济学中的重要地位》《申论社会主义制度下的商品——与骆耕漠同志商榷》《从资金的循环来探讨社会主义生产的商品性质》《关于商品经济问题的商榷》《试论商品经济矛盾的普遍性和特殊性》等一组论文，共八万多字，提交给广东经济学会1962年年会。其中，《申论社会主义制度下的商品——与骆耕漠同志商榷》发表于《中国经济问题》1961 年第5～6期合刊，《论商品经济》发表于《经济研究》1962年第10期，其间还在《学术研究》连续发表了两篇文章。在《申论社会主义制度下的商品——与骆耕漠同志商榷》一文中，卓炯提出“社会主义经济是有计划商品经济”的观点。卓炯明确提出：“在公有制度下……商品经济的特点就是计划商品经济，它和私有制下的自由商品经济完全不同。”把商品经济理论的研究向前推进了一大步。

研究社会主义市场经济体制问题

经济学家们敢为天下先的理念与探索精神，同样是改革开放取得伟大成就的法宝。

在1961年，卓炯提出了社会主义市场经济的观点。他在1961年11月18日写道：“商品经济的集中表现形式是市场，而市场是人类经济生活一种进步的表现，从市场的大小和规模，可以看出一个社会经济、文化发展的程度。”

1962年卓炯再次重申：“我们要明确，我们的市场是一个社会主义的市场，这是一个新的经济范畴，不能与资本主义的市场等量齐观。”

卓炯的这些市场经济观点曾被当作右倾思想的“广东孙冶方”而遭批判，但他无所畏惧。

1979年1月28日，正是春节大年初一，在广东省社会科学院宿舍区，家家户户都挂满了大大小小的灯笼，贴着对联，洋溢着节日的气息，忙碌了一年的学者们，脸上也洋溢着节日快乐的笑容。

在一幢灰色的楼房里，卓炯正冒着严寒，伏案撰写论文，准备参加中国社会科学院经济研究所在江苏无锡举行的全国性学术研讨会，就中国改革方向及发展目标等关键问题进行讨论。会议的主题是“价值规律在社会主义条件下的作用”。这一年卓炯70岁，满头稀疏的银发，白得透亮，但他的鼻梁骨凸出且笔直，一副湘汉子刚直不阿的形象。

2月，卓炯完成了参会论文后，立即投稿。

4月，卓炯前往无锡参加学术研讨会议，在提交的《破除产品经济，发展商品经济》论文中写道："一直到现在，对于计划经济和商品经济或市场经济还存在不少混乱思想，还没有摆脱斯大林的影响。当前一个最突出的提法就是计划经济为主、市场经济为辅，实质上还是把计划经济和市场对立起来，好像计划经济是排斥市场的，而市场经济是没有计划的。这种看法也是不符合马克思的基本原理的。"

在这篇论文以及在大会的发言中，卓炯指出了苏联经济体制的症结所在，概括出了旧经济体制的主要特征，强调"把产品经济体制改造成为商品经济体制或者说市场经济体制"，提出了建立社会主义市场经济体制的改革方向。他写道："改革经济管理体制的关键就是要破除产品经济体制，实行商品经济体制或者说市场经济体制。"

这种提法实在太超前了，极少人能够理解，甚至引发了人们的嘲笑。有经济学家在没有阅读完卓炯的全部著作的前提下，主观地否定卓炯在无锡学术研讨会上提出的经济体制改革的基本思路。

1982年，卓炯又写道："有的同志怕说'市场经济'，其实，我们的市场经济是社会主义计划市场经济，而不是资本主义的市场经济。"他认为社会主义商品经济也可以叫做"社会主义市场经济"，社会主义商品经济与社会主义市场经济本质上是一致的。

但是卓炯并没有停留在计划商品经济理论上，反而认为应该提出市场经济作为经济体制改革的目标模式。他说："商品经济就是市场经济，是一个东西两个不同的概念。你有了商品而没有市场，怎么交换啦？市场就是一个交换的场所嘛！我们受自然经济的影响、受产品经济的影响是很深重的。现在看来情况越来越好……"

"卓炯学派"

卓炯自涉足经济学研究直至1987年6月逝世，始终围绕着"社会主义商品经济或社会主义市场经济"这一主题，进行系统而深刻的探讨，形成了自己

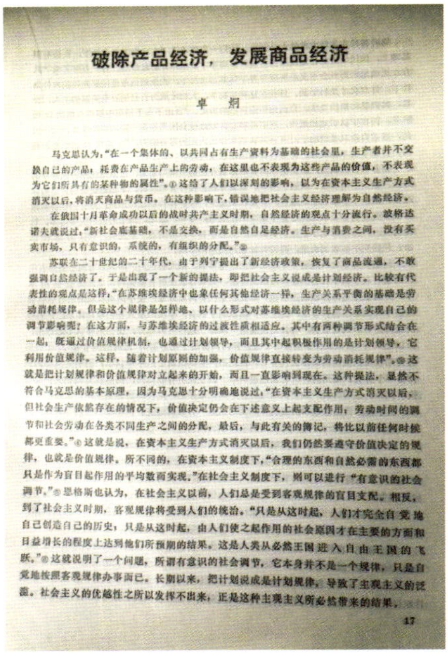

破除产品经济，发展商品经济

卓 炯

马克思认为："在一个集体的、以共同占有生产资料为基础的社会里，生产者并不交换自己的产品；耗费在产品生产上的劳动，在这里也不表现为这些产品的价值，不表现为它们所具有的某种物的属性"。① 这给了人们以深刻的影响，以为在资本主义生产方式消灭以后，将消灭商品与货币。在这种影响下，错误地把社会主义经济理解为自然经济。

在俄国十月革命成功以后的战时共产主义时期，自然经济的观点十分流行。波格达诺夫就说过："新社会底基础，不是交换，而是自然自足经济。生产与消费之间，没有买卖市场，只有意识的，系统的，有组织的分配。"②

苏联在二十世纪的二十年代，由于列宁提出了新经济政策，恢复了商品流通，不敢强调自给经济了。于是出现了一个新的提法，即把社会主义说成是计划经济。比较有代表性的观点是这样："在苏维埃经济中也象任何其他经济一样，生产关系平衡的基础是劳动消耗规律。但是这个规律是怎样地、以什么形式对苏维埃经济的生产关系实现自己的调节影响呢？在这方面，与苏维埃经济的过渡性质相适应。其中有两种调节形式结合在一起，既通过价值规律机制，也通过计划领导，而且其中起积极作用的是计划领导，它利用价值规律。这样，随着计划原则的加强，价值规律直接转变为劳动消耗规律"。③ 这就是把计划规律和价值规律对立起来的开始，而且一直影响到现在。这种提法，显然不符合马克思的基本原理，因为马克思十分明确地说过："在资本主义生产方式消灭以后，但社会生产依然存在的情况下，价值决定仍会在下述意义上起支配作用：劳动时间的调节和社会劳动在各类不同生产之间的分配，最后，与此有关的簿记，将比以前任何时候都更重要。"④ 这就是说，在资本主义生产方式消灭以后，我们仍然要遵守价值决定的规律，也就是价值规律。所不同的，在资本主义制度下，"合理的东西和自然必需的东西都只是作为盲目起作用的平均数而实现。"在社会主义制度下，则可以进行"有意识的社会调节。"⑤ 恩格斯也认为，在社会主义以前，人们总是受到客观规律的盲目支配。相反，到了社会主义时期，客观规律将受到人们的统治。"只是从这时起，人们才完全自觉地自己创造自己的历史；只是从这时起，由人们使之起作用的社会原因才在主要的方面和日益增长的程度上达到他们所预期的结果。这是人类从必然王国进入自由王国的飞跃。"⑥ 这就说明了一个问题，所谓有意识的社会调节，它本身并不是一个规律，只是自觉地按照客观规律办事而已。长期以来，把计划说成是计划规律，导致了主观主义的泛滥。社会主义的优越性之所以发挥不出来，正是这种主观主义所必然带来的结果。

17

1979 年，卓炯在《学术研究》杂志上发表《破除产品经济，发展商品经济》一文

的理论观点。

从1956年开始，卓炯出版了经济学著作《政治经济学学习提要》，发表了大量的学术论文，并从1981年开始连续出版了《论社会主义商品经济》《再论社会主义商品经济》《三论社会主义商品经济》《〈资本论〉体系与社会主义经济——扩大商品经济论》《政治经济学新探》等，仅这些著作就超150万字，这在全国经济学界是罕见的。

卓炯的改革理论已经形成了一种学派。他提出的"商品经济或者说市场经济社会分工说"为建立"卓炯学派"奠定了理论基础。

"商品经济或者说市场经济社会分工说"是指以马克思社会分工理论为基础和出发点，解释关于社会主义市场经济的各种理论问题。

在建立新经济体制问题的认识上，我国理论界大体有三种新提法：一是建立计划与市场相结合的社会主义商品经济体制；二是建立社会主义有计划的市场经济体制；三是建立社会主义的市场经济体制。而哪一种提法更符合中国经济实际，更有利于促进中国经济发展？实践证明，第三种观点是正确的。

但长期以来，理论界不少"权威人士"把计划经济还是市场经济问题同社会基本制度直接联系起来，认为这是一个是姓"社"还是姓"资"的根本性问题。

从1989年到1991年，全国掀起一场批判市场经济的浪潮，广东经济理论界集体撰写的《社会主义初级阶段市场经济》一书自然成为一

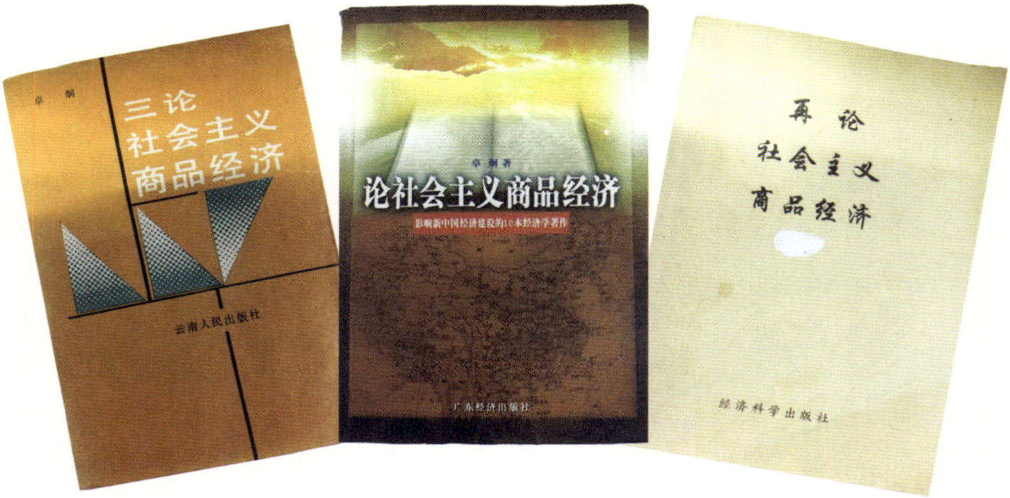

卓炯的部分著作至今仍再版

些思想僵化的理论权威的批判对象。

有些学术权威在作学术报告时公开指名批判广东正在进行的市场化改革和《社会主义初级阶段市场经济》一书，指责说社会主义市场经济的实质是“自由市场经济”，认为搞社会主义市场经济就是搞资产阶级自由化，并把这些僵化观点写进专著中，将广东经济理论界歪曲为“明目张胆搞资产阶级自由化”的对象。

好在广东没有受这些理论权威责难的影响，认准了就坚决地试，坚决地闯。继承卓炯的遗志，在曾牧野主持下，由广东省“市场经济研讨会”编写组编写的《社会主义初级阶段市场经济》一书，对社会主义市场经济理论进行了全面的论述，并附有《广东、广州实行社会主义市场经济研究》的综合报告，在社会主义市场经济的研究领域取得了重大突破。

今日鹤地水库远眺

有一条运河，迄今只有短短61年历史。它，渠流清澈，是今天400万人民的生命之水；它，碧波流淌，每天灌溉着万亩粮田；它，与这片大地血肉相连，由30多万劳动大军用锄头铁锹、扁担、牛车，用青春热血、智慧豪迈的劳动建成；它，是这片大地的母亲河。

07

青春是奋斗出来的

——湛江雷州青年运河青春志

◎ **喻季欣**

雷州青年运河，由集水面积约1440平方公里、库容约12亿立方米的鹤地水库和总长5300多公里的河流组成，1958年6月10日全面施工，仅一年两个月建成。是它，哺育出1.25万平方公里的山清水秀、万物生机。它是激扬湛江人民一个甲子奋斗不止、流淌不息的歌。

1960年2月，邓小平欣然为“雷州青年运河”亲笔题名，盛赞“青年”二字富有时

邓小平题词“雷州青年运河”

代意义。朱德、董必武、陈毅等老一辈无产阶级革命家都曾前来视察，高度评价这一工程。

一

位于中国大陆最南端1.25万平方公里的广袤大地，东拥南海，西临北部湾，南接琼州海峡，犹如一头巨鲸，大半个身姿被海水环绕、尾鳍似发力游向大海：这就是俯瞰远眺之下的湛江。

1953年下半年，时任团中央委员、中共中央华南分局团委书记的孟宪德在北京出席第三届世界青年代表大会回来不久，中共中央华南分局代第一书记陶铸把他叫到办公室，说：“分局决定调你去任粤西区党委副书记。你是老青年工作者，青年是不怕困难的。”“不改变粤西面貌，我决不离开！”孟宪德一个立正，朗声回答。“好！这就算立下军令状了。”陶铸满意地用力一拍孟宪德的肩膀。

“军令状”在孟宪德心中涌起激情。走遍雷州大地，一个历史诘问却让他寝食难安。

雷州半岛三面环海，四季无冬，阳光普照，是非常适合耕种的宝地。但历史上没有水利建设，没有湿地湖泊，每年蒸发量大大超过降水量，水土严重流失，宝地成荒地。

何时根除苦旱？怎样发展粤西？多少次，孟宪德在心中问自己；多少次，孟宪德在田头地边问计于干部群众。

1955年，雷州半岛又一次遭遇大旱。在1955年中共中央华南分局撤销、成立广东省委后，次年2月粤西区撤销、湛江地委成立，任地委第一书记的孟宪德，向地委“一班人”坚定提出：“拼命干10年，彻底改变湛江历史性苦旱面貌！”随即，湛江亚热带资源开发委员会组建，聚焦水利，向苦旱进军。

1956年9月，中共八大召开，确定党的主要任务是发展生产力。1957年党中央制定《1956年到1967年全国农业发展纲要》四十条，全国农村水利建设的高潮随之到来。

湛江地委治水思路渐趋明晰：在九洲江中下游群山之中筑坝蓄水建库，在雷州半岛开挖运河（渠道）灌溉。

九洲江全长162公里，是雷州半岛生活生产的主要水源。但九洲江旱涝无常。

在最初规划中，建库开河由国家投资兴建。因工程浩大，上级有关部门把项目安排在第三个五年计划期内。但现在，时间提前了十年。

蓝图已就，时不我待。孟宪德和地委“一班人”坚定信念，精心谋划，果断决定：公办性质改为民办公助，以“五自”（自筹资金、自找原材料、自带工具、自办工厂、自己培养技术人员）方针，依靠群众勤俭节约、艰苦奋斗、攻坚克难。

规划上报，广东省委、省政府大力支持并决定动员到湛江村村队。30多万劳动大军带着工具、挑着铺盖，从湛江四面八方奔赴工地。“日食工地，夜住山岗。风吹只当摇羽扇，雨淋免了洗衣裳。大地当床草当席，衣裳为被蓝天做蚊帐。”这是建库开河时搭棚扎寨、战天斗地生活的真实写照。施工队伍从大队、公社到县，分别以连、营、团建制，把工地当战场，以鼓舞斗志，激励建功立业。

这是一个物质还十分匮乏的年代，普通农民上工地挑着的家什，几乎就是一个家庭的主要家当。特别是耕牛，一个生产小队就几头。但整个工程却先后投入耕牛7000多头，牛车达3万辆。运土送石，牛车是最具容量的运输工具，但耕牛有限。由此，工地上出现了各种小创新，其中“牛拉列车”最受追捧。人们把车厢做小，串联成列，由一两头牛同时拉动5～8个装箱，犹如列车行进。牛因此备受农民珍爱、呵护。为防太阳暴晒，农民们疼爱地为每头牛披上自己编织的柔软透气的“牛衣”。

建库开河的日子里，30多万劳动大军吃苦耐劳、拼搏奋斗：盐送稀饭当主食，手捧河水解口渴；每天劳动12小时以上，“三天一突击，五天大战役”的劳动竞赛更是家常便饭。

莫湖，一个普通共产党员，运河建设工程的特等功臣。身为大队民兵营长的他，带领本大队青年民兵组成“北京突击队”，在

鹤地水库建设工地

鹤地水库大坝建设

上工地前，向党组织写下流传至今的决心书：“到运河立大功，到北京去见毛主席！”

说到做到。他曾突击劳动三天三夜不休息，抢险中奋不顾身堵洪流，被誉为“运河铁人”。他青春如火，带头劳动、安排劳动，提出的“三动”和“手不歇、脚不停、口不止”的“三不”，引得他到哪里，哪里就你追我赶。深夜，困得睁不开眼，他滴上治沙眼的药水继续干。每天繁重的劳动，几两米掺着番薯填不饱人们的肚子，有人在他面前喊饿。这个20多岁的年轻人指指自己的肚子，坚强一笑：“把裤带再勒紧一点，多喝点水。”说完，他把裤带一勒，咬紧牙，推起车往前直奔。凭这干劲和毅力，他带领的突击队在全工地创下劳动指标最高、获荣誉最多的成绩。1959年国庆，他被选为全国青年劳动模范代表，上北京参加国庆10周年观礼，如愿以偿见到了毛主席。

“那时候全国各地涌现的劳动模范都想进北京见毛主席。我也想，就写

当年的全国青年劳动模范代表莫湖

了那样的决心书。”59年后回首往事，已是85岁高龄的莫湖老人仍清晰记得见到毛主席的激动心情，动情地说：“湛江人祖祖辈辈盼水，共产党领导10年就实现了。梦想成真，奋斗值得！”

2008年，86岁的孟宪德在追忆中这样写道：“我深知青年是社会主义建设的突击力量，是工程施工的主力军，是湛江的未来和希望，所以就提议命名工程为‘青年运河’。”

1958年12月，周恩来总理接见出席全国农业社会主义建设先进单位代表会议的雷州青年运河模范代表，并为这一工程签发国务院奖状。共青团中央同年授予工程指挥部“永远做社会主义建设的突击手”奖旗。

二

建库开河，筚路蓝缕。绘制宏图，放眼未来。

广东省水电厅高级工程师何多基，1940年大学土木系毕业后，一直从事路桥、水利勘测设计，1957年被任命为雷州青年运河工程总工程师，是运河建设委员会13个成员之一。回顾设计，1994年名载《中国现代水利人物志》的何多基，生前撰文介绍：水库主坝为均质土坝，坝顶高43米，主、副坝总长9.7公里，坝体以人工填土为主、拖拉机碾压为辅，这在当时全国水利建设史上是首创，其副坝之多是广东省水库之冠。库区淹没耕地8.07万亩，移民达4.12万人。他这样坦露心迹："设计之初，湛江地委'千年大计'的思想给我们深刻影响。水利是农业的命脉。对工程的整体规划，灌溉、漕运，生产与生活用水，农业发展与城市建设，工程配套与质量要求，我们反复思考，融入总体设计。雷州半岛地质复杂，台风旱涝频繁，所以建造、管理、维护，都是千斤重担。"

千斤重担，千年大计；千辛万苦，千秋大业。

30多万劳动大军中，90%是35岁以下的青年。工地在哪里，党组织就建到哪里；哪里最艰苦，哪里就有共产党员。以"北京""红旗""飞虎""花木兰""向秀丽"等各种寄情明志的3045个青年突击队成为施工中攻克无数难关的先锋队，先后涌现出9000多个青年突击手，培养各种技术能手共10510人，1700多人光荣加入中国共产党，3702人加入共青团。父子上阵、夫妻接力，"争当穆桂英""赛过诸葛亮"的劳动竞赛，在工地蔚然成风。

1958年12月16日9点半，当工程指挥部测到九洲江流量为每秒7.7立方米时，下达截流命令。顷刻，从各工区挑选出的2000多名青年突击手，开赴四道防线开始截流。地区行署副专员、总指挥王勇站立截流前沿指挥。千万个沙包堆叠，直挡急流；一队队人手拉手排成人墙，河水让路。终于，筑坝达到21米高时，两条长191米，底宽分别为38米的围堰和40米的副堰，牢牢锁住了九洲江江水。1959年春，水库重点工程由西一坝、西二坝、副坝转移到主坝和溢洪道。4月3日，43米水库主坝截流合龙胜利。

水库建成，开挖运河成为主战场。廉江县朗塘营营长李培芬带领全营连续坚持46个小时日夜轮班干，创造了工地上全营每车运土104次的首个纪录，被誉为"百车营"。20岁的共青团员苏培英和18个女团员组成"穆桂英突击队"，在工地刮起"竞赛旋风"：从本队到友队，从女队到男队，总是稳操胜券，从不言苦。当时工地上年纪最大的是73岁的徐孟，他带领一家三代上工地，人们称他

“当代愚公”。他说：“这是造福子子孙孙的事，为了我们子子孙孙，何乐而不为？”

“奋斗是拼搏，是激发聪明才智，是幸福。”杨柑营政委黄培校说起向工具争劳力、向技术抢时间的“杨柑经验”，如此直抒胸臆。

杨柑营负责运河南段150万土方任务，要求在1960年春节前完成。但全营劳动工具除了553部拖车，其余都是扁担、锄头之类。为改进工具，黄培校在全社成立5个木工厂，发动“户户献料”。他带头拿出自己的床板，改装拖车，很快全营献出床板、木料26000多件、旧铁1000多斤。接着动员“人人献计”。一时间，奇思妙想接踵而来，各种新的高效工具不断涌现。工地总指挥部及时提出：工具改革向杨柑看齐。为此，1960年湛江专区水利工具改革会议在杨柑营工地召开，“学杨柑、赶杨柑、超杨柑”的技术革新蔚然成风，众人创新创造，不断提高生产力。

一“桥”飞架运河。这桥实为东海河大渡槽，是整个运河最大的建筑。大渡槽凌空飞架，横卧两岭之间，全长1206米，由40个桥跨81个槽柱支撑，槽基深达8米，每跨30米，最大槽高32.7米，槽身为纵向双悬臂的钢筋混凝土结构，总砌石47万立方米。建成至今，它一直使用，人们亲切地称它为造福人间的“天桥”。

当年建造“天桥”的工匠之一，如今80岁的梁仪老人，带着当年用过的一盘铁卷尺，向我精神矍铄地说起往事：“虽然我上工地前在家当了3年木匠，但这么长这么高的渡槽，别说造，见都没见过。按设计要求，砌石、浇混凝土前，先做模具定型槽柱，架托梁支撑槽跨。因为渡槽要过几十吨的机帆船，槽柱得用几立方米的麻石。那时没有吊装机，也没有那么长的钢梁，石头怎样抬上去，怎样变得牢固，跨度怎么形成弧度且美观，一时真把我们难住了。”为此，模具队把所有难题分成15个，83个青年木工成立15个技术小组，各克难关。“三个臭皮匠，抵过诸葛亮。”终于，难关被一一攻破。老人拿出铁卷尺，边展示边说：“当时最难的是怎么让模具各部件严丝合缝对接，稳固地支撑巨大重压。所以每个构件的尺寸要求非常精准。开始我用的是皮尺，磨坏了好几个。后来就换成这把铁尺，也被磨损了。”

梁仪当年用过的铁卷尺

目睹铁尺，放眼不远处昂然屹立的东海河大渡槽，笔者感动万分。铁尺深黑，锈迹斑斑，布满岁月年华。没有久久为功，没有身心付与，没有智慧创造，哪有今天的雷州青年运河，哪有这“天桥”飞架！

精准铁尺，度量的是岁月时光，是人生智慧；沉甸甸的铁尺，标示的是生命创造，是青春热血、智慧豪迈的劳动建造的大地丰碑！

三

一座巨大的青年运河群英雕塑耸立在鹤地水库大坝旁。人们手拿扁担、肩扛锄头、高举铁锹，展示出当年建库开河劳动者同心协力、气壮山河的奋发形象。雕塑右侧是“运河群英万寿墙”，共有11826个建库开河者的亲笔签名，签名者年龄最大的96岁，最小的71岁，平均年龄85岁。雕塑与签名，闪耀雷州运河精神。

雷州运河精神——“不忘初心，造福人民；牢记使命，永葆青春”，近年成为湛江的热门话题。

每当来到水库大坝，看到库区日新月异的变化，在宏伟渠首枢纽看到群英雕塑和自己的签名时，特等功臣、当年“红孩子班”班长、如今74岁的吴云英老人就抑制不住内心的激动，她回忆道：“1958年暑假，我小学毕业，14岁。天天在学校听说建库开河的事迹，我就和同村的小姐妹商量上工地去。于是我们同村3个女孩、4个男孩，大的15岁，小的13岁，取名‘红孩子班’，得到大人支持后，就上了工地。”人小志气大的吴云英和小伙伴们做出了不输大人的业绩。1959年10月1日，吴云英作为广东省年龄最小的劳模代表，在广州参加了广东省国庆观礼。

青年运河群英雕塑

观礼活动中，大人们生怕幼小的吴云英走丢了，纷纷伸手要扶她牵她。小云英用力抽回手，俏皮一笑："这里还没有我们运河工地人多呢，能丢到哪里去？放心吧，我还要回去修运河的。"几句话说得大人们笑弯了腰。

运河建成后，吴云英被留在了维护运河的基本队伍，从护工、船闸员到办公室科员，直到1999年退休。如今她仍心系运河，发挥余热。"'运河精神'是我们的宝贵精神财富。"吴云英逢人便说。

"我是'富'二代。"采访雷州青年运河管理局职工揭育聪时，他这样介绍。我一愣，细问，原来湛江话的“库”与“富”同音。他父亲揭维业是当年建库开河特等功臣，后来留下管理大坝，不久到鱼苗场培育鱼种放养水库，维护生态，在副场长职位退休。1977年出生的揭育聪说起父亲，一脸自豪：“父亲从劳动模范到养殖能手，从建水库到维护库区生态，深深影响了我。大学毕业后，虽在大城市工作了几年，但觉得还是运河对我最有吸引力。在父亲支持下，我就回到运河工作了。”像揭育聪这样的“库二代”甚至“库三代”，如今遍布运河各个岗位，他们接过前辈的班，继续奋斗着。

以前，雷州半岛人家嫁女，先得看看郎家水缸满不满。运河建成后的头两年，村里娶回的新媳妇相当于修运河前20年的总和，人们欣喜地称运河水为“红娘水”。60年来，青年运河输水800多亿立方米，保障了雷州半岛146万亩农田的灌溉用水，维护了灌区868万亩土地的耕作生态，解决了400万人的生活用水及城镇工业用水难题。昔日苦旱之地变成了今日富饶的鱼、粮、蔗、果、菜之乡，培育出了雷州“全国商品粮基地”、遂溪“中国第一甘蔗甜县”、廉江“中国红橙之乡”。生命之源的水、象征家中财富的水，今天以绿水青山风采，展示湛江金山银山新貌。

奔流不息，秀水扬波，岁月已把运河汇成雷州大地流淌不息的歌。

2016年，鹤地水库被水利部评为国家水利风景区，成为广东省绿色生态示范基地，2018年成为广东省党史教育基地。“永葆运河青春、永续红色基因”是湛江人民共同的心声。如今，建库开河纪念馆矗立在水库渠首旁，前来学习、参观和游览的人们络绎不绝。

向秀丽事迹入选国家博物馆的“复兴之路”展览

磊落光明向秀丽，扶危定倾争毫厘。

一身正比泰山重，风格如斯世所师。

——林伯渠

08

党的好女儿

——记广州何济公制药厂女工向秀丽

◎欧阳湘　张莉彬

1958年12月，广州何济公制药厂女工向秀丽，为保护国家财产和人民生命财产安全，被烈火严重烧伤，献出了年轻的生命，被誉为“党的好女儿”。向秀丽的英雄事迹，体现了“爱岗敬业、无私奉献、舍己为群”的宝贵精神财富。

梅花香自苦寒来

向秀丽，原籍广东省清远县，1933年5月13日生于广州市越秀山下一个贫困的工人家庭，全家十余口人靠在外地做店员的父亲寄回来的钱生活。1938年广州沦陷前夕，母亲带着六个儿女逃难到广东肇庆乡下。由于战乱，全家跟父亲失去联系。在肇庆，为了躲避日军的屠杀和轰炸，一家人经常要躲上山，有一次在山上连续躲了七天。后来父亲来到肇庆，一家人终于团聚了，可是因谋不到固定职业，全家依然受饥挨饿，吃不上一顿饱饭。

由于生活艰难，在向秀丽6岁时，父母把她送给一户殷实人家当“养女”。她人还没有灶台高，就要煮一大家子的饭菜，洗衣、喂猪、放牛，还常遭受打骂。一年后，向秀丽在干活时砸伤右脚大脚趾，未得及时医治，发炎溃烂。母亲得知后，坚持将她接回医治，但那溃烂的脚趾最终不得不被截去。后来全家又回到广州，依旧生活在穷困和饥饿中。1945年初，向秀丽进入一家火柴厂做童工，后又进过三四个工厂做工，终日辛劳。1948年底，向秀丽进入和平药厂，成为一名包装工人。

向秀丽

1949年，广州解放后，中国共产党派出工作队到和平制药厂做群众工作，向秀丽第一个申请参加工会。1952年，她被选为和平药厂工会的组织委员和基层工会女工委员。当时工厂实行计件工资，她担任工会干部后每月工资由40多元降为20多元。上级工会决定设法照顾她，她却坦然说：“工会工作是为大家，多困难也得做好，我的工资虽然减少了，但比解放前好多了。”向秀丽先后参加青工学习班、文化夜校、工会干部训练班，通过阅读《卓娅和舒拉的故事》《钢铁是怎样炼成的》《把一切献给党》等，从卓娅、保尔、吴运铎等英雄人物身上受到深刻的教育。她决定要向他们学习，把自己的青春献给祖国。

1954年，向秀丽光荣加入青年团。向秀丽不断提高自己的业务素质。1956年公私合营后，和平药厂并入何济公制药厂。1958年，何济公药厂试制成功的“甲基硫氧嘧啶”新品投入生产。这种化学制剂操作技术复杂，配料中需要一种烈性爆炸物——金属钠，有一定危险。工厂组建化工车间，有的同志不愿意去，组织选派向秀丽过去。从包装工转型为制药工，需要学习复杂的制作技术。向秀丽只上过三年多夜校，但她以顽强的精神苦心钻研，虚心请教师傅，只用一个多月就初步掌握各种操作规程和技术，并且很快能带徒弟了。为了工作，她带头并动员本组4名工友在厂食宿。她和工友罗秀明两人担负三个人的工作量，获得优胜红旗奖，向秀丽个人两次被评为先进生产者。1958年10月31日，她光荣加入中国共产党，成为一名预备党员。

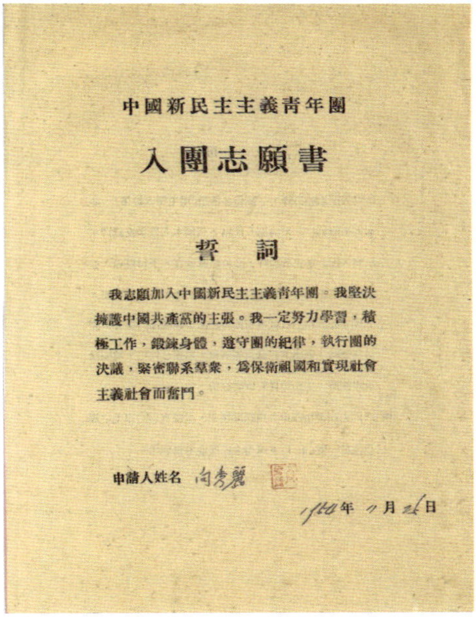
中國新民主主義青年團

入團志願書

誓詞

我志願加入中國新民主主義青年團。我堅決擁護中國共產黨的主張。我一定努力學習，積極工作，鍛鍊身體，遵守團的紀律，執行團的決議，緊密聯系群衆，爲保衛祖國和實現社會主義社會而奮鬥。

申請人姓名 向秀麗

[illegible]年 11月 [illegible]日

向秀丽的入团志愿书

作为基层工会的女工委员，向秀丽要联系11家工厂。工作之余，她喜欢下班后找工人家属谈心聊天。谁家的爱人叫什么，有几个孩子，家里有什么困难，她都清楚；夫妻矛盾、家庭困难，她都管。她喜欢为群众排忧解难。工人们喜欢她，称她“热心肠”；孩子们见了她就“大姐、大姐”地嚷个不停，有的还非要她抱抱。她的爱人是一名火车司机，常年跟着火车跑，很少有时间与家人团聚，曾想换个工作。向秀丽严肃而又温和地说：“如果火车司机都像你一样想改行，那么，谁去开火车呢？

在烈火中永生

1958年12月13日，位于广州下九路商销密集区的广州何济公制药厂车间里灯火通明。在甲基硫氧嘧啶的生产车间里，向秀丽和罗秀明、蔡秋梅按各自的分工正在忙碌着。

晚上7点多，投料加酒精的时间到了，按分工此任务是罗秀明负责。酒精瓶颈细、肚大、底圆，有20多斤重，向秀丽主动帮助她。向秀丽将酒精瓶放在椅子上，用双手抓住瓶颈，把酒精倒往罗秀明手上的量杯里。她们小心谨慎地操作着，配合默契。一杯，两杯，都完成了。倒第三杯时，酒精瓶颈突然断裂，酒精飞快地漫向四周，火苗燃起。

向秀丽和罗秀明、蔡秋梅赶紧用毛巾放在地上吸酒精。几条毛巾吸去一些酒精后也着起火来。随着酒精流淌，火焰冲向工厂的右边角落，那里放着7桶用煤油浸着的金属钠。如果这些金属钠爆炸，足以毁掉整个工厂，并殃及周围繁华商业区及居民！情势十分危急！向秀丽用自己的帽子和围裙扑火，她的鞋和裤子都着火了。“阿丽，你身上着

何济公制药厂旧照

向秀丽扑火画作

火啦，快往地上滚，快灭火！”蔡秋梅一边惊叫一边扑打向秀丽身上的火苗。向秀丽一把推开蔡秋梅，大声喊道：“阿梅，不要管我，快去叫人救火，快！”向秀丽正想搬沙箱来灭火，却发现沙箱正好放在金属钠附近，自己一身是火，势必引爆金属钠。向秀丽在心里阻止自己：“不能取沙箱！”

火焰距离金属钠只有两米了，金属钠已冒起白烟！在这千钧一发之际，向秀丽猛地扑在地上，用自己的身体挡住来势凶猛的火流。

当工厂书记、车间主任率工人赶到时，向秀丽已成一个火人。大家想要为她灭火，向秀丽却挣扎着说：“别管我，快去抢救金属钠！”说完就昏了过去。向秀丽为大家救火赢得了时间，一场爆炸事故被及时制止了。工厂保住了，附近居民的生命财产保住了！

但是，向秀丽却被大火严重烧伤，全身烧伤的面积达67%。她的上衣烧得只剩下衣领，外裤只剩下裤头和左边的口袋，双腿和左手的肌肉被烧得焦黑。

在医院昏迷三天三夜后，向秀丽才清醒过来。她醒后看到党支部书记，第一句话就问：“金属钠有没有爆炸，工厂有没有受到损失？”当听到工厂没事，爆炸被阻止，才放下心来。向妈妈看到被烧得面目全非的女儿，不禁痛哭失声。向秀丽安慰道："妈妈，别哭，没有烧毁工厂，没有烧到居民，应该高兴啊！"她的丈夫去探望她时，她却总是催他离开："你怎么还不上班？不要常来看我，我没事，行车时不要因为想我而开小差，免得发生事故。"当得知大家都在努力全力抢救她，几百人排队要求为她输血、捐皮时，她感动地说："党和同志们这样关心我，我用什么来报答呢？"

在抢救治疗中，向秀丽的烧伤面只要一被触碰，就比刀割还要痛。为了不让大家为她伤心难过，她顽强地忍受着，从没喊过一个"痛"字。在向秀丽生命中的最后一个早上，她凝望着窗外透进来的阳光，满怀希望地问："医生同志，还有几天我能下床走路？再过几天我才能出院工作呢？"护理过她的医护人员都说：只有优秀的共产党员，才能有这样坚强的意志和乐观精神啊！

向秀丽的生命在极度危险中延续了33天，终因伤势太重抢救无效，于1959年1月15日逝世。这天，距她26岁生日还有近4个月。同年1月，中共广州市中区委员会举行追悼会，追认她为正式党员；广州市人民政府追认她为革命烈士，并把何济公制药厂所在的行政街改名为"秀丽街"。

"向秀丽"精神在传承

向秀丽牺牲后，广州各报和《人民日报》《中国青年报》都相继报道了向秀丽的事迹。《人民日报》的编后语说："十九年前，毛泽东同志在《纪念白求恩》的文章中曾经提出，每个共产党员都要学习'毫不利己、专门利人'的精神。今天，本报发表的向秀丽同志的事迹，就是这种'毫不利己、专门利人'精神的榜样。……像这样舍己为人的人，只有在共产党的教养下才会成长起来。向秀丽同志光荣牺牲了，我们一定要学习她热爱人民的崇高精神，沿着党所指引的道路奋勇前进。"党和国家领导人林伯渠、董必武、陈毅、郭沫若等纷纷为向秀丽题词。

向秀丽的英雄事迹迅速在全国广泛传播开，妇孺皆知，深入人心。来广州参观向秀丽事迹展览会的国际友人和港澳同胞、海外侨胞络绎不绝。苏联《真理报》记者说："这个姑娘的名字，对于我一个苏联人来说，就像卓娅的名字一样亲切。"全国掀起学习向秀丽的热潮，各地涌现出一大批"向秀丽式”的模范人物。许多工人、学生和居民，在读了向秀丽的报道后，都深深为她的英雄事迹所感动，自觉用向秀丽的事迹来检查自己、鞭策自己。雷锋就是其中之一。

1962年2月8日，雷锋在日记里写道：“《向秀丽》这本书把我吸引住了。”他决心永远学习向秀丽的五种精神：“耐心帮助同志、处处为集体谋利益的精神”“对工作极端负责任的精神”“对党对人民无限忠诚的精神”“爱护国家财产胜过爱护自己生命的精神”，以及“在紧急关头挺身而出、英勇牺牲的精神”。雷锋表示：“我时时刻刻都要以她为榜样，经常对照自己和鞭策自己。”

向秀丽唯一的儿子崔定邦，一直不知道妈妈的事，只有外婆告诉他：“妈妈去很远很远的地方出差了。”在幼儿园里，小伙伴们都可以冲着来接送的妈妈撒娇，而陪同自己的只有年迈的外婆。他不明白妈妈怎么可以

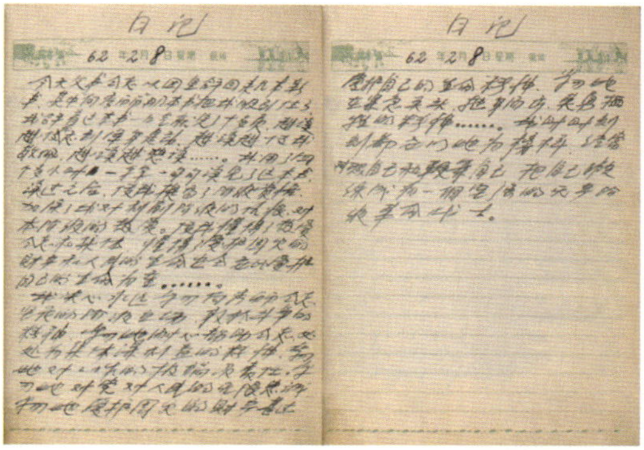

雷锋日记中学习向秀丽的相关内容

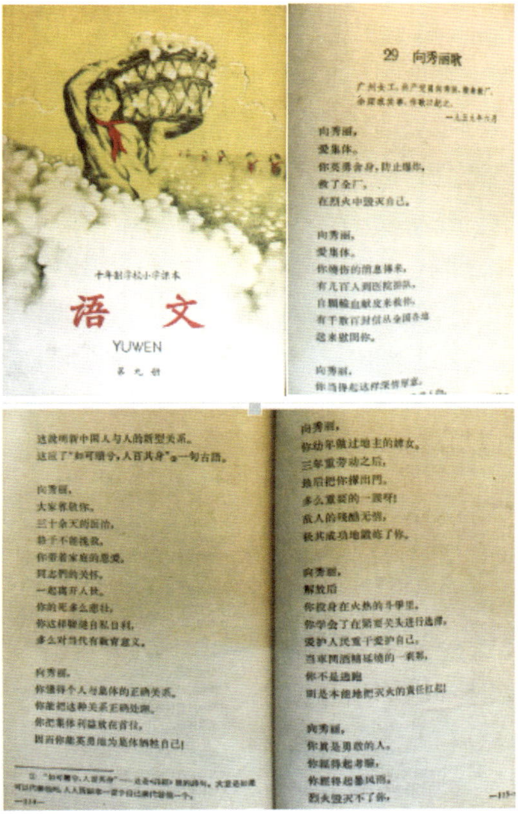

1962 年小学《语文》课本中的《向秀丽歌》

忍心丢下自己去“出差”呢？

直到读小学后，崔定邦知道了好多英雄的故事：董存瑞、刘胡兰、黄继光、雷锋等等，还有他的妈妈——向秀丽，他终于从语文课本里知道了妈妈的秘密。那天放学后回家，崔定邦摇着外婆说：“我要向妈妈学习……呜呜……”话没说完便哭出了声来。上下学路上，崔定邦常从街上跳橡皮筋的女孩子嘴边听到妈妈的名字：“向秀丽，顶呱呱，熊熊烈火都不怕……”他每次听到都激动不已。如今，已白发苍苍的崔定邦说：“在我60余年的人生中，每每遇上不如意的事情，我就会想起妈妈奋不顾身的形象，就会产生克服困难的信心与力量。”

历久弥新的向秀丽精神，在改革开放后继续薪火相传。1982年8月，广州市人民政府将何济公制药厂的楼宇命名为“秀丽楼”。2009年，在经中央批准的“100位为新中国成立作出突出贡献的英雄模范人物”和“100位新中国成立以来感动中国人物”评选活动中，向秀丽入选“100位新中国成立以来感动中国人物”。2012年，向秀丽的英雄事迹作为“复兴之路”的展览内容，在国家博物馆陈列；2014年“七一”期间，中宣部刊发“百位共产党人百篇小传”，向秀丽入选。

向秀丽牺牲后，全国各地用各种艺术形式歌颂向秀丽，除报纸书刊外，有宣传画、雕像、诗歌、戏剧、影视、歌曲、评弹等。2011年6月，向秀丽的老家广东省清远市，为纪念向秀丽建立了向秀丽公园，包括向秀丽纪念馆（图片、物品内展区）、向秀丽纪念像广场（雕塑外展区）等多个功能区。2015年3月，清远向秀丽公园被定为“广东省爱国主义教育基地”。

“爱岗敬业、舍己为群、无私奉献”，是向秀丽精神的内核。作为向秀丽精神的发源地，广州医药集团将向秀丽精神视为企业的“红色基因”。1960年，何济公制药厂组织“向秀丽青年突击队”，在此基础上，广药集团组织“向秀丽·雷锋志愿服务队”，并扩展到全集团下属企业，服务内容也从企业内的协助生产经营、社区公益，拓展到服务社会。在向秀丽精神的感召下，广药集团形成诚实奉献、勤奋创新的企业精神，推动企业高质量发展。

如今，何济公制药厂早已从“秀丽楼”搬迁。时代在变，但不变的，是一代代共产党员对向秀丽精神的追求与坚守。

清远向秀丽公园

东深供水工程旗岭渡槽施工

东深供水工程对香港供水的历史，是一部艰苦奋斗史，也是一部无私奉献的历史，体现了香港与内地尤其是珠三角地区密不可分的血脉联系。

09

潺潺清流润明珠

——东深供水工程纪实

◎欧阳湘

香港百年“制水”痛史

提起制水，香港的老街坊都会谈水色变。如何保障大家饮用的淡水，一直是香港的大难题。

香港的“长年旧患”

香港水资源短缺，是由其地质、气候、降雨情况决定的。虽然其降雨量较多，但分配不均，无江河湖泊等的调节；地下水资源贫乏，且易受环境污染；海水含有盐质，不适于饮用。供水问题的难以解决，也与人口增长有密切关系。

鸦片战争前，香港人烟稀少（约7000人），山泉水足以满足需求。但随着城市发展、经济增长、产业发展导致人口激增，山泉水日渐供不应求。当时的应对措施主要是在山间岔地修筑水塘，储蓄雨水，并先后建成薄扶林水塘、大潭水塘、九龙水塘、石梨贝水塘、香港仔水塘等。但所建水塘集蓄的淡水，都要经过水源地的收集。因受集水区所限，后改为在离岛和外海建立大型水库（淡水湖）。甚至进行海水淡化的试验，但其工程浩大、成本高昂。

港英政府视确保供水为重要工作，还因此特设水务署，其年费开支曾占到港英政府财政收入的六分之一，于是越来越力不从心。

东方明珠日渐失色

因缺水严重，香港制水经常化，只有轻重不同。1963年6月1日，香港加紧制水，每4日供水一次，每次4小时，延续了一整年。直到1964年5月29日，由于强台风带来雨水，由每4日供水4小时改为隔日供水4小时，7月1日放宽为每日供水8小时。直到9月1日，才开始实行全天候供水。令人唏嘘的是，传统新春佳节期间，香港的居民也在制水中度过。据香港媒体1964年2月5日报道，除夕的供水时间为10小时，时间为上午6时至10时，下午5时至11时。

制水问题严重影响了香港的经济发展。据报道，实施严厉制水措施后，香港工业损失惨重，两个多月来估计损失数亿元。

香港报纸呼吁："三百万居民咸盼放宽制水。"香港某报1963年8月11日报道：实行每4日供水一次紧急措施的两个月，全港数百万居民承受了难以承受的痛苦，以致怨声载道；而工商界由于缺水所造成的损失，更是数以亿计。为了居民的生活有所改善，以及减少霍乱等疫症的传播，放宽制水是有其必要性的。

水荒在香港人心目中留下挥之不去的阴影。当时还有民谣唱道："月光光，照地堂，山塘无水地无粮，阿姐担水，阿妈上佛堂，唔知几时没水荒。"

1963 年 6 月，将供水时间减为每 4 日供水 4 小时。图为香港居民轮候取饮用水的场面

油轮正在码头卸淡水的情形

东深供水工程建设

香港供水的困难，牵动着祖国人民的心，受到了党中央的高度重视。周恩来总理特别了解并询问了香港供水问题，并作出重要批示，决定修建东深供水工程，由国家牵头，为香港同胞分忧解难。

周恩来拍板东深供水工程

香港自身无法解决供水问题。在1929年水荒时，港英政府获准在珠江河道及其支流取水，广九铁路将许多火车厢，临时改装为水箱，组成运水专用列车，一时蔚为壮观。20世纪50年代，香港饱受水荒之苦，内地伸出援助之手。1960年深圳水库建成蓄水，即引水供应香港。协议每年从9月中旬开始至次年5月底止，深圳水库向香港供水2275万立方米。深圳水库向香港供水，暂时缓解了香港供水的燃眉之急，但还满足不了香港用水急剧增加的需要。

为长远解决用水问题，港英政府与广东省政府就修建从东江引水补给香港供水的工程展开谈判。1963年6月，广东省委向中央提出报告，经周恩来总理批示，中央发出《关于向香港供水谈判问题的批复》。随后，广东派出工程技术人员进行勘测。12月8日，周恩来总理在出访非洲时途经广州，与广东省当时的领导陶铸、陈郁听取关于东深供水工程的专题汇报，敲定工程方案。周总理表示：香港是我国不可分割的一部分，该工程由中央拨专款支付；所需机电设备等物资，广东解决不了的，由全国支援解决。对于工程投资预算为3800万元，周总理以幽默的口吻说：“你们不要超过‘三八线’哟！”当时正值国家建设的困难时期，国家还有不少在建待建项目，3800万元对当时来说可是一笔了不起的费用。

1964年4月22日，广东省政府与港英政府签署东深供水工程给香港供水的协议：广东省于1965年3月起开始供给香港淡水；每年供水量定为6820万立方米；供水期为每年10月1日起至次年6月30日止，共9个月；水费标准为每立方米1角人民币。

书写荡气回肠的篇章

东深供水工程全长83000米，由6个拦河闸坝、8级抽水站、2个调节水库和16000米长的人工渠道组成。在东莞县桥头镇修筑一条底宽80米、长3000米的人工河道，把东江水引入桥头抽水站，将河水提升5米，经多级拦河闸坝和抽水站，逐步提高水位，然后流入东江支流石马河，使由南向北流的石马河变为由北向南倒流入雁田水库，并在东莞、宝安交界的白泥坑新开一条3000米长的渠道，使东江水从雁田水库引入深圳水库，最后通过输水管道送到香港。

东深供水工程是我国自己设计、制造装备、安装施工的。这项工程的设计和施工技术复杂。除马滩抽水站是建在较坚硬的岩石上外，其他各枢纽工程均需建筑在风化了的泥质砂页岩、黏土、砂卵石等基础上，而且都在地面下5米至10米处施

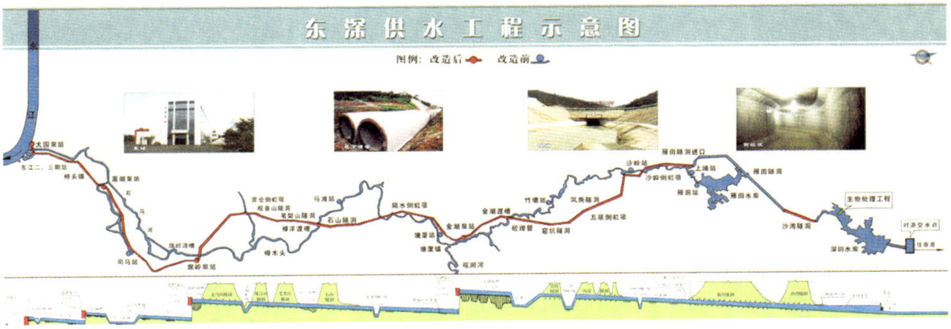

东深供水工程示意图

“要高山低头、令河水倒流”是东深供水工程建设者的口号

工。工程所依附的石马河是一条山区河流，河面狭窄，水流湍急，变化幅度大，对施工非常不利。为早日解决香港的水荒威胁，东深供水工程是在多雨和台风季节克服种种困难进行施工，并顺利完成的。

“叫河水倒流”、汛期在河床施工，是打破常规的建设项目。在东深供水工程动工的初期，一位外国专家来到工地参观后耸耸肩膀说：“这只有靠上帝保佑了！”但工程的建设者们挺起胸膛，自信地回答：“我们是劳动人民，人民的潜力是无限的，您静候佳音吧！”他们经受了五次强台风、暴雨、洪水、汛期以及无数的技术考验，石马河宛似被征服的巨龙，被迫逐级爬上高坡，引东江水倒流输送到香港。

建设者的辛劳与汗水

东深供水工程分为深圳、凤岗、塘马和桥头4个工区，下设11个工段，各负责具体施工。建设者队伍高峰期时达2万多人，他们都是从四面八方来支援的。翻开名册，看籍贯一项，除西南几省以外，全国各地都有。广州动员了知识型青年，东莞、宝安、惠阳则动员了农民。广东和上海、陕西、黑龙江等14个省市近百家工厂和铁路、公路、水运、民航等部门支援协作，优先为东深供水工程加工设备、运输安装。例如上海水泵厂接到为东深供水工程制造大型抽水机的任务，本来要近一年的时间才能制成，工人们加班加点，不畏辛劳，结果只用了不到半年时间，就提前完成交付安装。

东深供水工程的建设凝聚着广大建设者的辛勤劳动和汗水。东深供水工程总指挥部本来架设了专用电话线，从总部可以直接通电话到每个工地。但总指挥曾光不满足于从办公室拨打电话，径直走到施工现场了解第一手材料，着手解决问题。哪里有问题，总指挥就一定在哪里。有一支先后参加过建设福建的古田水电站、广东的流溪河水电站、新丰江水电站而锻炼成长的队伍也为东深供水工程的建设做出了重要贡献。

东深供水工程当年计划、当年设计、当年施工、当年完成。1965年2月，工程建成并通过验收；2月27日，广东省在东莞塘头厦举行东江—深圳供水灌溉工程落成典礼。1965年3月，东深供水工程按协议向香港供水。

东深供水工程之后又进行了三次扩建一次改造：1974-1978年进行的一期扩建工程，加建7台抽水机及增建中小型水库；1979-1981年的二期工程，主要是扩大、兴建抽水站，加高深圳水库主坝；1989-1994年的三期工程，扩建抽水站及加建塘厦抽水站，将供水量增至17.43亿立方米；2000-2003年的改

工程技术设计人员在紧张制图，施工图画完一张就往工地送一张

造工程北起东莞市桥头镇的东江河畔，南至深圳水库，全线51700米，采用隧道、涵管、渡槽等方式，实现供水渠道与河道分离，保障原水在输水过程中不受污染，保持优于国家Ⅱ级水源标准，保证供水量与质量。

截至2018年底，广东通过东深供水工程累计向香港供水251亿立方米，超过1750个西湖的水量，保障了香港75%以上的用水需求，开启了香港经济社会发展的新纪元。

对港供水的历史评价

“生命水、政治水、经济水”

“清清的东江水，日夜向南流……东江的水，你是祖国引去的泉，你是同胞酿成的美酒，啊，一醉几千秋……”1965年东深供水工程建成完工时，香港地区赠送了两面锦旗：“引水思源，心怀祖国”和“江水倒流，高山低首；恩波远泽，万众倾心”，表达了香港人民对祖国的无限感激之情。在供水首日，由香港导演、摄影师罗君雄拍摄的纪录片《东江之水越山来》在香港上映，迅速引起了轰动，创造过百万元的纪录片票房新纪录。刚刚经历水荒的香港人，这才知道水龙头里流出的水原来是这样一路翻山越岭而来的，都感慨不已。东深供水工程为香港提供了可靠水源，有效地解决了香港的水荒问题，因此被称为“香港人的生命线”。东深供水工程向香港供的是“政治水”，也是“经济水”，关乎香港的稳定与繁荣。东深供水工程是内地与香港紧密联系的纽带，是内地人民与香港同胞血浓于水的见证。

东深供水工程对香港供水的历史，是一部艰苦奋斗史，也是一部无私奉献的历史，体现了香港与内地尤其是珠三角地区密不可分的血脉联系。20世纪90年代初，粤港同时发生严重干旱，广东每天压缩深圳、东莞等地30万立方米的用水，才保证了对香港的正常供水。

为有源头活水来！东江发源地为江西赣州的寻乌、安远、定南三县，富含钨、稀土、铅、锌、钼等资源，素有“世界钨都”“稀土王国”之称。为了东江之水碧水长流，三县取缔关闭了330多个矿点。广东河源也部署了39个水功能区，投入巨资用于水资源保护和河流湖库生态综合整治。“对于河源而言，保护好东江水质是重要的‘政治任务’，没有什么价钱可讲。”河源先后拒绝了500多个可能产生污染的工业项目；忍痛叫停3条已开建的库区公路，转而采取投入更大、耗时更长的移民措施，为的就是防止“路通、林毁、水污染”。

粤港澳大湾区建设的供水保证

“东江的水质怎么样？”2014年全国两会期间，习近平总书记参加广东代表团审议时十分关切地询问道，心中的牵挂溢于言表。2019年公布的《粤港澳大湾区发展规划纲要》要求强化水资源的安全保障、完善水利基础设施，保障珠三角以及粤港澳供水安全，加强粤港澳水科技、水资源合作交流。东深供水工程是粤港澳大湾区基础设施互联互通的重要一环。珠三角水资源配置工程全面开工，该工程西起西江干流佛山段鲤鱼洲，经广州南沙，向东至东莞、深圳，将为香港、广州番禺、佛山顺德等地提供应急备用水源，有效提高粤港澳大湾区供水保证率和应急保障能力，在粤港澳大湾区建设中继续发挥重要作用。

珠三角水资源配置工程建设目标：打造新时代生态智慧水利工程

丰收的长岗坡（苏汉荣摄）

仙子何年此共游？危冈片石踞青牛。

出关应代犹龙步，接汉常连织女浮。

野鸟去来云不碍，松花开落水长流。

凭高更尽探奇兴，尚有残棋著未休。

明代福建籍进士张国经在罗定为官时作《牛石仙踪》一诗，写的是城西石牛山的景致，是罗定山山水水的一个侧影。这位明代进士的诗意，在今天的罗定，确是现实的写照。

10

十里彩虹天河水

——罗定长岗坡渡槽的前世今生

◎陈典松

罗定历史上知名度最高的人物当为抗日名将蔡廷锴，但罗定人更为津津乐道的则是由当代罗定人自己建造的一项水利工程——被称为“人工天河”的长岗坡渡槽。

这项工程不仅在国内有很高的知名度，而且接待过来自全国数十个省市的各界人士，甚至有多个国家的专家闻讯前来考察。广东省人民政府将罗定长岗坡渡槽定为广东省文物保护单位。

青山断处是泷州

罗定是广东省云浮市代管的县级市，与广西壮族自治区岑溪市交界，是西南诸省进入广东的门户之一，也是广东向西南地区辐射的窗口。

罗定有悠久的历史，古称泷州。现代史上，抗日名将蔡廷锴率领十九路军在上海的淞沪抗战事迹，让罗定人引以为荣，蔡廷锴的队伍里培养了许多罗定籍的军事将领，大大增强了罗定人的自豪感。

清代诗人何仁镜曾写过一首关于罗定的诗：

橹声摇尽一枝柔，溯到康州水更幽。

一路青山青不断，青山断处是泷州。

罗定的自然环境与气候条件复杂多变，西部、西北部和东部为山地，中

罗定古河道

部、东北部和南部为盆地、丘陵地带。全县形似东西南为边围，向东北开口的箕状盆地。历史上，这里水旱灾害频发，百姓生活艰难。为改善自然生产条件，提升百姓生活质量，治水成为重要的民生工程。

新中国成立后，罗定的干部群众把兴修水利工程摆在重要位置。1950年冬天，开始修建罗平牛路迳水库，这是新中国成立后罗定县的第一个水库。到1953年，全县共建成大小水库、塘坝102宗。接着，先后兴建“引太”“引泗”“引沙”“引镜”“引连”“引替”六大水利骨干工程，大大改善了全县境内的水旱环境，农业生产和百姓生活皆受其利。

“再难也要干”

20世纪70年代初，罗定这个山区县的农业生产条件依然没有得到根本改善，“十年九旱”的现象继续困扰着当地的干部群众。“山上不长草，黄泥往下倒”是人们对当时自然环境的描写，甚至到了春耕插秧时节，还有大片农田连播种育苗的水都没有。这让罗定的干部群众不得不思考进一步改善全县水利条件的问题。

1971年春天，38岁的郭荣昌到罗定任县委书记，发现当地上下游村民用水矛盾突出。在走访过程中，有一个老农民向他建议，要改变春播干旱问题，需要修建一个大型水利工程。郭荣昌为此陷入了沉思。

郭荣昌带领县委“一班人”，继续作深入调查，广泛听取群众意见，直接到田间地头，也看了以往的大小水库和“六大”引水设施等水利工程，了解到罗定中部地区的素龙、生江、附城、罗城、双东等公社的20多万人口的农业用水问题还没有解决。他们很快意识到，罗定的水利建设到了一个瓶颈期，需要有一个大的突破，要解决当地的旱患，一定要修建一个大型水利工程，才能从根本上解决罗定的农业水利条件。

经过反复调研、谋划，郭荣昌在县委会议上提出，要在罗定太平与信宜之间建一座大型水库，以解决罗定中部的用水问题，此提议得到肇庆地委的同意，但在与信宜县委协商过程中，因涉及“借地”问题，这个计划未能实现。

于是罗定的干部群众转向在罗定县境之内寻找建设大型水利工程的突

破口。

一个叫李郁的老技术员认为，在罗定中部地区云桂山麓金银坑周边，有已建设成的五座小型水库，周边刚好有一圈隆起的山脉，把五座水库包围其中，如果在适当的地方筑起堤坝，进行改造，把五座水库连起来，就可以建设一座库容量大约3000万立方米的中型水库。但是，这里隆起的山脉只有18平方千米，单靠集雨面积去积水，满足不了中型水库蓄水的要求；如果能解决引水问题，把西南片区的水引入库区，这个水库就能建起来。

李郁的意见得到郭荣昌的重视，但为了慎重起见，经进一步调查研究，罗定县委最终形成一致意见，同意往大水利工程方面进行努力。

正在这个时候，按照广东省的统一部署，罗定县于1973年3月8日至6月10日，组织了县、公社、大队水利人员共970人的庞大水利普查工作队，对全县水利资源进行全面普查，为水利建设收集数据，并把做好西南片区的引水工程作了可行性评估。县水利局局长组织材料，形成书面报告，报给县委书记郭荣昌。

金银河水库

郭荣昌看到这份可行性研究报告，非常兴奋，这与他思考的用大型水利工程解决罗定中部缺水问题的方向是吻合的。县水利局的技术人员提出了把太平河、罗镜河水引入金银河水库的初步方案。这个方案的规划是：把罗镜河水引入“引太”水渠，扩大原“引太”水渠，把水输送到罗平公社牛路迳，再通过开挖明渠或建设渡槽的办法，把水送进新修建的金银河水库。

参加罗定水利工程建设的郭荣昌

1973年9月，郭荣昌和县委领导班子成员带着县水利局相关人员，与技术人员，前往罗平公社，沿着牛路迳、长岗坡、花鹿坑等地调研。实地察看后，大家认为，从长岗坡建设渡槽的方案是可行的，也是几个方案中更易实现的：渡槽的水流线路短、便捷、省力、省钱，长岗坡的地形和土质也适宜建设大型渡槽工程。具体走向是：从罗平公社牛路迳开始，经过高岗、大屋垌、茶岗3个自然村，建设长岗坡渡槽，连接花鹿坑隧道，直通金银河水库。

1973年底，郭荣昌组织县委班子讨论，建设长岗坡渡槽枢纽工程正式提上日程，县水利局组织技术力量，根据这一方案，对工程进行全面勘测。

经过一年时间的勘察，通过钻孔、探井、试钻、压水试验、水工试验等，1974年底，长岗坡渡槽枢纽工程建设方案起草完成。

1975年元旦刚过，郭荣昌把方案提到县委常委会议上讨论，引起了极大的争议。围绕着经费和工程难度，县委班子进行了激烈的讨论，为此一连开了好几天的会议，最后形成共识，大家同意建设长岗坡渡槽枢纽工程。

郭荣昌表态：“只要能从根本上解决罗定的旱患，再难也要干！”

长岗坡渡槽枢纽建设终于成为罗定干部群众的共识。

一届接着一届干

1975年8月2日，罗定县召开了一次由县委、县革委会、县水利局领导班子成员和当地水利工程技术骨干及相关单位的领导干部参加的会议，核心议题是讨论长岗坡渡槽的设计问题。

在会上出现两种不同的声音：一种声音认为，长岗坡渡槽这样的水利工程是罗定水利建设的命脉，是百年大计，应该由资质更高的省或者市级以上机构的水利专家设计，罗定县不可能自行完成这样的大工程；一种声音认为，罗定有能够承担设计任务的技术力量，历史上修建过不少水利工程，都是罗定本地的技术人员完成的。

以陈汝甲、吕醒华为代表的广大技术人员认为这是大显身手的好时机，他们从明代修建罗定大桥说起，谈到新中国成立后罗定人自己修建的许多水利工程。时任水利局局长认为罗定水电系统精英云集，技术力量雄厚，并列举了自新中国成立以来，罗定县作为全国水利先进单位，曾先后派出技术人员9人次出国支援外国水利建设的例子。

县委班子成员认真听取大家的发言，深为水电系统干部群众的精神感染，郭荣昌说：“我来到罗定也好几年了，罗定人团结、拼搏，从不向困难低头。敢于挑战，敢为人先，这深深鼓舞着我，我看就这样办，长岗坡渡槽的设计以我们县里的技术人员为主。”

县委书记的话一锤定音，设计任务落到吕醒华、梁中等本县技术人员身上。

吕醒华、梁中、李郁、谭仕中与肇庆地区水电局派来的技术人员孔祥华等成为设计团队的核心力量，他们深知长岗坡渡槽设计的难度很大，深感肩上的压力与责任，但更为能承担这样一项大型工程设计任务所鼓舞，

长岗坡渡槽被列入广东省级文物保护单位

一片生机盎然的长岗坡渡槽

以更加饱满的精神和激情投入设计工作中。

技术人员各自发挥所长，收集了国内外渡槽建设的各方面资料，包括西班牙塞哥维亚渡槽、法国加尔渡槽、加拿大布鲁克斯渡槽、俄罗斯戈梅利河渡槽及我国湖北、福建、湖南、四川等地的渡槽建设成功案例及相关数据，都是他们研究的对象。

罗定县委给技术人员的要求是“既要敢想，更要科学”。

技术人员很清楚自己身上的责任，深知作为粤西山区县的罗定资源有限，财政困难，不可能用大价钱建一座高难度的水利工程，必须跳脱传统思维，站在罗定全局的视角调整设计思路，寻找一个科学、合理、安全、有效的建设方案。

勘测、计算、设计，一道道工序从头开始，技术人员很多时候仅靠一支铅笔、一张绘图纸，就可以在办公室里计算到深夜，累了、困了，就靠在椅子上打个盹。有些技术人员常在办公室里度过不眠之夜，从不计较个人得失。

经过将近一年的反复论证、修改，一份凝聚着设计团队心血的《长岗坡渡槽设计计划书》终于摆到了罗定县委领导的案头。

长岗坡渡槽气势如虹（苏汉荣摄）

所有的设计，包括水力、槽身结构、跨拱肋梁、跨度支墩、跨接头墩等数据，都靠技术人员用手中的计算尺和笔，经过千百次反复计算，才最终确定。到最后方案完成时，技术人员设计、计算用过的纸和笔竟达178千克。

正当金银河水库和长岗坡渡槽建设进入关键时期，1975年9月，县委书记郭荣昌升任分管农业的省委书记。对水利工程他念兹在兹，放心不下。离任前，他专门找到接任县委书记的张超崇进行了一次长谈，特别提到正在兴建的金银河水库和即将上马的长岗坡渡槽枢纽工程。

1975年11月，郭荣昌离开罗定到省城上任，这个时候也正是长岗坡渡槽设计方案进入最后定案时期，罗定县委“一班人”借力使力，以更加高昂的兴致推进相关工作。

1976年秋天，金银河水库建设如火如荼，县水利专业队2000多人奔赴罗平公社长岗坡渡槽工地，进行备料、修路、供电等前期工作，为正式动工建设作准备，开启了长岗坡渡槽建设的征程。

县委成立了长岗坡渡槽

建设工程指挥部，正在金银河水库建设工地工作的县委常委梁自然被任命为总指挥。

工程开工后，许多困难超出了预想，资金、粮食、工具、材料、人员等，一个一个困难不断冒出来，梁自然不得不将相关情况报告给时任县委书记、副书记。

县委书记与县委"一班人"从各个方面进行协调，尽可能地支持长岗坡渡槽的建设，梁自然更是长驻现场，处理、解决建设过程中的问题，甚至利用节假日到林场和水泥厂做工作，解决建设所需的物料。

为解决劳动力问题，县委动员和组织了全县各个公社、大队的农民投入工程建设中，要求所有机关干部都要定期到工地参加义务劳动，全县高中以上的师生在寒暑假期间都分批组织到工地支援建设。各个生产队的劳动力，每年都要有15天不计报酬的义务劳动。

一场声势浩大的集体劳动场景出现在了长岗坡的山野田头，到处是红旗招展，到处是人头攒动。

领导干部和群众一起干活，一顶草帽，一条大毛巾，卷起裤腿，撸起袖子，工地上分不清谁是干部，谁是群众。

建设长岗坡渡槽的工人

长岗坡渡槽建设工地现场

当然，这么一个大工程，也发生过意外。1979年10月31日上午，花鹿坑山塘土坝出现塌方事故，黎少英等6名工人牺牲。这是长岗坡渡槽建设过程中令人心痛的一件事情。

长岗坡渡槽于1976年11月动工兴建，1981年1月竣工通水，历时四年多。工程竣工，经引水入金银河水库后，发挥重大的工程效益，解决了四个镇（区）8.14万亩的农业灌溉用水和八个镇（区）约54万人生产、生活用水。

水绿山青稻米香

长岗坡渡槽建设成后，气势壮观，效用明显，产生了广泛影响，得到各级领导的肯定与称赞，国内许多省市的同行纷纷前来罗定观摩、取经，外国专家也闻讯而至，都为罗定的这项水利工程叫好，给予了积极的评价。

通过包括长岗坡渡槽等水利工程的建设，罗定人的生产生活用水得到保障，环境条件得到改善，绿水青山遍及全县，先后被国家和广东有关机构授予“全国造成林绿化先进单位”“全国绿化先进单位”“全国造成林绿化百佳县”“全国绿化模范县”“中国肉桂之乡”“全国粮食生产先进县”“全国首个有机稻米整批出口欧盟和日本的县（市）”“广东省现代农业科技示

引水槽

范县”等荣誉称号。

由于自然环境的优越，罗定生产的有机米受到消费者的青睐，中央电视台的《乡约》节目专门以长岗坡渡槽为背景录制了一期面向全国观众的节目，“罗定稻米节”打响了罗定本土农产品的品牌。

2016年2月，国家林业局同意罗定金银河水库湿地开展国家湿地公园试点工作，金银河湿地公园成为广东省15个国家湿地公园之一，从长岗坡渡槽到金银河，再到石牛山，这条线路成为罗定人传承红色基因的教育基地，也成为休闲旅游观光胜地。

长岗坡渡槽建成数十年来，历经风雨，但因其质量稳定，依然在发挥重要的水利枢纽工程作用，也对罗定的持续发展发挥重要影响。

曾在罗定任县委书记的梁伟发在他主编的《中国长岗坡》一书中，将长岗坡精神概括为“敢为人先，艰苦奋斗，善于担当，一心为民”。

长岗坡渡槽成了一个时代的印记，它是一段历史的见证。

清远氮肥厂旧貌

思想走在行动之前，就像闪电走在雷鸣之前一样。

——海涅

11

破解旧工业管理体制『紧箍咒』

——清远经验纪实

◎欧大军

突破口：试行超计划利润奖

党的十一届三中全会果断将全党工作重点转移到经济建设上来。思想的闪电在清远大地上空划出一道光芒。清远县领导班子坚信“实践是检验真理的唯一标准”，对国营企业内部管理模式开始进行反思与质疑。

当年的清远氮肥厂厂区

清远县的国营企业亏损几乎是“家常便饭”。1977年， 国家给清远县17家国营企业下达18.6万元的利润指标，但这17家国营企业不但没有完成，反而还亏损了31.3万元，1978年1—9月只完成年计划利润46.7％。企业到了生死存亡的边缘，县里被迫伸手向地区财政局借钱发工资。

苦于无计可施，清远氮肥厂组织全体员工，开展大辩论，寻觅亏损源头，解开 “死结”，从绝望中找到出路。1978年秋，清远氮肥厂召开全体员工大会，专题讨论“政治挂帅”， 但员工们不爱听。员工们说，我们的日子难过，有的夫妻两个人工资才33元，要养活一家人，为糊口，还要上山打柴、下河捉鱼、落田摸螺，汗水泪水流在一起，有苦难言！说到“政治挂帅”，员工们情绪高涨说，什么政治挂出什么帅，“大跃进”挂出“虚夸帅”，大锅饭只能挂出“亏损帅”。

员工发言表明，政治离开群众利益这个目标将一事无成。清远县委认为，必须深入调查研究，实事求是地解决问题。调查研究是啃掉“硬骨头”、越过“险滩”的好招，谋事在人，成事也

在人。

通过调研，清远县委认识到导致国企严重亏损的一个根本原因是政策上存在严重平均主义。这种极端的政策必然导致“物极必反”，必然助长人们的懒惰思想，压抑员工的积极性，成为企业发展的严重障碍。另外一个是企业没有自主权。在企业管理体制上，基本上是沿袭苏联的管理模式，高度集中统一，单纯靠行政管理，抛弃了经济管理手段，束缚了企业和员工。正如亲历者们所回忆的：“当时工厂没有产销权，生产多少由县计划委员会做计划，销售由农业生产公司负责，价格则由物价局定，工人由劳动局招聘，解聘也要劳动局批准，‘企业没法活，也没法创新’。”

与此同时，清远氮肥厂、清远农机修造厂也在试图改革，提倡多劳多得，并设立“超产奖”，以提高员工的积极性。实施这一办法，用时任氮肥厂厂长的话说：“是无奈之举，当时农民要肥料要得

当年氮肥厂生产的产品

紧，而上级下达的生产任务工厂又完不成。上面批，外面逼，几乎把我们逼上了绝路。在无计可施的情况下，我们想到了这一招，不管它是对还是错，便开始实施了。想不到，效果出奇的好。全厂不但如期完成了任务，工人也增加了一点收入，此举得到了全厂上下的支持。”

同时，厂领导又决定借鉴清远洲心公社的经验，其时洲心公社党委决定实行“固定地段、包工定产、对产负责、超产奖励”的产量责任制管理制度，农业生产迅速大改观。

农民联系产量，工业企业联系利润，实行超计划利润奖。他们将想法向县委书记和工业革委会副主任汇报以后，两位领导当即表示支持，并采纳了财务主管的意见，从利润中挤出一点点作为员工的奖金，这就是最初的超计划利润奖。

当年10月，在全县17间国营工业企业推行超计划利润奖，其奖励办法是以完成企业计划利润为起点，从超计划利润中提取一定的奖金。多超多提，少超少提，不超不提。全县17间国营工厂分别按15％、20％、25％的比例提取奖金，这实质上是对员工提供的超额劳动的物质报酬。

清远县委书记陈国生还到清远氮肥厂去蹲点指导。他是洲心经验的创立者，在清远群众中口碑是极佳的。他个头高大，四方脸，宽阔的前额，剑一般的浓眉，给人以自信与希望。县委书记莅临企业蹲点，公开表明县委县政府对超计划利润奖这一新生事物的支持，无疑给全县企业员工莫大的精神鼓励与支撑。

实行超计划利润奖后，效果出乎意料。全县17间国营工厂，试行3个月完成的利润，比前9个月还多35％，上缴财政利润比计划增加33.8％。员工放鞭炮庆祝，庆祝超计划利润奖试点成功！

解套：在排除阻力中进行企业管理体制改革

从1978年10月起，清远县委先后在全县17间国营工业企业试行超计划利润奖，极大地调动了企业和职工的积极性和创造性，使国家、企业和个人都得到了利益。

然而，这也迅速暴露了上层建筑不能适应经济发展方面的问题。县经委的经济管理权限很少，不能及时解决企业生产上的问题；县经委同工业局机构重叠，人浮于事，特别是企业多头领导，办事层次多，工作效率低；工业企业之间，任务有畸轻畸重情况等，企业被"八根绳子"捆住，即人、财、物、产、供、销、运的掣肘，再加上"婆婆多"，企业没有自主权，要办一点事情很困难。

清远县委县政府感到，不改革现行的经济管理体制，继续用老一套的行政办法来管理经济，是不能使用好和保护好给企业的自主权，充分发挥超计划利润奖的作用的，企业和职工的积极性和创造性也难以持久。

在这样的思想指导下，从1979年4月1日开始，清远县进行第一次县级经济管理体制改革，实行人财物、产供销六统一；强化了县经委的职权，使县经委既是行政管理机构，又是经济组织；精简机构，减少人员；减少办事层次，提高工作效率；加强企业管理，促进生产的发展；减少会议，企业领导可以集中精神抓生产；变多头领导为单一领导，经委能凭借权限有效地组织生产；扩大县经委的人事管理权；扩大县经委的物资管理权；由经委一个户头对财政，实行利润大包干等。

然而，"封杀令"很快来了。1979年6月9日，广东省财政局和劳动局联合发出《关于纠正清远县企业实行超计划利润提成奖的函》，要求清远县停止实行超计划利润奖。

"禁令函"中提到的理由概而言之：一是超计划利润奖，只能在省属工业企业和城市中搞试点，而且要经过省劳动部门批准；二是清远提成比例偏大、上缴国家财政相对减少等。

面对这种情况，韶关地委和清远县委面临很大压力。1979年8月省委省革委在广州召开全省工业交通增产节约会议的分组讨论会，韶关代表和省财政、劳动、银行等代表围绕超计划利润奖展开了唇枪舌剑般的辩论，有来有往，各抒己见，毫不相让。省领导们听取各方意见后强调：一定要解放思想，各地区可选择若干工业企业，仿照清远做法进行试点。指出清远等地的试点经验，说明了要把企业搞活，也要坚持实践是检验真理的唯一标准，端正思想路线，解放思想，必须把企业经营好坏同职工的切身利益联系起来，把国家、企业和个人利益联系起来，调动企业和职工的积极性，达到增产增收、扭亏为盈的目的。

全省工业交通增产节约会议后，清远县以锲而不舍的精神，推动清远经验的进一步完善。从清远国营企业改革试点实践情况看，清远县改革县级经济管理体制的方向是正确的，已经初步摸索出一条路子。但是，它还有不完善的地方，需要进一步完善。成功的清远经验是国营企业改革的宝贵财富，它只有不断总结，不断完善提高，才能对于指导国营企业改革实践具有重要指导作用。

从1979年9月开始，清远县进一步深化工业管理体制改革，扩大了经委的权限，使它逐步成为工业交通战线组织生产的行政指挥部，且是相对独立的经济组织。经委挂县经济委员会的牌子，又挂县工业企业联合公司的牌子，一套人马，两块招牌。县经委具有固定资产、流动资金、银行贷款指标和各项奖励基金的审批权或调剂权。县经委进行机构改革，成立工交党委，设办公室、政工科、劳动工资科、计划财务科、交通科等。

这项改革是一次大胆的尝试，既删减了企业管理机构，减少了行政人员，人浮于事的状况得到了解决，又提高了办事效率，有力地促进国营企业的发展。

放权：激发国营企业活力的“催化剂”

清远经验的核心是试行超计划利润奖，它在一定程度上激发了国营企业的活力，但仍然不够，仍然存在着有的工厂搞“死”了，有的工厂搞活了。关键就是工厂有没有自主权。

要解决好扩大企业自主权问题，搞好扩大企业自主权的试点是关键。省领导要求：“我们就是要通过扩大企业自主权，把企业和职工的积极性调动起来，克服盈利亏本一个样，干好干坏一个样的‘吃大锅饭’现象，加快生产发展，提高经济效果。”

根据省委有关加强二轻工业的要求，特别是要“突出解决好扩大企业自主权”的指示精神，清远县二轻工业公司率先制定实施措施，走在前面。在深化改革县经委机构的基础上，清远县经委进一步将扩大企业经营管理自主权制度化。

在保证完成企业国家计划前提下，企业享有利润留成权。超额部分，经委与企业四六分成，即企业留六，经委占四，企业留成分作三种用途，即50％用来扩大再生产，40％用来搞集体福利，10％用作职工奖金。

另外企业有权支配和使用固定资产；拥有招工和惩罚处理权；拥有机构设置和人事权；拥有奖励制度、办法的选择权；企业要受监督等。扩大企业经营管理自主权的规定以及制度化管理，明确企业的责、权、利，增强企业的活力，使企业改革向着有利有效的方向推进。

清远经验经媒体报道后，清远一时成了全国工业企业关注的热点，全国有20个省、几十个地（市）县共几千人前来参观。有的省正式作出决定：在全省推广清远经验。然而，我省有些部门对这个问题的看法还没能达成共识。1980年6月10日至21日全省工交增产节约增收节支工作会议上，省经委的报告里竟不敢提清远经验。基于这种状况，省领导决定深入清远工厂企业进行调查研究，在调研中深化认识，促进推广清远经验各项措施的有效贯彻落实。

7月5日至8日，中共广东省委领导以及中共韶关地委、省经委、省计委、省财政厅等领导到清远进行现场调研，掌握了清远经验的第一手资料，进一步明确了总结推广清远经验的有效途径。7月7日，他们到清远氮肥厂调研。该厂从1970年至1978年，企业由于缺乏自主权、管理混乱等原因，造成连续9年亏损，共亏损了700多万元。率

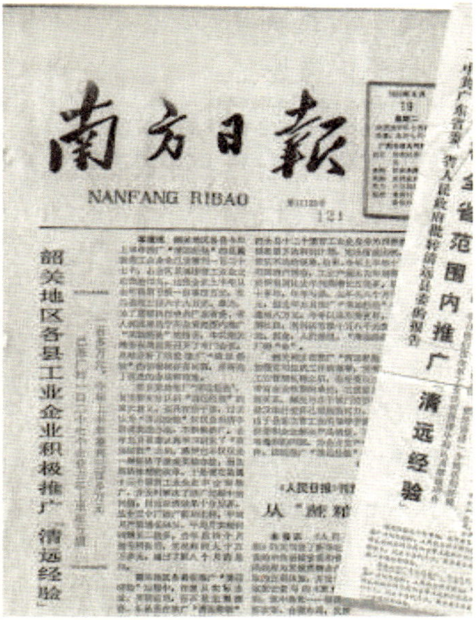
南方日報
NANFANG RIBAO
韶关地区各县工业企业积极推广“清远经验”
中共广东省委 省人民政府批转清远县委的报告
全省范围内推广“清远经验”

《南方日报》关于《韶关地区各县工业企业积极推广“清远经验”》的报道

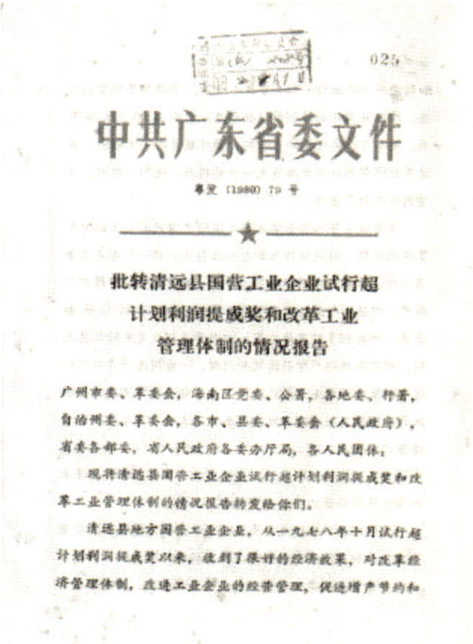
中共广东省委文件

粤发〔1980〕79号

★

批转清远县国营工业企业试行超计划利润提成奖和改革工业管理体制的情况报告

广州市委、革委会，海南区党委、公署，各地委、行署，自治州委、革委会，各市、县委、革委会（人民政府），省委各部委，省人民政府各委办厅局，各人民团体：

现将清远县国营工业企业试行超计划利润提成奖和改革工业管理体制的情况报告转发给你们。

清远县地方国营工业企业，从一九七八年十月试行超计划利润提成奖以来，收到了很好的经济效果，对改革经济管理体制，改进工业企业的经营管理，促进增产节约和

中共广东省委正式发文，为全省工业企业推广“清远经验”扫清了障碍

先试行“超计划利润奖”奖励制度后，1979年实现扭亏为盈，全年盈利55.50万元。7月7日这一天，在清远氮肥厂厂区，各种生产车像赛跑一般，机器声隆隆作响，工人们冒着酷热，挥汗如雨，迎来了战高温夺高产的新的一天。省委领导到后马上召开座谈会，充分肯定了超计划利润奖对调动员工生产积极性、加强企业内部管理、依靠科技进步使企业扭亏为盈的重要作用，要求清远氮肥厂进一步解放思想，创造更好的成绩，为全省做出榜样。

调研结束后，7月29日，经省委常委会同意，中共广东省委正式发文《批转清远县国营工业企业试行超计划利润提成奖和改革工业管理体制的情况报告》，为全省工业企业推广清远经验扫清了障碍。

清远经验引起了媒体的共鸣。1980年8月1日，《人民日报》头版头条转发了新华社的报道《实行超计划利润提成奖和县经委直接管理工厂：清远县经济体制改革形势使人振奋——十七个厂平均每月实现利润增长三十六倍，

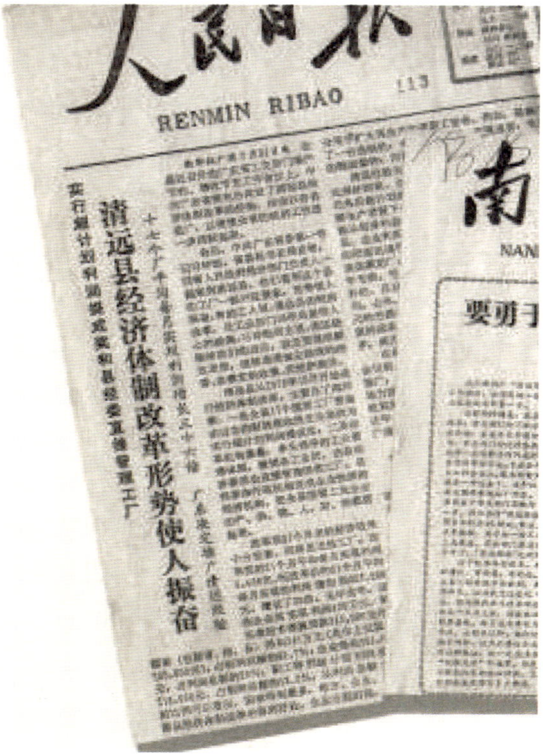

人民日报

RENMIN RIBAO

清远县经济体制改革形势使人振奋

实行利润留成和县经委直接管理工厂

南

要勇于

1980年8月1日，《人民日报》刊登的文章版面

广东决定推广清远经验》一文，报道清远县经济体制改革经验。8月2日至19日，《南方日报》头版连续刊发多篇文章，介绍清远经验和广东全省推广清远经验的决定。8月3日的《南方日报》发表《推广清远经验，把经济搞活》的社论，强调，清远县大胆的、可贵的实践证明：“要使经济工作迅速活起来，关键在于解放思想，放宽政策。”

1981年2月26日至3月12日，国家经委、国务院体制改革办公室召开全国工业管理体制改革座谈会，清远县在会上介绍了清远经验。4月1日，国务院颁发了〔1981〕48号文，批转了这份“汇报提纲”，提出继续推广清远经验，搞好县（市）工业管理体制改革。群众形象地说：“清远经验”这个“地方粮票”变成通行的“全国粮票”。人民心目中的“工业改革之父”迎来应接不暇的参观人潮。清远经验蕴含的“敢闯敢试、敢为人先”改革精神在当代仍具重大价值。

曾打造“蛇口模式”的袁庚

时间就是金钱，效率就是生命。

我向你们敬礼！

向前走，莫回头。

——袁庚

重访蛇口

——追寻春天的故事

◎杨宏海

大南山下的蛇口半岛，以婀娜多姿的弧形海岸，与香港新界的流浮山隔海相望。40年沧海桑田，昔日的荒凉滩涂，如今已崛起为一座崭新的国际化滨海工业区。这块只有13.2平方公里的弹丸之地，却被誉为“中国改革开放伟业的起点和序章”。

又是一年春暖花开。我们驱车在深圳经济特区的主干道——深南大道上，直奔南山蛇口，去寻访当年提出“时间就是金钱，效率就是生命”的历史记忆，再追寻春天的故事。

老蛇口人的深情追忆

“时间就是金钱，效率就是生命”这句口号，是蛇口的文化标志。它的提出者，是被称为“蛇口之父”的袁庚。

袁庚原名欧阳汝山，参加革命后改今名。1917年出生于距离蛇口约70公里的大鹏镇水贝村。水贝欧阳氏的祖先，是宋代由江西吉安府浊水村迁至此地的客家人。袁庚的一生颇具传奇色彩：抗日战争时期曾任东江纵队联络处处长；解放战争时期曾任炮兵团团长；20世纪50年代担任外交官；改革开放初期又成为举世闻名的“蛇口试管”的缔造者。

汽车穿过洁净的林荫大道，来到招商蛇口总部所在地“南海意库”三号楼。早年蛇口的创业者林小静、谭筑熙、诸彪以及招商蛇口总部的工作人员热情地欢迎我们。诸彪是老相识，1988年笔者在深圳市文化局工作时，曾陪同日本作家村山孚先生前来采访“蛇口风波”事件，那时他是蛇口工业区宣传部干事，后来他调到招商局博物馆工作至退休。旧友重逢，倍感亲切。

座谈中，大家一起回忆蛇口工业区的创业历程。笔者先提出一个问题：为什么袁庚要选择蛇口来办工业区？是因为靠近香港，还是因为当时这里一片荒滩易于开发？

作为土生土长的深圳人，林小静谈了个人见解。她向我们介绍了41年前在宝安流传的一首民谣：“宝安只有三件宝，苍蝇蚊子沙井蚝；十室九空逃香港，村里只剩老和小。”在当时还是“以阶级斗争为纲”的历史背景下，深圳是“政治边防”，这里经济落后，民生困顿，大批青壮年纷纷逃往香港，乡村里仅留下老人与小孩。据不完全统计，1978年1月至11月，宝安县共逃港9.7万多人次，逃出1.8万多人次。1979年林小静在蛇口中学毕业，同班37名同学中有18人在这一年夏天逃港。当时蛇口海面上经常漂浮着偷渡者的尸体，林小静认为，那是激发袁庚提议创办蛇口工业区的原因之一。蛇口人舍命往香港跑，这强烈刺激了他。作为一名老共产党员，他下决心要改变这种状况，一定要变封闭为开放，把经济搞上去，让人们富裕起来，生活水平赶上香港，让群众看到社会主义的优越性。

“对！袁董是很有使命感的人。”作为“黄埔一期”学员的“老蛇口人”谭筑熙激动地说。

谭筑熙，1969年毕业于合肥工业大学机械工程系，在内地工作近十年后应聘到蛇口。他亲历了1981年12月8日举行的第一期蛇口企业管理干部培训班开学典礼，培训班学员全是理工科大学毕业又有一定实际工作经验的青壮年。谭筑熙回忆，袁庚亲自到场致辞，他不搞开场白，直截了当地谈蛇口工业区的现状以及一系列改革的设想。最后，他加重语气，左手向前一挥，铿锵有力地说："这里就是我们蛇口工业区的'黄埔军校'！孙中山先生曾在黄埔军校门前写过'不革命者不入此门'，我们这里是'不改革者不入此门'！"袁庚充满鼓动性、洋溢着激情的开学典礼致辞，令他终生难忘，也使在场48名学员激情燃烧，"改革舍我其谁"的使命感油然而生……

话匣子一打开，座谈会气氛热烈起来。大家回顾了从1979年至1984年的五年中，蛇口创造的24项"全国第一"。包括率先推行企业管理体制、分配体制、基建体制、干部人事制度、住房制度、社会保障体系、金融改革等一系列改革试验。正是蛇口的敢闯敢试，引领了当代中国改革开放的伟大实践。

1984年1月26日，邓小平（前排右三）视察蛇口，袁庚（前排右四）在蛇口工业区沙盘前汇报工作

敢为人先背后有故事

为了寻访更多当年的历史印迹，我们马不停蹄来到招商局历史博物馆。这座典雅而厚重的博物馆，浓缩着百年招商局与中国近代史的缩影。招商局历史博物馆馆长樊勇告诉我们，1978年，已经60多岁的袁庚回到家乡，任交通部香港招商局常务副董事长。但是袁庚接掌招商局时，这间百年老店已经“老态龙钟”，业务发展受到很大局限，全部资产仅剩1.3亿港元，非改革不能图生存。有感于此，袁庚内心在大胆酝酿，能不能在靠近香港的地方搞个基地，一来引进香港的资金、技术，二来发挥内地的土地和劳动力的有利条件，不就可以大干一场吗？

“好风凭借力，送我上青云”，刚好在这个节骨眼上，党的十一届三中全会胜利召开，正式提出将工作重心转移到经济建设上来。因此，1979年1月31日，袁庚等人提出在广东建立蛇口工业区的设想，随即得到批准。于是，蛇口的一声开山炮，奏响了深圳经济特区的序曲，激荡起中国改革开放的先声。

樊勇认为，“时间就是金钱，效率就是生命”这句口号，并不是一时灵光乍现的产物，而是袁庚在创建蛇口工业区的过程中长期积累、长期思考的结果。最早让袁庚受到启发的，是他在香港上的“第一课”，袁庚曾多次在不同场合讲述过那次令他深有感触的经历。

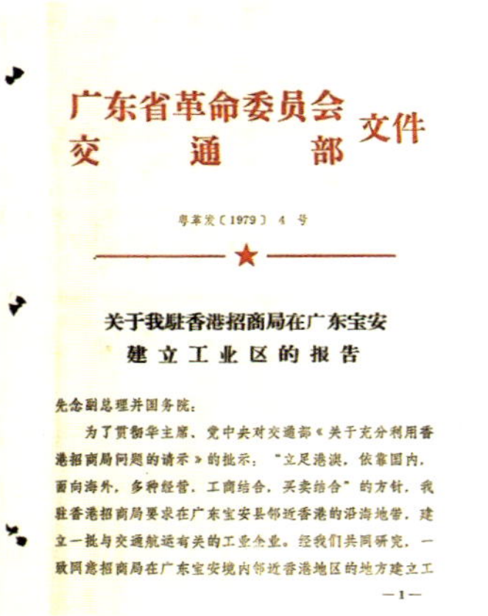
广东省革命委员会交通部文件

粤革发〔1979〕4 号

关于我驻香港招商局在广东宝安建立工业区的报告

先念副总理并国务院：

为了贯彻华主席、党中央对交通部《关于充分利用香港招商局问题的请示》的批示：“立足港澳，依靠国内，面向海外，多种经营，工商结合，买卖结合”的方针，我驻香港招商局要求在广东宝安县邻近香港的沿海地带，建立一批与交通航运有关的工业企业。经我们共同研究，一致同意招商局在广东宝安境内邻近香港地区的地方建立工

—1—

《关于我驻香港招商局在广东宝安建立工业区的报告》文件

1978年10月，袁庚调任交通部香港招商局常务副董事长。第一次到香港，就上了生动的“一课”。当时为了发展业务，招商局需要在香港购买一栋大楼。袁庚与卖主谈妥后，约定在星期五下午两点预付定金2000万港元。“当天下午两点，袁庚准时到达律师楼，卖主也如期而至。没想到，卖主的汽车停在门外都没熄火，只等双方在律师楼办完交接手续拿到支票，就立即安排专人坐汽车直奔银行。”

这个卖主为什么要争分

夺秒？原来，第二天就是星期六，银行不上班。如果星期五下午三点之前支票不能交到银行，就只能等到下周一，少了三天利息。这真的是“时间就是金钱”的最好体现。

“当时浮动利息是14厘，3天的利息就是几万港元。”袁庚后来回忆这段往事时曾感叹，当时在内地的很多人完全没有时间观念、理财观念。受到触动的袁庚举一反三，迅速在企业开展财务检查。这一查问题还真多：不少子公司不及时进账，有人把支票搁在保险柜里过夜不当回事……袁庚随即换掉了责任人员，加强财务整顿。仅抓及时进账这一项，就使招商局收益状况改善不少。

“袁庚曾说‘时间就是金钱’这句话不是我发明创造的，中国古话就有‘一寸光阴一寸金’。此外，效率也很重要，一个企业没有效率就不能生存，效率是一个企业的生命啊。”樊勇补充道。

“袁董事长为什么提这个口号？当时国内没有市场观念、时间观念、效率观念。从计划经济向市场经济转变，首先观念上要变革，不能再用老思想面对新问题。”谭筑熙接着樊勇的话说。

那时候，建设工业区需要引进外资，招商局必须先投资搞好“五通一平”（建设项目在正式施工前也需做的前期准备工作），但蛇口的小码头只有小船才能靠岸。时间紧迫，当务之急就是新建600米长的顺岸码头。此项工程由交通部四航局二处承建，于1979年8月正式动工。当时由于采取平均主义的奖励办法，工人工作干劲不高，效率极低，车队工人每天每人工作日（8小时）运泥只达20～30车。

谭筑熙回忆，为了调动工人的积极性，加快工程进度，袁庚制定了用于装载的运斗车“每超一车奖励4分钱”的制度，工人积极性高涨，每人每天工作日运泥达80～90车，最多达105车。4个月后，第一期工程比原计划整整提前一个月完工。这为国家多创造了130万元的产值，而工人获得的奖金只占他们多创造的产值的2%。

但是，这个行之有效的奖励办法，却被视为滥发奖金遭到勒令停止，原来疾驰穿梭的车队又慢了下来。无奈之下，袁庚只好请新华社记者写了一份情况报告向上反映，没想到，他的做法得到了中央领导的肯定和支

1979 年被誉为“中国改革开放第一炮”的蛇口开山爆破

持，于是蛇口工地又恢复了大货车繁忙穿梭的景象。“观念变了，奖励机制实行了，效率就大大提高了！”谭筑熙不无感慨地说。

“蛇口很多做法是创举、突破，是特事特办的。现在回头看，做这些事情，需要有敢为人先的精神。敢踩别人不敢踩的雷，敢打破别人不敢打破的框框。”“时至今日，社会的发展，改革的深化，都离不开效率的提升。就是经济发展进入新时代的今天，同样需要强化时效观念。”樊勇介绍道。

“袁庚提出这个口号确是经过深思熟虑的。”长期在蛇口从事文博宣传工作的诸彪，说起袁庚带着由衷的敬佩之情。诸彪说，袁庚的记忆力惊人，他与我短暂接触知道我是客家人后，每次见到我时就会用客家话与我交谈，并与我开玩笑说：“哈哈，我们都是客家人！”我知道袁庚开拓蛇口时，面临巨大的压力与挑战，因为招商局当年建设蛇口工业区的所有资金都是贷款的。我常听袁庚在各种场合说“负债在身，如负千金，如履薄冰”，所以他要拟定一个富有凝聚力和号召力的口号，这个口号不能假大空，要符合蛇口特色，推动蛇口建设。

在座的三个“老蛇口”还聊起了袁庚提出这个口号的具体过程。1981年3月的一天，袁庚坐船从香港赶往蛇口。趁着空闲，他在船上闲写记事，最后写下了“时间就是金钱，效率就是生命；顾客就是皇帝，安全就是法律；事事有人管，人人有事管”这6句口号，并拿给同行的梁鸿坤和李炳盛等人看。梁、李二人都认为口号不错，确实能把蛇口工业区的精神概括起来。但也有人对“顾客就是皇帝”提出异议。此后，蛇口工业区副总指挥许智明，安排人员将“时间就是金钱，效率就是生命”的口号用大字鲜明地写在板上竖立在工业区内。

口号一亮相就引发强烈震动。标语中的两个词比较敏感，一是“金钱”，二是“效率”。在当时金钱一向被认为是资本主义的追求，社会主义鼓励的是大公无私。效率的提法也不寻常，因为在计划经济体制下，平均主义和“大锅饭”是常态，突然有人提出“效率”的口号，而且把它当成“生命”，很多人不能接受。

此时，国内有关经济特

早期出现在蛇口工业区的标语牌

区是否要继续办下去的争论也很激烈，不少人指责经济特区与“租界”没啥两样，“只剩下五星红旗是红的”。为了大局着想，这块牌子被拆了下来。从竖立到拆除，第一块标语牌面世仅三天。

1981年底，袁庚给招商局第一期蛇口企业管理干部培训班的学员上课时再次谈到了这句口号，在培训班学员中引发热烈反响。在这次讲课过后的一个星期天，受工业区领导指示，当时从事宣传工作的工会副主席、原在部队长期从事文宣工作的彭谭光找了块夹板，买来白、红、绿三种油漆，刷了白底漆后，用繁体宋体美术字写上“时间就是金钱，效率就是生命！事事有人管，人人有事管！”22个字，由当时培训班学员竖在今太子路三岔路圆盘偏北一侧的主路，也是码头出入的必经之路上。而最早将此标语进行报道的是《深圳特区报》。

诸彪说，因宣传工作需要，常要用到这句标语，故收集到不同版本的图文资料。“时间就是金钱，效率就是生命”这个标语牌，从木漆字、铁皮牌漆字到铜牌金色立体字，至今找到的有六七个版本十块之多，但在1984年前的蛇口，这块标语牌存在的时间都很短。“那时人们耻于谈钱，你还竖牌子，把时间和金钱挂起来，当时在蛇口是引发争论的。在改革开放之初，虽然‘时间就是金钱，效率就是生命’只有12个字，却事关姓‘社’姓‘资’的路线之争，直到邓小平南下视察后，给予了肯定，情况才发生转变。”

1984年春节，邓小平南下视察深圳、珠海等沿海经济特区。得知邓小平要亲临蛇口，袁庚等蛇口工业区负责人很振奋。在做足所有的接待准备工作之后，袁庚布置了一项紧急任务，要求工程公司连夜加班，做出一块“时间就是金钱，效率就是生命”的标语牌，竖立在当时从深圳市区进入蛇口后的一个路口上，袁庚的这一决定收到了理想的效果。

事实证明，邓小平对蛇口乃至深圳的改革开放建设是满意的。在这次视察后，邓小平为深圳经济特区题词：“深圳的发展和经验证明，我们建立经济特区的政策是正确的。”1984年2月24日，邓小平在与中央领导谈话时，有这样一段寓意深刻的话：“深圳的建设速度相当快……深圳的蛇口工业区更快，原因是给了他们一点权力，500万美元以下的开支自己做主，他们的口号是‘时间就是金钱，效率就是生命’。”邓小平的一锤定音，使这个口号从此广泛传开。1984年10月1日，中华人民共和国成立35周年的国庆庆典上，写有“时间就是金钱，效率就是生命”标语的蛇口工业区彩车徐徐驶过天安门。这句口号从此响彻全国，家喻户晓。

脱帽向特区建设者致敬

为了寻访当年的“历史文化现场”，诸彪、谭筑熙带领众人来到车水马龙的太子路，旁边现在是热闹的金融大厦，朝南一眼便看到了海上世界文化艺术中心广场，这里就是最早竖起那块名闻天下的标语牌的地方。接着，我们又驱车来到微波山下，有一条平坦宽阔的工业一路。与工业一路相依相伴的，就是蛇口工业区最早打响开山炮的地方，现在改建成了蛇口地标时间广场。“时间就是金钱，效率就是生命”的口号被刻成铜牌，那金色的标语永远留在这里，成为影响深远的著名景点。

正在建设中的太子湾片区如巨轮待发

晚年时期的袁庚

借此机会，我们登上了微波山山顶。微波山本是无名小山丘，因蛇口创办之初与香港合作建微波通信站而得名。它是蛇口最便利的观景台，袁庚曾陪同中央领导及海内外名人多次登山游览，并写有《念奴娇·登微波楼》。站在此处举目眺望，整个蛇口半岛绿荫环抱，风光尽收眼底。在南海这一角小小的湾区里，千百栋高楼大厦拔地而起，一座幽雅别致的海港新城呈现眼前。诸彪指着对面的远山说："深圳湾那边便是香港的西部，招商局总部就设立在那。"当年袁庚接手招商局时，资产总额不足1亿元人民币，利润总额仅1000多万元人民币；至1993年，袁庚离任时，在他掌舵招商局的14年里，招商局资产翻了200倍，一个百年老企业重新焕发生机。到2017年底，招商局发展到7.33万亿元，年利润总额1271亿元，入选世界500强企业名录。忆昔怃今，不胜感慨！众人朝南看，正在建设中的太子湾片区如火如荼，在发展粤港澳大湾区的国家战略中，蛇口如万吨巨轮整装待发。此刻，耳畔突然响起《春天的故事》那优美的旋律："神话般地崛起座座城，奇迹般地聚起座座金山……"

在下山的途中，我问林小静，当年没有选择逃港，留在蛇口做什么工作？她说是选择入职蛇口工业区打印室任打字员。三十多年来，她在蛇口工业区档案室从使用打字机到电脑，以不同的书写方式，记录和保存了蛇口的变迁轨迹。从前打印的诸多文件，变成了记忆蛇口的宝贵史料。其间，林小静讲了一个袁庚为蛇口女工当"保护神"的故事。1981年，由港商投资的一家工厂有女工反映，冷天没有热水洗澡，宿舍没有书桌写信。袁庚听到汇报后，马上到工厂看望女工，并承诺三天内让大家洗上热水澡。有的女工不相信，袁庚笑着与她们拉钩钩。三天后，姐妹们洗上热水澡的愿望真的实现了。还有一次，一个女工因为晚上参加团委活动没法加班，被厂方停工，原因是“拒绝加班”。袁庚收到工会的报告后马上批示：“加班应是自愿原则，要找资方严肃讲清楚，不准他们胡来。”2007年，那位女工登门拜访袁庚，这个90岁的老人取下帽子，向中国第一代“打工妹”深深鞠躬，向特区建设者致敬。

林小静说，晚年的袁庚闭门休养，谢绝访客，但总会有慕名而来的记者和亲朋执意来访。来访者告别袁老时往往依依不舍两步一回头，这时候，总会听到袁老慈祥而又坚定的声音：“向前看，莫回头！”简简单单的6个字是一个改革先行者对后人的殷切期望。

蛇口海上世界文化艺术中心广场上的袁庚铜像

我们一行人漫步在海上世界文化艺术中心广场，眼前碧海蓝天，树绿花红，年长者在此休闲，孩子们在此嬉戏。“改革先锋”袁庚的铜像屹立在鲜花丛中，老人撸起衬衫袖子，西装外套搭在手臂上，面带微笑“向前看”。我们以崇敬的心情缅怀袁老，决心接过改革的火炬，踏着前辈的足迹，面朝大海，阔步向前——“向前看，莫回头！”

20 世纪 80 年代，叶佩英在基层演出（叶佩英提供）

我们的祖国现在越来越强大！大家也更爱听爱唱《我爱你，中国》。我现在还年轻，只有 42“公岁”，只要观众需要我，祖国需要我，我就要为他们唱！

——叶佩英

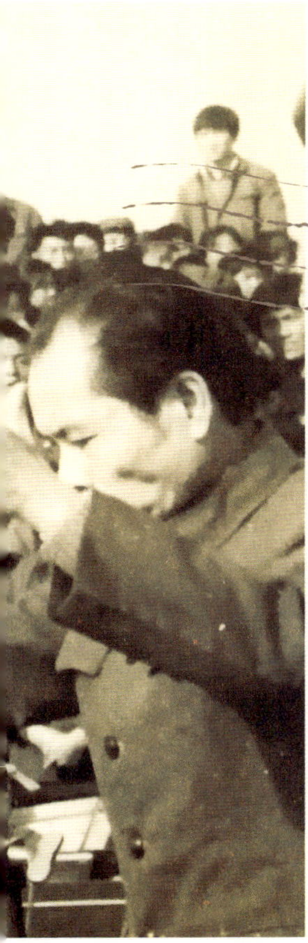

13

海外赤子之心

——记《我爱你，中国》原唱者、马来西亚归侨叶佩英

◎李士燕

1979年，珠江电影制片厂拍摄了电影《海外赤子》，讲述了归国华侨热爱祖国，积极响应祖国号召，参加祖国建设的动人故事。随着时间的流逝，这部电影已经少有人提及，但电影的插曲，由作曲家郑秋枫谱曲、作词家瞿琮作词的歌曲——《我爱你，中国》却因为马来西亚归侨、女高音歌唱家

电影《海外赤子》海报。陈冲饰演的女主角与叶佩英有相同经历

叶佩英的倾情首唱，在中国大地上迅速唱响，历经40年，传遍了世界上每个有华人的角落。

对歌唱和祖国的热爱，
是叶佩英与生俱来的情愫

“这首歌是我的永恒心声。”时隔40年，已经84岁的叶佩英再次回忆起演绎这首歌的点点滴滴时，充满了归国游子的拳拳爱国心。

“第一次试唱《我爱你，中国》，我就热泪盈眶，电影的主人公也是华侨，有着和我一样的经历，这首歌唱的就是我的心声，表达的就是我的感情！”每次说起与《我爱你，中国》的“相遇”，叶佩英都不得不提起自己的归国经历。

1935年，叶佩英出生于马来西亚吉隆坡。动乱年代，为了生存，早年到马来西亚打拼的爷爷将在惠阳铁门扇村的叶佩英父母和哥哥接到马来西亚。从记事起，叶佩英就记得爸爸对她讲过："我们不是这里的人，我们是'唐山人'（'唐山'这里代指中国），我们总有一天要回去的。"在父亲的影响下，幼年的叶佩英说的是客家话，唱的是中国儿歌，上的是华侨办的中文学校，熟悉的是中国历史。叶家是个大家族，常常有亲戚从国内回来，长辈们会聚到一起交流祖国和家乡的情况，叶佩英也会在一旁认真地听。她小小的心灵上早就留下了热爱祖国、振兴祖国的烙印。

上小学的时候，年长叶佩英6岁的哥哥给她讲日本人侵占家乡的事情，还带着她上街义卖椰壳做成的火柴为抗日募捐。叶佩英也自觉地将每天几分钱的餐费省下1分钱捐出来。1949年10月，新中国成立的消息传到马来西亚，华人会馆群情激动，比她年长的叔叔和堂兄们都满怀热情，准备回到祖国的怀抱。

天生一副好嗓子的叶佩英从小热爱唱歌，在叶家居住的会馆里，常常响起叶佩英高亢的歌声，因此她也在华人圈子里小有名气。在她入读的吉隆坡循人小学，她担任合唱团的领唱，上中学后又担任华语电台的播唱。不过，少年时的叶佩英只把唱歌当成"好玩"的兴趣，从未想过唱歌会成为自己终生的事业。

1950年，在广州上学的亲戚们寄回在中山大学拍摄的照片，校园里的红墙绿瓦、学生们的青春身影令叶佩英心驰神往，她热切盼望着回到祖国的怀抱！深爱她的父亲和哥哥理解她的选择，在父亲生病、家里经济困难的情况下，哥哥把回国读书的机会让给了她。1951年，叶佩英和回国参军的哥哥经过4天艰苦的海上旅程，终于回到了家乡惠阳。当船靠岸的那一刻，在船上颠簸得呕吐不止没有哭、在澳门被傲慢的葡萄牙人呵斥也没有哭的叶佩英，当远远看到码头飘扬的红旗时却哇哇大哭起来。"这是孤儿找到了母亲，回到母亲怀抱的感觉，是无法用语言来表达的。"时隔多年，谈到这段经历时，叶佩英仍感慨地说。

回国后的叶佩英，一心想着学好本领报效祖国。她牢记着临行前父亲的嘱托："女孩子只有读书学知识才能被人重视。"她努力学习，弥补自己的不足。在广州中大附中

中央音乐学院刚毕业时的叶佩英
（叶佩英提供）

学习了一个学期后，聪颖的叶佩英就以优异的成绩考上了北京师范大学附中。

在北京求学的时光是叶佩英认为最幸福快乐的时光，虽然远离父母，但她能时刻感受到祖国的关怀；虽然生活清苦，但因为歌唱得好，她很快在文艺活动中崭露头角。叶佩英获得了“北京市大中学生音乐舞蹈会演独唱优秀奖”，并担任中央人民广播电台学生业余合唱团的独唱。

到北京后不久，家族中包括哥哥在内的四位亲戚相继进入军事干部学校学习，这让叶佩英的报国之心更加迫切。叶佩英回国前，父母用全部的积蓄为她打了一条金项链，并嘱咐她妥善保存，用于救急。而她在一次抗美援朝的募捐活动中，却毫不犹豫地将金项链捐了出去。她对父母说：“生活在祖国，我感觉到从未有过的安全和踏实，只要祖国需要，我什么都可以捐出去！”那时，中国正在朝工业化迈进，国家号召青年学生积极投身地质这个国内几乎是空白的学科，一门心思要报效祖国的叶佩英，下定决心要报考地质专业，以期为祖国寻找矿产资源。

然而高考前，中央人民广播电台学生业余合唱团的指导老师聂中明意味深长的一席话，让叶佩英知道了“唱歌”的意义，原来歌声可以鼓舞、感染人心，同样也可以报效祖国。她听从老师的建议报考了中央音乐学院声乐系，成为新中国成立后中央音乐学院录取的第二批专业声乐学生，也是该届录取的唯一一个女生。

用歌声讲故事，将美声唱法“民族化”

如果说《我爱你，中国》是叶佩英发自肺腑的心声，而要将这心声动情地表达出来，离不开她早早就开始的对“民族化”美声演唱的探索。

20世纪50年代，中央音乐学院的声乐系只学习美声唱法。叶佩英凭着天赋宽厚、明亮的嗓子唱歌，总能取得优异的成绩，顺利毕业后她留校当了老师。当时，周总理到学校视察，曾对美声提出了“民族化”的要求，一直学习和表演美声唱法的叶佩英开始有些不解。有一次，在学校的歌唱比赛中，她被一位来自延安的同学的歌声打动了，同学的嗓音并不大，但他的歌声饱含着深情，打动人心。这让叶佩英认识到，声音大、嗓门高并不意味着唱得好。中国的传统戏曲、民族民间唱法吐字清晰、亲切，中声表达力强，可以“用声音讲故事”，而这也正是自己的弱点。

为寻求突破，她一方面向老师、向欧洲传统的唱法学习，另一方面认真地学习京剧、昆曲、河南梆子、河北梆子等。对于从小生活在马来西亚的她来说，从来没有接触过民族唱法，而擅长说客家话和广东话的她对地方语言的吐字腔调更是一窍不通。她每天坚持在家里练习一小时，一字一句反复琢磨，当时住筒子楼里的邻居打趣地对她说：“小叶，你不要唱那些民歌了，真是太难听了。”叶佩英就笑着对他说：“抱歉，不好意思，你每天就忍受一个小时，过段时间你再听听看。”果然，坚持练习了一年多，邻居惊讶地说：“小叶，你的进步真的很快啊，唱得不错啊！”

就这样，通过持之以恒的努力，叶佩英基本掌握了民族唱法的基础技巧，并将其融入美声唱法之中，形成了擅长抒情的特色，成为多位著名作曲家新歌的首选首唱者。从20世纪50年代起，她就开始为电影配唱。特别让她难忘的是，1965年，在周总理主持的“纪念抗日战争胜利20周年”大会上，叶佩英用自己的方式演唱了《黄河怨》，周总理赞扬她“唱得不错”。

1970年4月24日，中国在第一个火箭发射实验基地酒泉卫星发射中心，成功发射第一颗人造地球卫星“东方红一号”，叶佩英被选为以此为背景创作的歌曲《蓝天里有一颗会唱歌的星》的首唱。叶佩英说：“那时候通过广播听到东方红的声音传回地面，那个心情没法说，就是骄傲！”她巧妙地运用“花腔”与“新疆民歌”结合的唱法，热情赞扬了科技工作者征服宇宙为国争光的雄心壮志，这首歌曲在当时被广为传唱。此后，她还应多位作曲家之邀，首唱了多首时代之声：演唱的为大庆建设者创作的《大庆啊！我愿把火红的青春献给你》，给了大庆的建设者极大的鼓舞；歌唱沂蒙山革命根据地的《沂蒙山，我对你说》，美声与民乐团完美结合，对革命根据地的深情令人回味；演唱的为纪念周总理逝世两周年而作的《送上我心头的思念》，让很多听众痛哭流涕……还有为电影《丫丫》《苦难的心》《排球之花》《水晶心》《飞向太平洋》，纪录片《让青春常在》配唱的插曲等，都在当时广为流传，叶佩英独特的“民族+美声”的唱法得到了广泛认可。

对祖国一往情深，
40 年高歌《我爱你，中国》

很多人认为，叶佩英之所以能首唱《我爱你，中国》，很大程度上是因为她的华侨身份。其实不然，叶佩英完全是靠实力获得这首歌的首唱。

1978年，作曲家郑秋枫满怀激情地创作出《我爱你，中国》，对这首作品十分满意的他四处寻找最好的演唱者。他特地打电话给当时中央人民广播

郑秋枫在中央电视台《中国文艺·向经典致敬》节目中讲述当年挑选北京最火的女高音叶佩英当主唱的经过（电视截屏）

电台的文艺部主任张以清，请他推荐中国最好的女高音，张以清毫不迟疑地说："叶佩英。"当即，郑秋枫给叶佩英寄去了《海外赤子》的电影剧本和一封信，大意是问叶佩英："电影里要唱五首歌，你接不接？要接的话得到广州来录音，你能不能来？"

接到剧本后，叶佩英一口气看完剧本，才知道是讲述华侨的故事。从主人公黄思华身上，叶佩英找到了共鸣，归国这么多年来，也有人对自己的华侨身份有过误解，自己也受到过委屈。但是这些从来没有动摇叶佩英对祖国的感情。这一刻，看到国家如此关心和重视华侨的感情和生活，她不由得落下了眼泪。她干脆地回复："五首歌，我接！到广州，我去！"

在演唱《我爱你，中国》前，叶佩英反复研究这首歌的歌词，她发现词作者以"赋比兴"和"一咏三叹"的手法，通过描绘祖国壮美的河山唤起听众对祖国的热爱之情。"在蓝天下快乐飞翔的百灵鸟""田野里茁壮生长的麦苗""在云南俯瞰的群山""在贵州花溪捧起的溪水""归国后在北京感受的第一场雪""回到祖国时看到的红旗"……这些亲身经历的场景，在她眼前如电影一样逐一闪过，歌曲被叶佩英巧妙地用"民族+美声"的方法处理后，声音如同讲故事一样，生动地再现了这些场景。她还将这首歌反复九次的"我爱你"以层层递进的情感诠释出来，把海外游子眷恋祖国的无

20世纪80年代叶佩英录制的唱片封面

限深情抒发得淋漓尽致。

在广州第一次合乐试录的时候，叶佩英开声几句，现场的工作人员几乎都饱含热泪，郑秋枫也赞叹："叶佩英你唱得真好！"电影放映后，《我爱你，中国》迅速成为传遍大江南北的"流行曲"。叶佩英也多次因演唱《我爱你，中国》获奖，由该曲作为主打歌的唱片、个人演唱专辑录音带和CD风靡海内外。

此后，《我爱你，中国》成为叶佩英的名片，只要她一登台，观众们都要求她唱《我爱你，中国》。台下，观众边听边流泪；台上，她边唱边流泪。当时有媒体这样评价这首歌：

1979 年 10 月，叶佩英在北京民族文化宫演出

有一首歌，哪怕天涯海角/也会一人唱起万人和/有一段旋律，即使听过千遍/每一次听到都会泪眼婆娑/这是所有华夏子孙的心声/就像儿女对母亲的诉说……

《我爱你，中国》在海外的影响并不亚于国内。1997年香港回归时，她访美演出共10场，《我爱你，中国》都是必唱歌曲。当唱到结束曲时，下面的观众都跟着哼唱，久久不肯停下。谢幕后，还有很多听众围着她说："叶老师，你唱得太好了！听过千遍万遍，每一次我都会泪眼婆娑。"

在五大洲不同的国家，这样的场景太平常不过了……

叶佩英曾粗略地统计过，20世纪80年代，一年365天，她每年有300多天要演唱《我爱你，中国》，有时一天还要唱好几遍。但即使这样，她把每一次演唱都当做最重要的一次，每一次她都深情投入，场下都是座无虚席，掌声雷动。

就这样，一曲《我爱你，中国》叶佩英唱了40年，叶佩英也在感受着祖国40年的变化，用歌声讲述她的爱国深情。

"我们的祖国现在越来越强大！大家也更爱听爱唱《我爱你，中国》。我现在还年轻，只有42'公岁'，只要观众需要我，祖国需要我，我就要为他们唱！"叶佩英说。

为了能长久地在舞台上演唱，在同为中央音乐学院教授的老伴指导和陪同下，退休后的叶佩英坚持每天健身和练声，以保持良好的演唱状态和歌喉状况，随时准备为爱听她唱歌的人们献唱。

2018年1月，已经83岁的叶佩英参加十大"80后"歌唱家音乐会，她身着红裙，演唱《我爱你，中国》，熟悉她的艺术家们感慨地说："这首歌她唱了40年，仍然唱得这么有激情，这么感人！"

歌声承大义，爱国之情融于行

除了演唱实践，叶佩英还把对祖国的热爱之情倾注在祖国音乐教育事业的发展上。她于1993年被批准享受国务院颁发的特殊贡献津贴。在30多年的教学和实践研究中，她注重字、韵、声、腔、情的和谐，尊重中国人喜欢明快、清脆的审美情趣，总结出一套中西结合、用美声唱法唱好中国歌的经验。歌唱家郭兰英说："谁说我不喜欢'洋嗓子'，像叶佩英这样的'洋嗓子'，我就喜欢。"

退休后，叶佩英将音乐教育拓展到基层，她还经常为文化站、残疾人艺术团的演出进行辅导，很多参演的节目获得各类大奖。

当年引导她考中央音乐学院的老师让她认识到歌唱的力量，叶佩英也将歌声"感染人"的作用充分发挥。尽管她的膝盖因手术不能久站，但她一直积极参加公益演出，为"关爱儿童""助学助残"等活动无私奉献。今年是新中国成立70周年，叶佩英已经接到多

叶佩英获得的部分奖项和荣誉（叶佩英提供）

个演出邀请，她都以公益演出为先。5月10日，她参加了中国宋庆龄基金会主办的“我和我的祖国——庆祝新中国成立70周年暨关爱孤儿•共助成长”公益会演，助力少数民族青少年成长成才。

叶佩英十分关心广东的发展，广东发出的活动邀请，她都全力以赴。虽然不能常回惠州，但她多次委托家族的亲戚为家乡的建设捐款。1997年她应邀到梅州参加“纪念叶剑英同志诞辰100周年文艺晚会”的演出期间，身为客家人的她主动表示愿为梅州助学助残事业略尽绵薄之力，并委托市委宣传部及致公党梅州市委协助物色山区贫困学生。梅县松口中学一名家境贫苦的女学生成为她的资助对象，自高中二年级起由叶佩英解决其每学期的学杂费，该学生后考入广州一所大学。此后，叶佩英又给市残联捐资，资助梅州残联发展。

歌为心声，情源心意。熟悉叶佩英的歌迷都知道，不管什么样的演出，也不管自己多大的年纪，在演唱《我爱你，中国》时，叶佩英总有两个代表性动作：一是在第一段结束时，她都会深深地鞠一个躬；二是在歌曲的最后，她奋力高歌时，一定会高举双手。对此，叶佩英说：“深深的鞠躬是表达我对祖国由衷的敬意，而高举双手是因我对祖国的爱坚定不移！”

容志仁在给学生做报告

容志仁是广州市第一代个体户，他创办的容光饮食点，以一毛钱的“学生餐”成名。“街边仔”致富的传奇，使他成为一代创业青年的偶像。从容志仁身上，可见广东人“敢饮头啖汤”的创业精神和价值追求。

14

『敢饮头啖汤』

——记广州第一代个体户容志仁

◎欧阳湘

“学生餐”成就“万元户”

一百元打造“容光”早餐品牌

容志仁，1965年考入华南师范学院（今华南师范大学）中文系，后因客观原因辍学。1979年2月，中央出台发展个体经济的政策：“各地可以根据当地市场需要，在取得有关业务主管部门同意后，批准一些有正式户口的闲散劳动力从事修理、服务和手工业等个体劳动。”容志仁从报纸上获得了此消息后，他想，既然没有工作，倒不如从事个体劳动，至少可以解决生活问题。1979年3月底，他到当时的广州市越秀区东风街街道办事处申请个体执照，希望经营“工艺美术”，因为那是他的特长和爱好。但他住的西华路司马坊既不是文化区也不是商业区，街坊们劝他说：西华路司马坊是群众聚居点，中小学较多，工人、学生都挤在一间小食店吃早餐，往往会耽误上班、上学时间。不如搞个早餐小食档，解决这一带“吃早餐难”的问题。

容志仁对烹调技术一窍不通。怎么办？他花了两个早上到准备开设点档的街口观察，果然看到了不少学生因不想排长龙买早餐，而拿早餐钱去买咸酸（广州小吃）、话梅之类的零食吃。容志仁想，办事情不能仅凭主观愿望，而要根据客观需要；只有方便群众，才能得到群众的支持，生意才能兴旺。他决定改变初衷，经营大众化的早点，创办名为“容光饮食点”的摊档。

容志仁的容光饮食点（尚未搭棚的路边摊）

容志仁起家时只有100元钱，还是他和妻子积攒下来的。他们买了碗碟和酱料、粉、花生、猪骨等原料。买不起大锅，街道文化站的人说有个大锅可以借给他用。1979年秋，容光饮食点开张了。容志仁和妻子、母亲每天凌晨四点钟起床，挑上粥担、提起风炉，踏着夜色来到司马坊街口，在晨光熹微中忙碌着，迎接前来吃早餐的人们。早餐就是粉和粥，粉有腩汁粉、牛腩粉，腩汁粉一毛钱一碟（2两），牛腩粉贵一点，两毛五一碟（2两），花生猪骨粥一毛钱一碗，配些酱料。开业之初，粥烧糊了，粉的味道也欠佳。有位退休工人十分热心，到容家教容志仁煮粥、调味。容志仁自己也曾到太平沙的一间牛腩店“偷师学艺”。从那以后他的点档越办越好，顾客蜂拥而至。第一天赚了3块7角钱，第二天赚了7块多，第三天赚了10块多，这在当时算是高收入了。

小女孩的建议启发了容志仁

容光饮食点的出现解决了附近中小学生及居民吃早餐难的问题，但它真正走向成功是缘于一个小女孩的小小要求。大约开张两三个月后的一天早上，有位七八岁的小女孩对容志仁说：“叔叔，我只有一毛钱，买二两粉吃不完，吃一碗粥又不够饱；吃一两粉还剩五分钱，你出售的花生猪骨粥一毛钱一碗，可以买半碗粥吗？”看着小女孩天真可爱的笑脸和充满期待的目光，容志仁心动了，立即满足了她的要求：给她半碟粉、半碗粥。在场的其他小学生也争着用一毛钱吃粉、吃粥。

当天打烊回家，小姑娘的话在容志仁的脑海中盘旋。他仔细地琢磨起来：“小学有很多这样的小朋友，只有一毛钱的早餐费，但他们两样都想吃，又想吃粉又想吃粥。我应该想方设法满足他们呀！”第二天，容志仁买了很多小碟、小碗，挂了一块牌，写着“学生餐一毛钱，有粉有粥”。这是全城最便宜的双拼早餐。一下子，好多学生都来吃一毛钱两样的学生餐。他做了学生餐后，一个早上就可以卖100斤粉。学生们

容志仁和他的小顾客

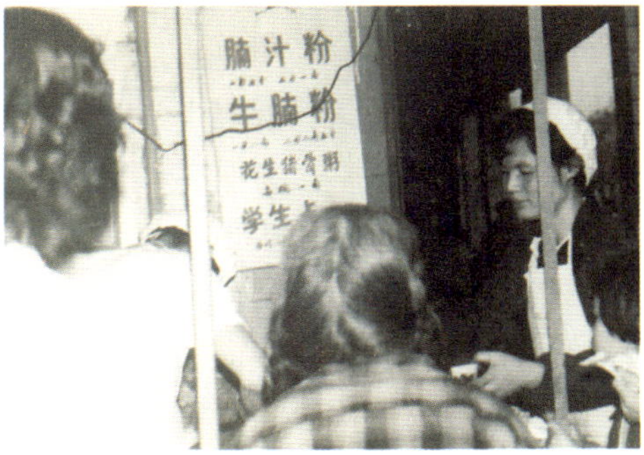

容志仁的容光饮食点经营学生餐

高兴，家长们也放心，索性将整月的早餐钱交给他。由于照顾了学生，容志仁当了很多学校的校外辅导员，常去给他们讲课、做游戏、表演魔术。小学生也协助他打扫卫生，收碗收碟，其乐融融。

容志仁在1981年3月成为万元户。当时钞票最大面值才10元，他和老婆数啊数啊，数了那么久那么多张，好高兴！他了解到，县长一个月的工资才105元。

广东个体户的“标杆人物”

容志仁的容光饮食点，由于适应社会的需要，方便群众的生活，得到了群众的大力支持，受到了党和政府的关心。不负众望的容志仁，致力于改善个体户的地位和形象，成为一代创业青年的偶像、广东个体户的“代言人”。

被广东省委第一书记“点”为名人

1981年8月18日，共青团广东省委召开广州市部分个体户青年座谈会，时任广东省委第一书记任仲夷接见与会的12名代表，容志仁即是其中之一。任仲夷肯定了个体经济是社会主义经济必要而有益的补充，肯定个体劳动者是社会主义劳动者，并说政府要把他们扶上马、送一程，“三年免你们的税，要你们好好地干”。容志仁等人听后深受鼓舞，他讲述了自己办容光饮食点并且特别推出“学生餐”的情况，任仲夷一拍桌子站起来说：“容志仁你说得很好，我们需要的就是你这样的做法：第一你可以自谋职业了；第二你方便了群众的生活。而且你能根据群众的需要来做，很好！在座的有很多报社记者，你们都要报道。”

开完会，容志仁回到家，家里挤满了记者，《广州日报》《南方日报》《羊城晚报》都进行了报道，容志仁出名了。很多人慕名而来，甚至还有日本来的、朝鲜来的。客人坐不下，就站着吃。在容志仁带动下，西华路增加了20家个体户开的店，都是小吃店、电器修理店、服装店之类的。

获国家领导人接见

1983年8月，容志仁去北京参加（中华全国青年联合会全国青联）会议。青联主席了解到容志仁的事迹后，请他到北京团市委、北京市总工会、妇联作报告，介绍自己的创业经验。

同月，容志仁作为广

东代表，到北京参加全国发展集体和个体经济安置城镇青年就业先进表彰大会。时任中共中央总书记胡耀邦在中南海怀仁堂接见与会代表。大会安排40人发言，容志仁排在第三，每人发言限定1分钟。到容志仁发言时，胡耀邦饶有兴趣地问他，跟容志行（退役国足名将）是不是两兄弟，又详细了解容志仁的经营情况，彼此相谈甚欢。结果，容志仁的发言用了16分钟。最后，胡耀邦在《怎样划分光彩和不光彩》的讲话中说道：有人认为干个体是不光彩的，我说干个体是光彩的，你们走的是光彩的路，你们是光彩的人，你们的事业是光彩的事业。容志仁非常感动，他深深地体会到，个体户并不是“孤儿”，从事个体劳动同样能得到党的关怀，社会主义国家的个体户同样可以为共产主义奋斗。于是，他递交了入党申请书。

容志仁（前排左三）与小学生一起唱歌

1984年春节期间，邓小平来广东视察，也在军区礼堂接见了容志仁，并亲切地鼓励他做好工作。

当选广州市个协首任会长

1984年3月底，广州市第一次个体劳动者代表大会召开，成立广州市个体劳动者协会（简称“广州个协”），容志仁当选为会长，次年，他当选为广东省个体劳动者协会副会长。1985年2月，容志仁加入中国共产党，成为个体户中最早的中共党员之一。

当时社会上有人看不起个体户，认为当“街边仔”是件不光彩的事，文

容志仁当选为广州市个体劳动者协会首任会长（组图）

化素质也不高。容志仁当上个协会长后推行"橙色计划"，即引导个体户学文化、学政策、学专业知识。比如，维修摩托车、单车，就要进行技术培训；还组织了广州市的名菜名点评比，把自己的拿手好菜拿来评比，通过评比，让个体户整体的技术有所提高；另外还成立了足球队、文艺宣传队，演戏唱歌跳舞都有，就是为了让别人知道个体户也有追求，也有精彩的生活。

容志仁的名气很大。有一次，容志仁与朋友一起坐的士。滑稽的是司机吹嘘道："我跟容志仁好熟！"容志仁反驳说："这个世界上没有谁比我更熟悉容志仁。"司机便与容志仁理论起来。他朋友是个急性子，忍不住大喊："他就是容志仁！"司机愣了一下，然后不断地转过头来看容志仁，容志仁惊得大喊："不要看我，请看路！"

"街边仔"的人生追求

当时，社会对个体户有偏见，甚至有人说："当个体户没出息，谈不上干事业，还是找个其他工作吧。"即便是在香港，小商小贩也常被驱赶，被人冷眼相看。容志仁的妻子刘翠，全家都在香港，家境殷实，经常从香港寄钱接济他们。虽然衣食不愁，但容志仁想做一个有益于社会的人，起码能自食其力。刘家哥哥们反对他们"开档站在街边卖粥粉，做这种生活无保障的工作"，并声称"你们做这份工作，叫我们日后怎么敢带亲戚朋友来见你们呢？如果你们钱不够用，以后每个月寄五百元港币给你们"，容志仁夫妇不为所动。于是哥哥们寄回一张"财产继承公证书"，要他俩一起去香港。刘家老太太还特意赶回广州催促成行。但当她看到容志仁的档口生意兴旺，顾客和女儿、女婿的关系融洽，也不知不觉地帮着卖起粥来。而后刘翠二哥赶来，准备叫妹妹劝容志仁改行搞工艺美术，说这种职业"高级"些。但当刘翠二哥看到容志仁的摊档那么受欢迎、当"街边仔"不会没尊严时，也被感动了，转而支持妹妹和妹夫的就业选择。此外，有单位想请容志仁去当秘书，还有个粤剧团想请他去工作，但他都谢绝了，甘愿当他的"街边仔"。

容志仁破除旧的思想观念，倡导商品经济的理念，体现了广东人"敢饮头啖汤"的创业精神。容

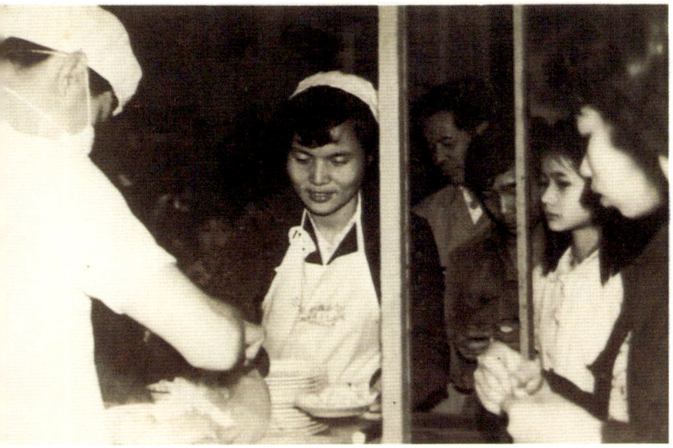

容志仁夫妇在卖早点

志仁认为，一个人有没有出息、能不能干一番事业，不是看他从事什么职业，而是看他是否有目的、有计划、有志向地做好本职工作，是否对国家、对人民有贡献。他认为，个体户只要遵纪守法，文明经营，立足于为人民服务，就是光荣的事业。每当容志仁看到众多学生、工人高兴而来，吃完早餐又满意而去，就觉得自己的劳动有价值。他还认为，满足社会需要，同时也要适应市场。他第一次听从群众建议，不开工艺品店而开饮食店，是适应市场的好生意；第二次满足小学生的需求，推出一毛钱吃两样的学生餐，也是适应市场的好生意。容志仁疾呼：看不起个体户是错误的！个体户虽然是独立经营的，却也是社会主义物质文明的建设者，更要成为“光彩人”。

容志仁的三尺小摊，不仅提供食粮，而且传播社会主义新风尚。有一次，一个小学生匆忙跑来吃早餐，可是忘了带钱，感到为难。容志仁马上盛了早餐给他：“快吃了去上学，明天还钱，我要考验考验你。”第二天，小学生把钱如数送来，还天真地说：“叔叔，我经起考验没有？”每逢有小学生忘了带钱，容志仁都让他们先吃后补交。人流量大时他忙不过来，就让小顾客们自己盛粥，小顾客们都非常诚实，从不多盛。而且看到容叔叔忙不过来，都抢着帮他收碗洗碟。容志仁说：“别小看我这小摊，每天直接服务几百人！做生意是奸狡还是诚实，对人是热情还是冷漠，对顾客特别是小孩子，都起着潜移默化的作用。能为这般可爱的小朋友服务，我感到心满意足。”

“忽如一夜春风来，千树万树梨花开。”容志仁认为，春风就是党的改革开放政策，梨树就是个体和私企。容志仁作为中国第一代个体户中的一员，通过自己的劳动，体现了自己的人生价值和追求。

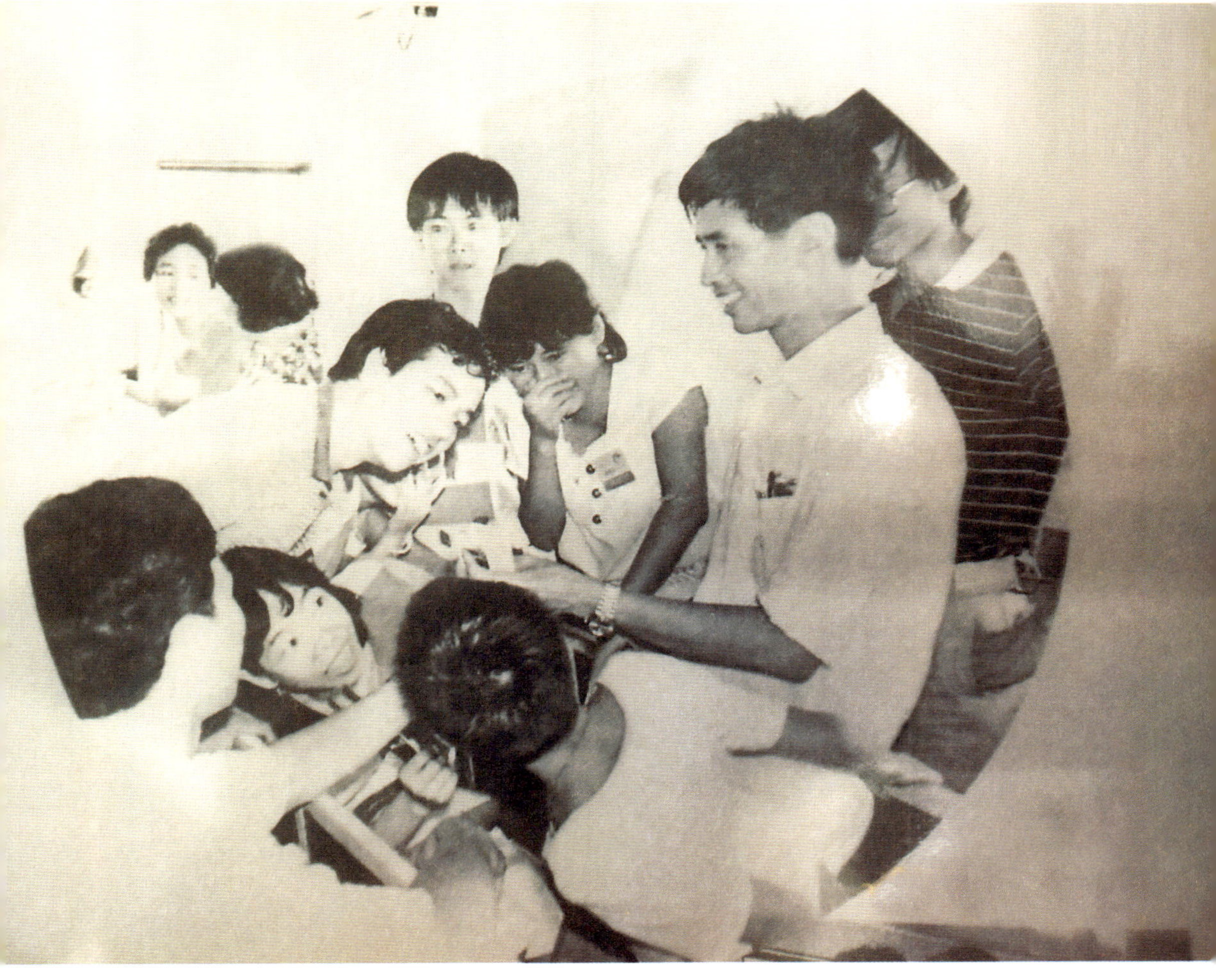

小学生对容志仁的魔术充满好奇

影片《雅马哈鱼档》反映了时代风貌（图为影片中的角色珠珠、阿龙和海仔）

面对珠江三角洲这片发生历史性巨变的热土，我会激动不已，我的浓情会燃烧。在我眼里，这儿，水比别处清澈，月比别处柔和，酒比别处醇香，人比别处开放，情比别处包容。

15 广东改革开放的靓丽名片

——关于《雅马哈鱼档》的创作

◎ **章以武**

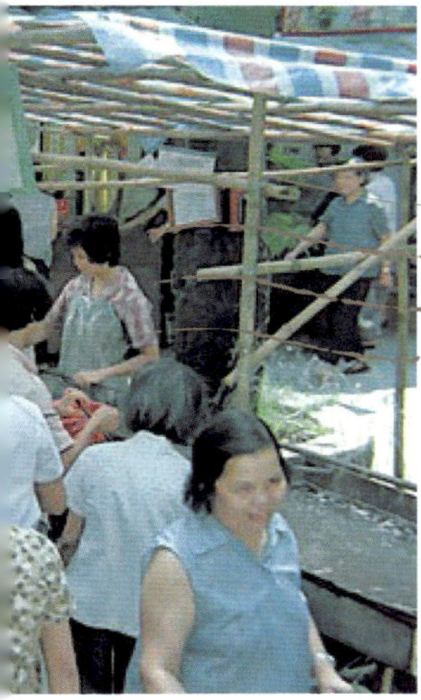

《雅马哈鱼档》展现了一幅幅广州市井风情画

一

有人问我，你怎么会想起写电影剧本《雅马哈鱼档》的？你卖鱼卖得风生水起啊。说来话有一匹布长呢。

20世纪80年代初，在党的十一届三中全会精神的指引下，广州率先开放，开放了鱼鲜、水果、蔬菜、三鸟（鸡鹅鸭）市场，市民拍手称快，都说政府好，跟老百姓想到一块了。当时，那些待业青年领了牌照，一马当先，纷纷在马路边的转角处，在窄街小巷，设档摆摊。那时，我住在百灵路，整条小街成了热热闹闹喜气洋洋的圩集，鱼档、烧鹅档、水果档、粉面店、发型屋及挂满牛仔裤、T恤、丝袜、遮阳伞的档口，应有尽有，大有春风扑面之感，令人好生兴奋。家有客人来，上街斩2元钱的烧鹅（每斤4元），拎一块带血丝的鲩鱼清蒸，炒一碟菜心就搞掂啦，再也不用凭鱼票去排长队，还为买回几条臭鱼而烦心了。所以，那时的心情可谓面对长街，幸福花开！

有一次，我去买鱼，鱼档小青年口吐烟雾，笑眯眯说："啊，你别小瞧我这个水湿湿的小木箱，里边装的全是卖鱼得来的钱，谁抢劫它就好比打劫银行的钱柜，即刻蹲班房！"哇，这口吻自豪又自信！我拎着鱼边走边想，这小青年曾经发生的和正在发生着的故事。它激发着我的形象思维，让我有一种创作的欲望。我这个人，平时就爱舞文弄墨，写点小东西，在报上发表了，沾沾自喜一番，也爱写个独幕小剧，供农场"乌兰牧骑"演出队演出。为此，中文系的某些人颇有微词，说我不走学术之路，不务正业。我心里不服，我教"写作概论""影视创作"，理论联系实际，很务正业啊；不过学院开明，由我作主。还有一次，路遇我在中学时教过的学生，他邀我去金碧辉煌的东方宾馆饮茶，以表师生之谊。天哪，那是接待外宾的地方，出入者非富则贵，岂是我等草根的去处。我猛摇头："去不得，去不得。"那学生执意要我前往。他道："章老师，给点面子啦。您恐怕也风闻了，我这个人，过去手脚有点不干净，长相又矮小鬼祟。我们'打的'去！不坐公交车！"我问："为何？"他道："坐公交车不好，万一车上有个'冬瓜豆腐'，别人会怀疑我的，说不清楚。我现在开鱼档，卖鱼卖得风生水起，有滋有味，我活得堂堂正正、人模人样啦。全凭政府的好政策。啊，章老师，您放心，去东方宾馆饮茶，我有港币。章老师，信不信由您，我卖鱼每月能赚这个数！"他伸出三个指头，"300多块啊！"我听了心里好不平衡，1983年我月薪才68元5角。呵，世道在变，人也在变，于是，最早的《雅马哈鱼档》的故事在我心里发酵了。

所谓"发酵"，就是我头脑里储存的有关信息给激活了，它们互相碰撞、组合、演变，故事的雏形也就形成了，人物关系也就呈现了，随着想象的翅膀不断扑腾，故事逐渐完整清晰。这里要强调一点，并非你有卖鱼的生活，你身上有鱼腥味，就可将它变成文学作品的。有生活是一回事，感悟生活，判断生活，分析生活，概括生活，形象地表达生活，又是一回事。同时，还需要有思想的支撑，否则飞花漫天，水过鸭背，作品是肤浅的，不耐看的。否则，世上千万卖鱼人都可以写成《雅马哈鱼档》了。

二

最终，我写了将近6000字的短篇小说《雅马哈鱼档》。当初，这小说的题目叫《鱼啊鱼》，我的老友徐康是珠影的制片主任。他说："你这题目不生动，不时尚，现在开放了，雅马哈摩托车满街飞，干脆叫《雅马哈鱼档》吧，用摩托载鱼，既新潮，又热辣，读者看这题目也好奇。"妙哉！我当即叫好。这部短篇小说寄给了《羊城晚报》"花地"编辑部。十天后，我收到"花地"编辑肖荻老师的信，他认为小说所写为新生事物，写得很好，约我去编辑部面谈，我雀跃。肖荻先生毕业于西南联大，著名文艺评论家，是肚里有货、双眼识货的名编。要知道，当时《羊城晚报》在国内十分显赫，每天才四个版，文学副刊有时半个月才轮一次，要上一篇稿可不容易。我去了"花地"编辑部，肖荻老师对我说："你这篇小说正面写了改革开放的故事，开鱼档，劳动致富，让待业青年有了谋生创业的平台，题材、故事都不错的。是这样，我们晚报名声在外，全国各地都来稿，所以版面十分紧张。你的这个短篇小说删去一半，2500字，如何？"我听了不知深浅地道："肖老师，您也太狠心了，要砍去一大半啊！可否6000字整版发表？"肖荻老师听了注视着我"呵呵"笑道："章以武，你好大胃口，整版发你的稿？你是欧阳山？你是秦牧？"他递了一支烟给我，"你的心情我理解，砍去一半，好比割你的肉啊。你回去想想，我也想想，再定。"一个星期后，肖荻老师给了我一封千字长信，大意是：小说砍一半确实可惜。我建议将它扩成中篇小说，并提了扩成中篇的五点意见，尤其是小说主人公阿龙的转变，要增加笔墨，令人信服。主要人物的形象生动饱满了，这个中篇就站得住了。我读完此信十分感动，字字句句点中穴位。我心怦怦然，两眼发热，我为肖荻老师的敬业精神肃然起敬。他对后辈文学创作的热心关爱，永远是我学习的榜样。后来，我找来了我的合作者黄锦鹏将这部短篇小说扩成中篇小说《雅马哈鱼档》。这部中篇小说寄给了《花城》文学杂志，发表后，获得了1984年“花城首届文学奖”。如今，我常常会惦记肖荻老师直率、幽默的形象。肖荻老师已去了天国，我未能敬他一支烟、一杯酒，抱憾终生。然而，他厚厚的眼镜片里闪现的光芒，像南方勒杜鹃般灿烂，照亮我的文学创作之路！

这里要插叙一段。中篇小说《雅马哈鱼档》到了《花城》之后，编辑部对此稿有截然不同的看法。当时《花城》编辑部主任范若丁先生独具慧眼坚持认为：如今来稿多为伤痕文学的作品，而正面书写改革开放新生事物的稿很少，而且作者又是本土的，很难得，应予以支持扶植。也有一位以文艺理论见长的编辑认为：不就是小贩卖鱼嘛，没多大意思，“小儿科”。当然，这是编辑部内十分正常的争论。不过，我在创作这部中篇小说时反复思考的却是：80年代初期是转型期，人的价值观念正在悄悄发生变化，具体到这个作品就是讲如何做人，如何赚钱，如何张扬人的价值，体现人的尊严。我们在作品里形象地指出：清白做人，诚实赚钱，劳动致富。而当时，在尚未完全解禁的形势下，我俩独

《雅马哈鱼档》剧照

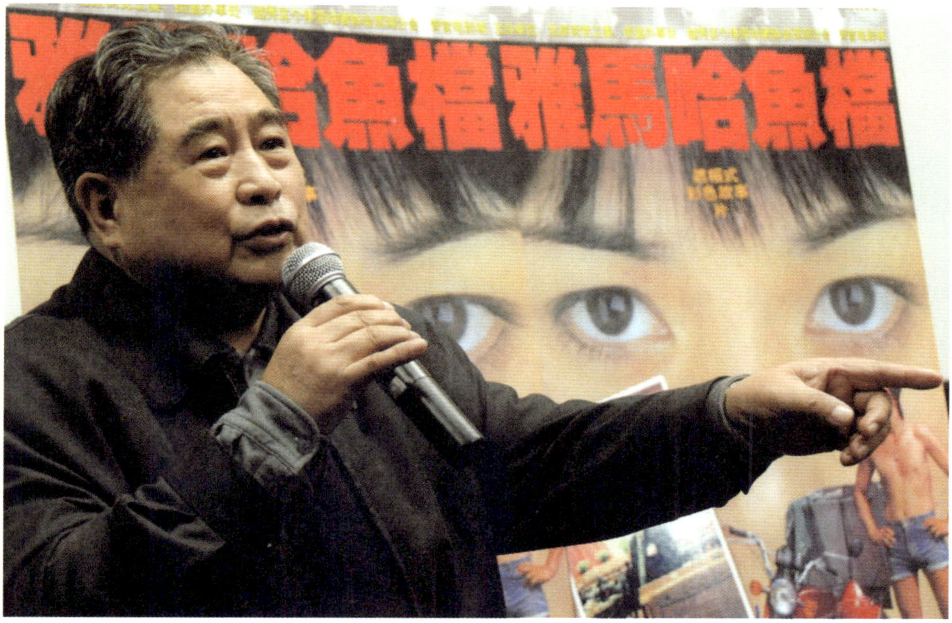

电影《雅马哈鱼档》在广州上演，张良导演出席首映礼

具胆识，以文学的形式闯了“禁区”，提出劳动赚钱光彩，这无疑是石破天惊的事。当初，我们这么够胆，全凭党的改革开放政策与思想解放啊！

三

真是好运来了挡也挡不住，我又遇到贵人了。当时，珠江电影制片厂文学部主任王进先生读了这部中篇小说后，认为《雅马哈鱼档》应时势、接地气，故事性强、富有视觉冲击力，且具有广州地方特色与南国风味，可改编成电影。他立即安排我俩住进珠影招待所，将小说改编成电影剧本。于是，我俩兴致匆匆地住进珠影招待所的大房间，开始“触电”了。先是编写剧本提纲，因有自己写的小说在案头，不觉得写电影剧本有多难。我写他说，他说我写，不时会冒出新点子，自鸣得意，开怀大笑。不消一个月，电影剧本的初稿就写出来了。当时的责任编辑叫戴泳素，是大名鼎鼎的诗人戴望舒的千金，为人和

《雅马哈鱼档》海报

善，热情爽朗，很好相处。我俩在珠影食堂凭饭票吃饭，伙食还行，白瓜洋葱炒肉片，腐乳、蒜蓉辣椒酱都很开胃口，免费供应作者。

好运连连，此剧本很快通过，马上投拍，那是1983年。几位导演读了剧本，个个都有兴趣，个个争，最后由张良拍导此片。张良，才华横溢的东北汉子，是家喻户晓的名演员，也是一位富有创新精神、有想法、有追求的好导演。他“胆大包天”，竟然在剧中启用了许多草根个体户当演员，事实证明效果极好。当然，培训排演过程，张良花了许多的心血。这种对艺术执着、专注、忘我的精神，令人钦佩不已。

影片拍成后，先在北京试映，招待京城的电影界名流观看。电影刚落幕，掌声四起，观众齐刷刷地站立起来鼓掌。影片大获成功！座谈会上，发言者争先恐后。著名电影表演艺术家张瑞芳说："好电影啊，太有生活气息了，我都闻到鱼腥味了。"当时的文化部副部长丁峤说："作者很大胆，思想解放，一年前就提出了'既要面子又要钱'的口号，很不简单！"后来，在北京大学放映，从晚上七点开始，一直循环放映到天明。北京学子观后高呼：广州的今天就是我们的明天！

电影公映后，好评如潮，轰动大江南北，被誉为撕开了计划经济的一角，呼唤社会主义市场经济的到来，是广东改革开放的第一张靓丽的名片。内地许多年轻人看了这个片子后，向往广东，到广东圆创业梦。电影荣膺1984年文化部优秀新片二等奖，被选为参加1984年国际柏林电影节。我为此获得了广州市人民政府嘉奖令。学院给予晋升工资一级，提前分得三房一厅。影片票房达8000万（当时电影票2角1张），有人估算相当于现在的20多个亿。附带说一句，我们的稿费1000元，除去200元税各得400元。此片文化部给的奖金有几百元。剧组按人头平均分，我俩各得了48元5角，我们已心满意足了。

《雅马哈鱼档》的成功，对我来说确实是我文学创作的里程碑，增强了我对文学创作的热情与信心。改革开放以来，面对珠江三角洲这片发生历史性巨变的热土，我会激动不已，我的浓情会燃烧。在我眼里，这儿，水比别处清澈，月比别处柔和，酒比别处醇香，人比别处开放，情比别处包容。

我常有一种冲动，想要形象地告诉人们，改革开放富起来的珠江儿女是如何与时俱进的，是如何在社会主义市场经济的波峰浪谷中拼搏闯荡的，是如何改变观念奋力前行的。

被誉为“幸福之城”的珠海

“孔雀东南飞”，珠海市领全国之先，数十年坚持重奖科技人才，促进人才“内流”，让这座南方的滨海之城犹如一颗明珠焕发着创新的活力。

16

种好梧桐引凤凰

——珠海重奖科技人员纪实

◎西 篱

春天的故事

1992年1月23日至29日，我国改革开放总设计师邓小平在珠海经济特区视察。他三次视察科技企业，并发表了重要讲话。

邓小平发出了时代的热烈呼唤：“科技是第一生产力！”

邓小平的南方谈话，恰似强劲而和煦的春风，对中国20世纪90年代的经济改革与社会进步起到了关键的推动作用，中国科技的春天到来了！

彼时，珠海经济特区已经发生了沧海桑田的巨变。1979年的工农业总产值只有1.28亿元，至1992年就已经突破了100亿大关。这座现代化海滨城市高速发展的重要原因之一，就是科技。实践证明，正是科技之神力，为珠海经济特区发展添上了双翼。

1992年3月9日，历史将永远铭记这一天——

清晨，风和日丽。还没到8点，珠海影剧院广场已经热闹非凡。

珠海市委、市政府要在这里召开首届科技进步突出贡献奖励大会，重奖一批有成效有突出贡献的科技人员。

三辆崭新铮亮的黑色奥迪轿车，披红挂花，并排停放在广场中央，穿蓝裙子的少先队员们手举鲜花和彩球，与白衣红裤的少年鼓乐队一起，在广场两旁一字排开。广场上空，火红的大气球浮动在蓝天下，气球下悬挂着两条醒目的标语：科学技术是第一生产力；坚持改革开放，加快经济建设步伐。

珠海市 1991 年度科技进步突出贡献奖励大会会场全景

影剧院里里外外人头攒动、鲜花簇拥，气氛热烈。与会者尽数入场之后，影剧院里安静下来，气氛庄严。

时任全国政协副主席叶选平一席话，带动了全场热烈的气氛。他说，奖励科技领域，也要用改革精神来突破，不要像个小脚女人扭扭捏捏，搞平均主义没希望。他赞成珠海在这个领域来个突破，来个一石激起千层浪，打破这死水一潭。他说："我觉得珠海今天这个会，有耳目一新的感觉。"

顿时，台上台下响起如潮掌声。

时任珠海市委书记、市长梁广大讲话。他说，重奖的目的并不仅仅在于给了科技人员多少物质利益，更重要的是，要通过重奖，在全社会形成尊重知识、尊重人才的良好社会风尚！

此次奖励的项目共有5个，其中特等奖三个、一等奖1个、四等奖1个。3个特等奖中，珠海丽珠医药研究所所长徐庆中及其4名助手共领取110多万元的奖金，徐庆中个人获得小轿车一辆、住宅一套；凝血酶研制者、珠海经济特区生物化学制药厂厂长迟斌元获得小汽车一辆、住房一套及约26万元奖金；开发出程控交换机的珠海经济特区通讯技术开发公司总经理、总工程师沈定兴及其助手共获奖金约21万元，个人获小汽车一辆、住房一套。其余得奖者也分别获得住房或奖金。

可爱的少先队员们把一束束鲜花献给获奖者。获奖者的亲人和同事，也上台向他们表示祝贺。

影剧院广场上，记者们蜂拥采访获奖者，照相机和摄像机齐齐追逐，闪光灯咔咔作响，好似炸出一串串白色的小礼花。

著名主持人倪萍身穿绿色上衣和花色连衣裙，站在被花球和彩带覆盖的轿车中间，面对镜头，激情洋溢地给全国电视机前的观众讲述现场盛况。

时任全国政协副主席叶选平一席话使会议气氛空前活跃

而本地媒体的记者更是跑前跑后，聚焦热点。他们在自己的新闻稿里描述道：

徐庆中、迟斌元、沈定兴三位特等奖获奖者捧着装有轿车钥匙的礼品盒、房屋所有权证和一张复印放大的现金支票，接受了小朋友献上的鲜花。

迟斌元眼里闪动着泪花，他两岁的儿子为他捧着鲜花。而对于特等奖的奖品小轿车，徐庆中是自己把车开走的，沈定兴的车则是由司机申师傅开了一圈又转回来把他接走。

这三名特等奖获奖者都拥有了私家轿车、私家住宅，成为中国最早靠政府奖励致富的科技工作者。

110多万元，在20世纪90年代初，不能不说是一笔巨款。当时，徐庆中带领他的团队研制出的“丽珠得乐”冲剂家喻户晓，仅1991年就获纯利2700万元。巨额奖金拿在手中，徐庆中仍有些发蒙。科技重奖的意义，

特等奖获奖者徐庆中

特等奖获奖者迟斌元

少先队员把一束束鲜花献给获奖者

特等奖获奖者沈定兴

中央电视台《综艺大观》节目摄制组到现场采访，主持人倪萍给观众讲述现场实况

远超出了物质奖励本身。科技重奖告诉人们：这里，珠海，为科技精英们搭建了一个时代大舞台，大家都可以来此展示并实现自身价值！

当徐庆中等人领下百万大奖时，坐在台下观礼的时任珠海“远方电脑”总经理的陈利浩深深地被感动了：“中国知识分子的劳动与价值终于得到社会认同和肯定。终有一天，我们‘远方’也会站在这领奖台上！”

果然，两年后的第三届科技进步突出贡献奖励大会上，陈利浩成为特等奖获奖者。他研发的远光软件，成为国内首屈一指的企业管理和社会服务信息系统。

“孔雀东南飞”

珠海重奖科技人员，在海内外引起了强烈的反响和新闻舆论界的极大关注。全世界的目光都被吸引过来了！

近百名来自中央、部分市及港澳地区的报社、电视台、电台和画报杂志的记者云集珠海，参加市委市政府举办的记者招待会。

在招待会上，梁广大回答记者提问说，推动科技进步，首先要调动科技人员的积极性，科技人员多年来含辛茹苦，创造出科技成果，为社会做出了突出的贡献，他们的劳动理应得到承认，他们的功绩理应得到奖励。

梁广大坦诚告诉大家，珠海市的重奖措施，是社会主义按劳付酬的一种。市委市政府希望通过重奖，在社会上、在科技界产生一定的效果，吸引更多国内外的科技人才到珠海来，为特区的科技进步和经济发展作出贡献。

此次特等奖奖予100平方米以下住宅一套，小汽车一辆，以及该项目的产品在1991年内实际销售获得的税后利润4%的奖金；一等奖奖予80平方米以下住宅一套，以及该项目的产品在1991年内实际销售获得的税后利润5%的奖金；其他奖项的奖金，均奖予该项目的产品在1991年内实际销售获得的税后利润6%的奖金。

梁广大告诉记者们，珠海市委市政府在1991年6月就制定了奖励有突出贡献的科技人员的暂行办法。该办法明文规定，不论是珠海的干部职工，还是临时聘任的科技人员；不论是珠海的常住人口，还是户口在外地甚至国外人士都可以参与；不论是在应用科学研究方面取得了重大的经济效益，还是基础理论研究有重大突破，并取得了良好的社会效益。只要对珠海的企业发展、科技进步作出了突出贡献，都要根据贡献的大小予以奖励。

他热情洋溢地说：我市的重奖实施办法不是临时措施，更不是一次性的政策。以后只要够得上各种等级条件，有多少个奖多少个。我们希望达到授奖标准的项目越多越好。

他再次广发英雄帖：凡是学有所成的留学生研究人员，或内地的科技工作者，只要愿意来珠海，并能为珠海科技进步出力，珠海将从组织、劳动、人事等方面予以优先解决，在住房、工作、生活待遇上优先解决。我们的目的就是要广揽人才，建立一支业务技术一流的科技人才队伍，同时给高新企业、技术企业更多的优惠政策，更积极地促进科技的进步，推动珠海经济的持续高速发展。

这一番肺腑之言，不但引起了海内外各界的关注，更是温暖了无数科技工作者的心！

一时间，在科技领域的海内外投资者、合作者、求职者纷至沓来，珠海经济特区成为人才的磁力场。

据有关方面统计，在奖励大会后一个多月的时间里，珠海市科技部门就收到270多封要求合作开发科技项目的信函，先后有260多人次携带涉及电子、信息、医药等多种高科技领域的近百个项目前来洽谈。截至当年5月，有近千名国内科技人员和260多名留学生要求到珠海工作，出现“孔雀东南飞”的盛况。

走与别人不一样的路

时至今日，回顾珠海这一改革开放的创举，我们可以清晰地看到，它是在全国率先以物质形式肯定了知识和科技成果的价值，为克服“脑体倒挂”这一不合理的社会现象找到了一种有效的解决办法。

在当时，重奖在科技界引发了知识价值的大讨论。

获奖者之一的游景玉回忆道：“当时不要说百万重奖，就是拿出5万元来奖励科技人才都不容易，有很多思想斗争。但在争议中，珠海还是走出了与别人不一样的道路。”

可以说，科技重奖制度的建立，是特区科技进步机制的一项变革，它对珠海经济特区的社会经济发展有着潜在的深层意义。它不仅在更大的范围内促进特区人民强化科技意识，也促进了全社会树立尊重知识、尊重人才的新观念。这个新观念像冲击波一样，震动了国内科技界。

一直以来，珠海市的科技人员大部分是从内地迁移而来，科技重奖的实施促进了科技人才的“内流”，让人才迁移加速。

同时，科技重奖政策的实施，也促进了我国科技进步运行机制的完善，使我国长期以来科技与经济互相分离的状况，从运行机制上找到了一种自动耦合的方式。中国知识分子的优良品质就是重奉献，轻索取。科研劳动是一种高级的创造性劳动。一项创造性科研成果获得社会公认，并在社会文明进步中起到了作用，这就是对科技人员的最大的激励，也是科技人员孜孜不倦进行创造性劳动的精神寄托。重奖不仅提高了全民的科技意识，而且加速了科技人员技术研究与应用观念的改变。珠海市的科技重奖不仅激励理论研究，也激励应用开发工作，还激励成果转化及其经营管理工作，是全方位、一体化的激励政策。这种政策有利于增强科研人员参与产业化的意识，也有利于推动科技转化

如同一颗璀璨明珠屹立于伶仃洋畔的“百岛之市”——珠海

为生产力。

1999年7月，珠海以地方立法的形式，在全国率先出台《珠海市技术成果入股与提成条例》，首次将技术入股写进地方法规，建立和完善了技术成果入股提成的激励机制。随后的20年里，珠海不断强化人才战略，出台多种引才纳才新政：2007年出台新的《珠海市科学技术奖励办法实施细则》，增设了“珠海市自主创新促进奖”；2013年实施全国首部人才开发地方性法规《珠海经济特区人才开发促进条例》；2015年出台《珠海经济特区民营经济促进条例》，

在“技术入股”的基础上，增加包括研发技能、管理才能等在内的“人力资本入股”；2018年推出重磅引才新措“珠海英才计划”，在全国首创先赠送50%住房产权，连续工作十年后赠送政府持有的另50%住房产权……

新时代开启新篇章，高质量发展要靠创新驱动。而撬动创新驱动发展最为关键的，仍然是人才资源、智慧因素。

2018年10月，习近平总书记再次来到珠海视察，并出席港珠澳大桥开通仪式，宣布大桥正式开通，要求珠海高举新时代改革开放旗帜，以更坚定的信心、更有力的措施将改革开放不断推向深入。

抓住建设粤港澳大湾区的机遇，深入实施创新驱动发展战略，充分发挥科技人才作用，珠海的明天一定更加美好！

顺德赛龙舟体现了顺德人敢闯敢拼的精神（陈炳辉摄）

如果说广东是中国改革的前沿地带，那么顺德就是广东的改革先锋。广东在 40 多年改革开放的艰难探索中，多次选择了顺德，很多经验在顺德试点后推向了全省甚至全国。其中最著名的一场改革是产权改革，1992 年顺德在全国率先推进以产权制度改革为核心的综合配套改革，改革经验在全国推广。

17

『靓女先嫁』

——顺德产权改革冲击波

◎林德荣

“辉煌的成就，惊人的包袱”

1992年初，时任广东省委书记谢非来到顺德调研。

当时的顺德曾以乡镇企业闻名于世，“以集体经济为主、以工业为主、以骨干企业为主”的“顺德模式”闻名于世。顺德仅仅用了12年的时间完成了初级工业化，从一个农业小县变成了工业大县。在1991年的

“全国十大乡镇企业”中，顺德一个县占了五家，成为全国最大的家用电器和燃气具生产基地。一个面积狭小的农业县迅速跻身于全国百强县前列，成为声名显赫的“广东四小虎”之一。

让谢非意外的是，当时的顺德市委书记、市长向他汇报工作时，不说顺德的“大好形势”，谈的都是那些赫赫有名的乡镇企业的种种弊端。他们甚至用“辉煌的成就，惊人的包袱”来总结顺德的发展，这句话让谢非印象深刻。时任顺德市委书记陈用志向谢非汇报说，如果不进行企业产权改革，顺德企业将走入死胡同。

其实，作为先发地区，顺德遇到的问题也是全国改革开放遇到的问题。20世纪90年代初，“改革开放往哪里走”的问题，不仅困扰着顺德，也困扰着广东，甚至全国。困境的背后，是谁都不敢触碰的产权问题。产权结构关系到所有制结构，所有制问题在当时被看成是资本主义与社会主义的本质区别，正所谓“产权决定政权”。这种“姓资姓社”的问题，是一大“雷区”。

顺德城区（陈炳辉摄）

但改革开放的大潮已经滚滚向前，冲破“雷区”只是时间问题。人们似乎都在等待一个机会。

1992年春天，邓小平南方视察。在顺德的珠江冰箱厂，改革开放的总设计师提出“发展才是硬道理”的著名论断。他说，“中国穷了几千年，再穷下去就没地位了，不改革死路一条”。在南方谈话中，他不仅对“姓资姓社”的问题给予明确回应，提出判断改革开放中遇到的“姓资姓社”的问题，关键看是否符合“三个有利于”的标准。他对广东寄予厚望，希望广东争取用20年时间赶上“亚洲四小龙”。

同年10月，党的十四大正式提出，我国经济体制改革的目标是建立社会主义市场经济体制。中国要实现从计划经济到市场经济的跨越，必须闯过这个产权 “雷区”。

在邓小平南方谈话后不久，广东省委省政府就决定把顺德定为综合改革试验县，国务院批复顺德撤县改市后，实验县又改为实验市。

选择顺德作为改革“试验田”确实特别

有意义，一是顺德作为先发展的地区，已经提早站到了“雷区”面前；二是顺德毕竟是一个县域，就是试错了，影响也是有限的；三是顺德不是特区，不是沿海城市，也没有审批权，没有税收优惠，没有特殊政策，在这样的地区如果走出一条改革的成功之路，对全省更有指导意义。

“靓女先嫁”

顺德的产权改革，可以形象地称为“靓女先嫁”。

“靓女先嫁”的改革措施与顺德华宝集团有关。1988年，华宝空调厂生产了第一台国产分体壁挂式空调，开启了中国家用空调行业的一个新时代。1993年，华宝集团的年产值已经达到20亿元。华宝是那个时代当之无愧的中国空调第一品牌。

华宝看似繁华的背后，隐藏着许多问题。这是以“三个为主”（集体经济为主、工业为主、骨干企业为主）的“顺德模式”发展起来后，顺德企业普遍面临的问题。

时任顺德市委书记陈

顺德的柴油机企业（陈炳辉摄）

用志回忆，当时许多企业表面上看起来很辉煌，但到账面上一看就没什么了。有些企业没钱就贷款，有钱就分红，欠下债务就跑路。有些企业的负责人大手大脚，项目还没奠基好就坐奔驰车了。

还有更严重的情况，有的企业负责人让亲戚在境外开个公司，然后再回顺德投资办一个跟他所在企业联系紧密的工厂。这样，一公一私，一个负责盈利，一个负责亏损。“厂外有厂，账外有账”，吃亏的当然是公字号的那一家。

1993年3月，当时的顺德农行受政府委托对乡镇企业进行调查，结果显示有259家企业到达破产边缘（当时顺德市属企业和乡、镇办企业共978家），所欠银行21亿元贷款将成为不良资产。

时任顺德农行行长马继章回忆，当时很多企业想的是把总产值、销售收入拉上去，向银行借钱，根本不管亏损和还钱，没有责任意识和风险意识。它们把主要精力都用于争取贷款上，而不是用于还贷款上。

“厂长负盈，企业负亏；银行负债，政府负责”“有钱分光，没钱就贷，还钱下届”，这些顺口溜是当时顺德企业情况的真实写照。这样下去，不用几年，顺德的企业将会消亡。所以，当时的顺德市委市政府在呈给省政府要求改革的报告中，用了“辉煌的成果，惊人的包袱”来形容顺德的经济状况。

当时顺德的企业管理体制中，还存在其他一系列问题。美的集团面对家电业的激烈竞争，为了留住人才，激励管理人员，准备提升待遇。但美的把调整薪酬的方案报到镇政府时，镇领导不同意。镇领导说：“你一个保安队长的工资，比我公安分局局长工资还高，怎么行？”美的集团创始人何享健回忆：“企业的薪酬制度自己都做不了主，怎样管理企业？怎样留住人才？”

企业产权问题，已到了非改不可的地步。

“华宝风波”激起千层浪

最早转制的企业是顺德糖厂、顺德电机厂等规模和影响都不大的老企业，这些企业都由原来的管理层买了，落在自己人手里，所以没有引起太多的震荡。真正掀起大波澜的，是类似于华宝这样的大企业转制。

1993年11月22日，华宝公司下属12个企业负责人分别与香港蚬壳电器工业签署协议，将集团的10家独资企业与2家控股企业改制成了蚬壳电器工业控股的合资企业。

面对这个“惊天之举”，大家可谓各有想法，因为这意味着他们原有的“好日子”结束了。有人去找媒体，寻求舆论的支持，希望能阻止这种改制。

面对不同的声音，时任顺德市委副书记、市长冯润胜用“靓女先嫁”这个词，为华宝的转制注解。

“靓女先嫁”非常形象，来源于生活，迅速引起很大关注。一时间各种媒体、经济学家都来争说“靓女先嫁”。

有的媒体高度赞扬转让华宝产权的做法，说这是改革改到了深处。华宝尽管在中国分体式空调器市场上占据了领先地位，但同样面临着如何走向世界的问题，面临着如何增强后劲的问题。这就必须有大的投入和先进技术及管理的引入，再走依靠政府、依靠银行贷款的路已经行不通了，最好能在“最年轻貌美”的时候“嫁”出去。

也有媒体提出质疑。因为当时转制中，确实有些企业因为经营失败，政府背上了沉重的包袱，急需通过产权改革和转换经营机制将包袱卸下来。媒体认为要对具体问题进行具体分析，比如看看是决策错误，还是经营不善，抑或是不正当干预过多？将好企业卖掉并不能使不好的企业好起来。政府探索建立新型企业机制是正确和必要的，但这并不等于说必须把经营好的企业都“转化为货币价值形态”。再者，华宝并非靠政府贷款发展起来，也不靠政府给贷款活着，更不是政府的包袱，它是一个缴纳了大量利税的兴旺发达的股份制企业。它不是需要嫁出去的 “小姑子”，而是一个“养家的儿子”。

毕竟顺德的产权改革由当时的省委书记挂点，还是可以冲破重重阻力的。吃过亏之后的顺德人清楚了一个道理，就是“靓女”一定要嫁给“本村人”。这样转起来阻力才会小一些，后来像美的、格兰仕等由当时的管理层收购的企业就得以顺利转制。

除了广为人知的美的、格兰仕之外，广东锻压机床厂也是顺德“靓女先嫁”的成功案例。广东锻压机床厂是效益很好的企业。1993年实现利润2200万元。因为效益好，当时也曾经有港商想买它，但遭到了管理层的抵制。后来由当时的厂长陈伟德等四人发起，以2亿多元总资产，9000万元净资产，签约买了工厂。并不是所有的转制一转都灵，市场随时都有风险。1994年，广东锻压机床厂转制的第一年，锻压机床市场就陷入了低迷。市场一低迷，有股份的一些职工就悲观，很多职工要求退股。无奈之下，陈伟德和几个大股东只好把要求退股的职工股收购回来，还付了18%的年利息。熬到1998年，锻压机床行业再度大升温，才拨云见日，迎来了广东锻压机床厂的“光辉岁月”。

华宝经过转制风波的折腾后，每况愈下，后来转给了科龙。过了几年，科龙也因为产权的问题重蹈华宝覆辙。有人怀念潘宁这位科龙的创始人，感慨为什么当年的科龙不“靓女先嫁”？虽然有人认为当年的科龙没能转制，是因为当时的容奇镇领导不赞成“靓女先嫁”的做法，主张在改制中“留大，去小，转中间”。但是这只是一个方面，主要原因还是当时这条“龙”太大了，又不能嫁给外人，而像潘宁这样的“本村小伙子”又买不起。

为了稳步推进改革，顺德在第一轮产权制度改革中，国有和集体企业只保留56%，当时外部压力很大，最后省里提出把顺德国有和集体企业的比例提高到62%。虽然如此，关于产权改革的争论在顺德没有消停过。

幸运的是，谢非以非凡的政治智慧，亲自抓顺德的改革，和顺德的领导一起研究解决改革中碰到的问题，对一些关键问题果断把方向，定调子。在改革阻力最大的初期，谢非每个季度来一次顺德。为减少干扰，谢非还要求顺德的改革“只做不说”。谢非的挂点直接推动和保护了顺德那场著名的产权改革。

改革经验从顺德走向全国

1997年9月18日，党的十五大胜利闭幕，同年11月，《人民日报》连续刊发三篇关于顺德综合改革的系列报道，向全国推广顺德产权改革的经验。关于顺德产权改革的争论才一锤定音。

1997年是顺德人最为春风得意的一年。这年的6月20日，顺德在北京搞了一个名优产品北京博览会，148家企业参展，展出工业名优产品共3600件（套），展览历时五天，

吸引首都各界群众3万多人。在这个博览会上，国人惊讶地发现，一个偏居南粤的小县，竟然生产了全国37%的电风扇、22%的空调、20%的电冰箱、52%的电饭煲、44%的微波炉……

顺德"家电王国"的名声不胫而走，响彻大江南北。

2000年，顺德登上了"中国百强县"的榜首，并在这个位置上保持了5年，后来顺德并入佛山市，又成为"全国综合实力百强区"第一。如今，这个只有800多平方公里的小县城，拥有3000多亿元的生产总值，是全国最大的空调、电冰箱、热水器、消毒碗柜生产基地，以及全球最大的电饭煲、微波炉供应基地，拥有"中国家电之都""中国燃气具之都""中国涂料之乡"等28个国家级品牌，出现多个千亿级的产业集群。顺德现有两家世界500强企业。

顺德的成功，其实是改革的成功。顺德的产权改革，不仅成就了顺德，更是为中国的产权改革探索了经验，树立了信心。

中国经济体制改革研究会会长高尚全曾说，当代中国最重要的改革是农村改革和产权改革，如果说中国农村改革的代表是安徽小岗村，那么中国企业改革的代表就是广东顺德。2005年，世界银行发布的《2005年世界发展报告》指出，在中国，产权改革推动了一个使4亿人口脱贫的进程。

产权改革可谓"一石三鸟"，既让原来体制僵化的国企焕发生机，又给民企放胆发展的信心，同时又给外企发展的信息。从顺德来看，彻底的产权改革，消除了人们的产权风险担忧，让顺德真正成为一块投资创业的宝地，成为一块最适合企业生长的

现在的美的总部建筑成为顺德的一道风景（陈炳辉摄）

福地！

2018年9月，广东省委全面深化改革领导小组正式批复同意佛山市顺德区率先建设广东省高质量发展体制机制改革创新实验区，要求顺德进一步解放思想，以高质量发展体制机制改革创新实验区为契机，勇于突破，大胆试、大胆闯、自主改，着力解决高质量发展和建设现代化经济体系的突出问题，以更大的作为开创工作新局面，奋力在构建推动经济高质量发展的体制机制上走在前列，以“顺德样板”“顺德示范”为全省高质量发展提供经验借鉴。

顺德再一次踏上新时代改革创新的征途。

黄兵与他的电饭煲

在制造业这条“长跑”赛道上，我们将不忘“煮饭”的初心，始终如一，践行美的生活设计者的理念，为用户创造更多的好产品，让更多人感受“中国智造”带来的美好生活。

—— 黄兵

18

电饭煲煮出『柴火饭』

——记美的集团生活电器事业部副总经理黄兵

◎ 李士燕

2017年，在全球领先的消费电子贸易展览会——德国柏林国际电子消费品展览会（IFA）上，代表产品技术创新前沿的"IFA产品技术创新大奖"隆重揭晓。其中，由美的生活电器制造有限公司自主研发的"真空变压IH电饭煲"凭借国际领先的多段IH（电磁）加热技术，荣膺IFA产品技术创新金奖。当业界争相追问这款产品的设计者时，领奖台上，一位瘦小、精干的中国年轻人映入了业界大咖的眼帘——他，就是来自广东美的集团生活电器事业部的副总经理黄兵。

就是这个貌不惊人的中国人，从基层电控师做起，从研究米饭的口感开始，专注电饭煲技术研究15年，在日韩长期垄断新技术的电饭煲领域树立起“中国制造”的金字招牌！

卧“心”尝米：三年摸透电饭煲构造

黄兵与电饭煲的“相遇”，可谓“一见定终生”。

2004年9月，应届大学毕业生黄兵接到了来自国内知名电器企业美的集团发来的录用通知。美的，这是他曾实习过并且向往的企业。初到这里，黄兵被

初到美的时的黄兵（后排左一）与同事合影（黄兵供图）

分配到电饭煲事业部担任电控工程师，这也是黄兵第一次见到电饭煲的地方。

电饭煲又叫电饭锅，1950年由日本索尼公司创办人之一井深大的及其团队发明，1955年由东芝公司对其量产并推向市场，后来成为一种兼具蒸、煮、炖、煨、焖等多种加工功能于一体的现代化炊具，是现代家庭不可缺少的生活电器之一。20世纪90年代，电饭煲开始从最初的机械型向智能型发展，1994年，美的生产出国内第一个智能电饭煲。同年10月，美的与日本公司合作，引进模糊逻辑电脑电饭煲项目。然而，面对竞争激烈的电器市场，日本不可能将最新的技术拱手相让，美的开始迈向自主研发的第一步——引进别人的技术，自己消化。

在最初的自主研发阶段，除了日本生产的电饭煲，一切可参考的产品标准和技术指导都没有，如何评判一个电饭煲煮出的饭的品质，就靠黄兵这样的工程师通过品尝来评测。

回忆起刚到美的的日子，黄兵说：“我每天一到公司就开始煮饭，煮好的米饭要按要求划成四块，再剖成三层，一块块地品尝，差不多每天要吃一两百口米饭，相当于10碗的饭量。然后研究水米比例、煮饭时长、饭粒黏度、口感舒适度、咀嚼回甘度……一天要监测几百个数据。”有时，为了获得比较精确的数据，他不得不一天煮好几锅饭反复品尝，吃到一看见米饭就反胃的程度。

要说收获，这一年，黄兵知道了如何把饭煮熟。

2006年春节回老家，父亲问他一年的工作，黄兵不好意思地轻声说：“煮了一年饭。”老实的父亲只留下一句话：“你一个农村娃从学校走到工厂什么都不懂，领导让你干什么你就好好干。”

这句话安抚了黄兵有些躁动的心。本来想着第二年换个岗位的他又坚持了下来。这一年，黄兵对煮好米饭和做好监测记录可谓驾轻就熟，但每每看到和自己同期到美的的小伙伴们活跃在设计、企划、生产岗位的身影，而自己窝在实验室，除了成为专业“煮夫”外没有学到啥硬本领，黄兵的内心总是会荡起不安的涟漪。

第二年过年回家，当得知黄兵又煮了一年饭时，一直让他安于岗位好好干的父母也不淡定了。“煮饭能有啥前途？你要好好想想另找出路！”听到这些，黄兵的心里也是五味杂陈，对继续坚持煮饭产生了动摇。

2007年，美的请来日韩专家合作开发新技术。一次，黄兵向日本专家山口勉请教，谈话间黄兵不经意地说到自己的顾虑。山口勉告诉黄兵：在日本，工程师是终身制的职业，每个行业的工程师自入行起就认定一辈子做好一件事。他所在的电饭煲企业，别说一年两年，工程师一生都离不开煮米饭尝米饭。要想成为一个优秀的工程师，首要的技艺就是要知道什么样的米饭是好米饭，好在哪里，是用什么为标准烹饪出来的。对他们来说，好的米饭永远是没有“煮出来”的那一碗。这番话，给了黄兵极大的启示。他也记得，从一进美的开始，公司的领导和前辈就多次寄语年轻员工“在制造业行业，要经得起磨炼，要耐得住平凡”。黄兵认识到，自己从事的工作不是“短跑”，而是“长跑”，只有在看似平凡的跑道上坚持下去，才能奔向胜利。

“煮饭”正是自己要坚持的跑道！想到这些，黄兵决定沉下心来，虚心学习，执着煮饭，潜心钻研。他不放过日韩专家来实验室的每个机会，总是在旁边仔细观察他们的一举一动，并悄悄记录下来，遇到不明白的地方，就抓住专家反复问，再反复地实验，直到自己搞懂为止。黄兵的同事，同为工程师的郑晓春还记得，当时美的的实验室比较简陋，就是在大理石台上放着一台台电饭煲。而黄兵的台面下多了一张折叠床。“遇到他没搞明白的问题，他就‘驻守’在这里，一次次地试验，让我们这些工程师十分佩服。”郑晓春说。

这一年的“煮夫”生活，是黄兵最为艰苦的“破茧”过程，黄兵在无数次的品尝，无数个数据的对比中，练就了一身硬功夫：一锅米饭煮得好不好，大的差别用鼻子闻就闻得出，小的差别用嘴巴一尝就知道。同时，黄兵还将自己品尝米饭的经验与日韩专家测试米饭的标准进行对比，总结出一套衡量好米饭的“黄氏标准”。更令人惊讶的是，通过平时的刻苦钻研，这时的黄兵已经摸清了智能电饭煲的原理，理清了电路的结构，根据米饭的口感能马上对电路作出判断，知道哪个参数要修改，哪个环节要优化，完全具备了设计师的能力！

黄兵自然地成为同事们

眼中的“黄师傅”，这一声师傅看上去是个普通的称呼，却隐含着大家对身怀绝技的人发自内心的尊敬。

厚积薄发：研发最新技术叫板日韩

随着黄兵“煮米饭”的技艺达到炉火纯青，“黄氏标准”和由此衍生的一项项成果很快在美的生产中彰显效益，黄兵也成长为技术研发骨干。2009年黄兵晋升为中层技术人员，开始带领研发团队。他们对电饭煲的电控标准不断升级，“黄氏标准”成为适用美的产品的国产标准。为争取尽快追赶上日韩技术，他不放过任何一个学习提升的机会。这一年，他凭借自己的实力，在美的众多的工程师中脱颖而出，获得了参加六西格玛和技术创新外训的机会。这次学习让黄兵陷入深思：中国没有掌握电饭煲的核心技术，作为米饭的发源地竟然没有一个知名的电饭煲品牌！

学成回来后，设计一款具有先进技术、能煮出好米饭的电饭煲的想法在黄兵的心里油然而生。黄兵说：“知道了比人家差在哪里，就清楚了自己努力的方向。只要给我时间，我们的团队就能突破、超越。”

2011年，正逢美的提出产品领先、效率驱动、全球经营的战略转型方案，全集团掀起创新之风。由黄兵领衔的电饭煲团队获得了集团的大力支持，不仅建设了设备先进的实验室，团队的人员也由最初的3人增加到了200多人。2013年，团队推出达到国际一流水平的“轮动力技术电饭煲”，并在日韩获得专利授权。这款电饭煲定价为999元，只是同款日韩产品价格的三分之一，实现了中国人用上自己的高级电饭煲的梦想，当年这款智能电饭煲销量就达到了300万台。黄兵初尝自主研发的喜悦，这更坚定了他不断创新的决心。

成功的喜悦没持续多久，2013年后，国人到日本疯抢电饭煲的消息又引发了黄兵的一项大动作：发明一款能煮出“最美味米饭”的电饭煲，让国人爱上国产电饭煲！黄兵及团队的成员们调查发现，说到最美味的米饭，很多中国人的记忆原点都聚集在农村的“柴火饭”上。然而，稻香四溢、蓬松香甜的“柴火饭”来自记忆和感觉，却没有一个具体的标准；同时，民间“柴火饭”需要经过小火吸水、大火烧开、搅拌、再烧开、再搅拌的复杂过程，

黄兵与陈炜杰（右）在实验室做实验（李士燕摄）

其中还有两个关键的手工步骤：一是水开时对米的“搅拌”，二是米糊化时“插筷子”。电饭煲能否完成这些工艺？

“黄师傅总是说，只要沉下心来研究，坚持就一定能成功！”美的生活电器制造有限公司研究院院长陈炜杰说道。黄兵和团队的伙伴们知难而上，针对煮柴火饭的两个关键步骤进行研究，在国内首创设计出能实现大米360°翻滚的加热系统和控制“气泡”冲出方向的气流控制技术，让米饭变得弹、甜、香，成功用电饭煲煮出“柴火饭”！

要知道，为了达成这个目标，黄兵及其团队用了两年的时间，付出了常人难以想象的努力：为寻找达到“柴火饭”口感的米饭标准，经过了上万次的品尝，仅煮饭就用了两吨米；为研制电饭煲，团队设计出几百张电路图；为寻找最好的内胆，制作了7000多个样板；为了试验一个内锅的涂层，就煮了上千锅米饭；两年间，做出了上百万份测试数据，装满了几个硬盘。

2015年，美的宣布成功突破内胆双段IH（电磁）技术等难题，研发出可以媲美日本同类产品的“鼎釜IH智能电饭煲”，一举震惊海内外家电界。在电饭煲的故乡日本，这款热销的电饭煲被《日本经济新闻》称为“中国制造之光”。

在荣誉和掌声面前，黄

2017年IFA获奖产品——“真空变压IH电饭煲”

2017年，黄兵在德国领取IFA奖（黄兵供图）

兵秉持“最好的锅是下一个”的理念，并没有停止在创新路上前进的步伐。2016年，黄兵和团队又推出了美的“真空变压IH电饭煲”，攻克了行业内最难的可变压力技术，既让大米的口感甘甜黏糯，又使得煮出来的米饭蓬松。一推出就被业内人士预言是又一“爆款”。果然不出所料，“真空变压IH电饭煲”荣膺2017年IFA产品技术创新金奖。2018年，美的“舞动IH电饭煲”上市，创新的多段立体IH加热技术，可实现米粒“720° 双向翻滚沸腾”。这些技术的应用，让美的电饭煲渐渐成为“中国制造”的代表，并成为国内外市场的宠儿。

据统计，进厂15年，黄兵经手60多个产品，共申请专利178 项，其中有22 项发明专利，74 项实用新型专利获得授权，为美的实现产值超过100 亿

黄兵获得首届佛山“大城工匠”的称号（黄兵供图）

元，更推动了中国电饭煲技术的发展。他也因此获得了诸多荣誉，如IFA产品技术创新金奖，中国家电科技进步奖一等奖，2017年首届佛山“大城工匠”称号。而最让黄兵引以为豪的是，曾经担心他煮饭没有出息的父母已经成为美的电饭煲最好的推销者，“我儿子他们设计的电饭煲最好！”是他们在家电卖场常挂在嘴边的话。

大展身手：让更多的人吃上好米饭

2015年后，美的电饭煲在国内市场销量节节攀升。黄兵敏锐地看到：群众的需求已经从“吃饱”向“吃好”转变，研发更智能、能煮出更高品质米饭的电饭煲产品，势在必行。

很多人认为，米饭好吃的关键在于米，而在黄兵看来，电饭煲和米同样重要。米对口感影响很大，但好的米还需配上好的电饭煲，才能将口感和营养发挥到最佳水平。

中国地大物博，水土有异，不同的气温、土壤、耕种方式孕育出不同的稻米。为了设计出适合我国各类水稻品种特点，尽可能满足众多人口味的电

袁隆平院士（中）寄语黄兵“让更多人吃上好米饭”（黄兵供图）

黄兵向客户介绍“大米地图”（李士燕摄）

饭煲，从2009年起，黄兵团队持续在中国24个省份、6大粮食主产区，采集、研究了2000多个代表性米种，全面分析包括营养、成分和口感3大维度共32项指标。无论是家喻户晓的黑龙江五常大米，还是鲜为人知的贵州石缝米，团队都将其特性摸透彻，甚至连“杂交水稻之父”袁隆平带领团队于2017年研发的“海水稻”——“袁米”也被列入其中。黄兵团队将这些数据归类为8大米系，转化到电饭煲的功能上，电饭煲可根据不同的地区、米种、环境适配不同的烹饪方法。

黄兵（右）向年轻员工传授实践经验（李士燕摄）

调研还有意外的收获。黄兵团队发现，在中国不同的地方，气候、气压、区域使用习惯等也影响着电饭煲的使用效果。比如在西藏等高原地区或在电压不稳定的地区，一般的电饭煲煮不出好米饭。“过去，我们依赖国外技术，一般的压力技术在中国并不普遍适用。”通过调研成果的分析，美的在国内电饭煲行业首创了可变压力等技术，以适应不同的条件，满足天南海北消费者的需要。

“目前，我们的电饭煲技术已经达到世界最高水平。产品如何进一步突破？在黄兵看来，美的生产的不是电饭煲，而是不同种类的米饭。所以客户的需要直接决定着我们的生产方向，这也对产品和技术的创新提出了更高的要求，坚持把消费者需求放在首位，不断造出精品。工匠精神在黄兵身上表现得特别突出。”一直和黄兵搭档的企划工程师赵国尧说。

一次，在客户的反馈意见中，黄兵看到有一位糖尿病患者询问美的电饭煲能否煮出降低糖分的米饭，他立刻想到要生产研制减少糖分的食疗养生电饭煲。他们与国内知名大学的营养系开展产学研合作，经过两年的努力，产品已经研发成功，即将推出市

黄兵与团队的年轻人研究新产品（李士燕摄）

场。当得知现代三代同堂的家庭对米饭的软硬度有不同需求时，团队又研制出“一锅两煮”的电饭煲。为配合新生代父母对母婴产品的高品质需求，团队又设计出超越国际标准的玻璃内胆电饭煲。近年，基于互联网技术的“智慧家电”兴起，2018年，美的又出重拳，推出具有自主研发技术的“煮饭机器人”，从淘米到煮饭通过手机就可遥控完成，让国际家电界又一次见识了“中国制造”的能量。

“现在，中国的电饭煲技术已达到了日本的水平。”黄兵自信地说，“日韩家电市场也逐渐相信了中国技术，比如日本销售的电饭煲，已经有三分之一是中国制造的，有些日本企业甚至把生产线放到中国。随着国内高端消费需求的扩大，国产中高端电饭煲正在获得更多国人认可。如今，美的高端电饭煲每年销量超过300万台，这个数字还会不断更新，将会有越来越多的人可以吃上好味的米饭。”

如今，黄兵的研发领域从电饭煲延伸到食品处理机、豆浆机、破壁机等38个品种，经常出入的实验室已经变得宽敞明亮。从2013年开始，美的还引入了高科技仪器，以精细化的测量指标来衡量一锅米饭品质的优劣。这意味着对米饭品质的测试，已不再单纯依赖工程师们的口感。但黄兵还是不忘“煮夫”这份活，最爱的还是“黄师傅”这个称呼。团队的年轻人依旧经常会遇到下班或节假日悄悄来实验室“吃”饭的“黄师傅”。大家都明白，他既是为了不断寻找那最好的“下一锅”米饭，同时也是用行动给正在“煮饭”的年轻人一个示范，让敬业、精益、专注、创新的工匠精神实实在在地影响他们，并融入他们的工作行动中。这个传统在“黄师傅”的带动下一直延续下来。据估算，黄兵及其团队平均每天大约要煮290锅饭，平均每年要出11万份测试报告，花费110万元买实验用的大米……

“在中国，像美的一样的企业不少；在美的，像我一样的工程师还有很多。”谈到自己取得的成绩，黄兵感慨地说：“我很庆幸自己身处一个大好时代，国家重视自主创新，企业支持创新实践，才成就了现在的我。在制造业这条‘长跑’赛道上，我将不忘‘煮饭’的初心，始终如一，践行美的生活设计者的理念，为用户创造更多的好产品，让更多人感受‘中国智造’带来的美好生活。”

优秀农民工代表胡小燕

只要努力，所有的梦想都会开花。

——胡小燕

19

永远是农民工的一分子

——记改革开放杰出贡献个人胡小燕

◎盛 慧

纵观中国历史，每一次人口大迁徙，无外乎两种原因：或是战争，或是饥荒，而发轫于改革开放的中国农民工大迁徙，则是致力于国家的现代化建设，致力于中华民族的伟大复兴，其规模前所未有。

作为改革开放的前沿，广东是中国农民

工大迁徙最重要的流入地。41年间，五湖四海的追梦者，告别故土，浩浩荡荡地南下，将最美的青春挥洒在南粤大地，这些奋斗者的故事，汇集起来就是一部催人奋进、荡气回肠的史诗。

胡小燕，就是千千万万追梦者之一。

“不信命，要活就要好好活”

每一个追梦者都有一个起点，胡小燕也不例外。她最初的想法很简单，就是给家里还债，她从来没有想过，有一天会成为时代的幸运儿，为千千万万农民工代言。

胡小燕出生于1974年，家乡在四川广安，和大部分川妹子一样，她好强、直爽、坚毅。1995年，胡小燕步入婚姻殿堂，对生活充满美好向往，岂料，天有不测风云，第二年，她的家庭竟遭受了一连串的意外打击——家公重病，为了治病，家里欠下了两万元债；双胞胎女儿早产，她分娩时大出血，命悬一线；屋漏偏逢连夜雨，不久，家里又被小偷光顾，不仅偷走了结婚时买的彩电，连准备给她坐月子补充营养的鸡也被掠走。

在当时，两万元足够盖一栋漂亮的楼房，是一笔巨款。胡小燕家又是普通的山区人家，除了种地，家里几乎没有其他收入，为了挣钱还债，胡小燕的丈夫只好独自一人南下广东，到佛山的陶瓷厂打工。胡小燕毅然挑起了家庭的重担，除了要照顾老人，带两个孩子，她还要种地，养四头猪、一头牛。由于分娩时大出血，她身体不好，医生反复叮嘱她两年内不能干重活。可是，不到半年，她就开始肩挑背磨，也正因为这样，伤口经常发炎，疼痛难忍。

胡小燕的小女儿从小体弱多病，经常住院。旧债未还，新债又添，眼看着家庭的负担越来越重，好强的她决定瞒着丈夫南下打工，用双手改变自己的命运。她说：“我这个人不信命，我觉得要活就好好活。心里有想法，就要去实现。”

她永远记得那一个日子，那是1998年农历十月二十日，两岁的双胞胎女儿正在午睡，她亲了亲她们的小脸，含着热泪出了门。

胡小燕和老乡一起，坐了三天三夜的车来到佛山。因为晕车，她在火车上滴水未沾，下火车的时候，虚弱至极，连站都站不稳。对她的到来，丈夫并没有惊喜，受亚洲金融危机影响，当时很多工厂订单不足，纷纷提前放假，僧多粥少，找工作十分不易。她原想分担家庭的重担，没想到反而增加了丈夫的负担。那段时间，她十分焦灼、十分内疚，每天一早，揣着一张报纸，看着招聘启事，一家一家地找工作。由于没有一技之长，又听不懂粤语，一连三个月都无功而返。

为了省钱，她与老乡合租了一间房子，房子只有12平方米，住了4对夫妻，放了床后，只剩下一条狭窄的过道。为了省钱，她总要等别人收市时才去买菜，因为那时的菜是最便宜的。

三个月后，她终于找到了一份工作。

“只要努力，所有的梦想都会开花”

债务像巨石一样压在胡小燕身上，压得她几乎喘不过气来，连做梦都想着债务。她唯一的想法是，多挣钱，尽快还债。别人一般是哪一个工种容易就做哪一个工种，她是哪个能挣钱就去做哪个。

胡小燕在广东的第一份工作是在电子厂，半年后，她就跳槽到一家陶瓷厂看窑尾，工作虽然辛苦，工资却可以增加一百多元。当时，亚洲金融危机的影响并未完全解除，不少工厂受到影响，订单不足，两年间，她换了4家陶瓷厂。

在这个过程中，她渐渐意识到，必须要有一技之长，才能不被“炒鱿鱼”。于是，她把自己一天的时间，分成三个8小时，8个小时工作，8个小时睡觉，剩下的8个小时用来“偷师学艺”。为了学习，她总比别人提前一两个小时去上班，就这样，她学会了淋釉、印花和分选。

经过她和丈夫的共同努力，2001年终于还清了债务。为了过上幸福的生活，他们选择继续在广东奋斗。2002年6月28日，胡小燕进入佛山市新明珠建陶工业有限公司。

刚进厂时，胡小燕只是一名普通的分级员。分级就是将流水线上不同尺寸的瓷砖成品快速拣出归类，并且准确分出优、一级、合格、次品四个等级。工作中，她吃苦耐劳，任劳任怨，是出了名的“拼命三娘”。因为分拣工作要经常抱砖，一箱瓷砖28公斤重，受伤是常有的事。她常常因为瓷砖摩擦到发炎的伤口，痛得直冒冷汗，为了不影响工作，她就吃镇痛药。有一次，她把三次剂量的镇痛药分两次吃了，最后晕倒在了车间。工友手忙脚乱地把她抬到宿舍，可她只休息了一小时，又出现在工作岗位上。

她不怕苦，不怕累。一年夏天，酷热难当，由于客户急着要一批货，瓷砖出炉后，要求立刻分拣。瓷砖的温度高达1200度，大家都怕中暑，纷纷退却，胡小燕却主动揽了下来。她觉得，一个优秀的员工理应为企业分忧，再说，分一箱算两箱，可以多挣一倍的钱。丈夫很心疼她，骂她要钱不要命。滚烫的瓷砖让她几乎无法呼吸，衣服干了又湿，湿了又干，可她一刻也没有松懈。等到走出车间时，她几近虚脱，可看到货物如期交付，她不禁露出了欣慰的笑容。

正是这种爱岗敬业的精神，让胡小燕从众多的员工中脱颖而出。有一次交接班时，她看到一批瓷砖被同事定为“一级”，十分心痛。这些瓷砖釉面颜色很好，仅仅在边缘处有些粗糙。她知道，降级就意味着降价，原本能卖一百块的砖只能卖十块左右，对公司是很大的损失。她随即拿起一块磨头，将砖的边缘轻轻打磨，简单一处理，瓷砖就达到了优等品的标准。这一幕，深深打动了车间副总经理。很快，胡小燕就被提拔为跟班质检，月收入也涨了三百多元。

2004年，新明珠陶瓷在三水白坭筹建新厂，她以优异的成绩考上了总质检，招工、培训、考核、抓生产都靠她一个人。在新的岗位上，胡小燕更加投入地工作，几乎到了忘我的状态。

2004年11月17日，也是胡小燕永生难忘的日子。那天早上，她接到老家打来的电话，得知小女儿生病住院，昏迷不醒，这无异于晴天霹雳。她握着电话，哽咽了许久，说不出一句话，她的心在滴血。上司也是一位女性，她主动问胡小燕：“要不要回家？”女儿是胡小燕心头上的肉，作为母亲，面对昏迷不醒的孩子，她有一千个理由回家，但她知道，回一趟家，来回要一个星期，不仅时间长，还很费钱，路费够女儿好多天的医药费了。这个时候家里最需要的是钱。她还知道，她分管车间新投产的生产线，4天之后就要投产，这些员工都是她招回来的新手，谁最擅长什么她最了解，这一走就前功尽弃了。在痛苦地权衡后，她咬了咬牙说：“不用。”她把眼泪咽下了肚子，将巨大的悲伤埋在心中，又在车间里忙碌起来，好像什么事也没发生一样。除了她的上司，没有人知道她承受着摧心剖肝一般的痛苦。下班后，她打电话回家，女儿在昏迷了12个小时之后终于醒来，那一刻，她再也控制不住自己的情绪，号啕大哭。

2007年，胡小燕获得广东省佛山市“十佳外来工”称号

胡小燕总说：“只要努力，所有的梦想都会开花。”2005年10月，胡小燕由于出色的表现再获提拔，担任成品车间副主任，在三年多的时间里，实现了四级跳。那段时间，她每天4点多起床，5点进车间，直到晚上11点才拖着疲惫的身体回到宿舍。如果有突发情况，她下班后还要回车间处理，几乎彻夜不眠。由于工作时间太长，满脚起泡，她就用针一个个挑破。

以胡小燕为原型的电影《所有梦想都开花》2009年全国上映

作为母亲，胡小燕日夜思念留守的双胞胎女儿，经历着情感的痛苦煎熬，但为了省钱，来佛山这些年，胡小燕只在2001年和2006年

以胡小燕为原型的电影《梦想之城》

过年时回过两次家。她很想打电话回家，可她不敢打，因为听不得小孩的哭声，一听到她们的哭声，她就心如针扎。她也没有给女儿写过一封信，每次提起笔，写到一半，泪水就打湿了信纸，再也写不下去了。这些年来，她觉得自己欠女儿的实在太多太多。为了把女儿接到身边好好照顾，2009年，胡小燕又做了一个常人难以理解的决定——主动提出转去销售岗，当时她的月薪已近5000元，销售员的底薪却只有750元。好强好学的胡小燕在销售岗一样做得十分出色，很快便被提拔为销售主管。

不管工作多忙，胡小燕始终没有放弃学习。经过3年的自学，原本只有初中文化的她，从中央党校函授大专班毕业了，还先后获得三水区、佛山市“十佳外来工”称号。2009年，以她为原型的电影《所有梦想都开花》在全国上映了。2019年，电影《梦想之城》再次将她的故事搬上了银幕。

“大河涨水小河满”

一个人梦想的实现，除了是个人的奋斗和努力，还有时代的进步和发展给予的机遇。

从一名普通的电子厂流水线工人做起，成长为一名企业中层管理者，

作为基层全国人大代表的胡小燕（中）在大会新闻中心接受中外记者采访

胡小燕一步步实现着自己的梦想。2008年，中国民主政治建设发生了一个里程碑事件——三位农民当选全国人大代表，胡小燕高票当选。

胡小燕永远忘不了第一次走进人民大会堂的心情，永远忘不了温家宝总理和她的对话。2008年3月7日，时任中共中央政治局常委、国务院总理温家宝参加十一届全国人大一次会议广东代表团的审议。温总理首先问她："小燕你是哪里人？"她说："我来自邓小平的故乡，四川广安。"大家都笑了。温总理又问："你来广东多少年了？你现在的工资待遇怎么样？"她就老老实实回答："我现在（的工资）有3000多元。"

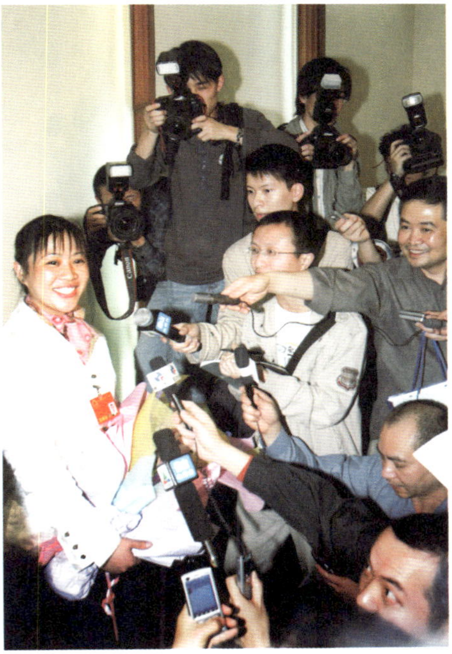

2008 年 3 月 18 日，广东省全国人大代表载誉返回广州，作为农民工代表的胡小燕受到媒体关注

在会议发言中，胡小燕建议优化农民工的工作环境，增加农民工收入，更加关注留守儿童的教育问题。温总理始终聚精会神地听着，时而在笔记本上记录，时而微微点头。听完她的发言，温总理转头对坐在身边的时任广东省委书记汪洋说："这个代表选得好，你们看她讲得多慷慨激昂。"

"梦总会实现的！"这是温总理最后对胡小燕说的话，这句话，她一直铭记于心，温暖着她，激励着她。为了实现农民工们的梦想，胡小燕利用休假时间走访工友，通过博客、QQ空间等多种方式收集群众信息、撰写建议，从自己身边人的实际问题出发，一共提出了包括欠薪入罪、医保对接、异地高考、住房福利等20个建议，每一个建议都有回音，每一个建议都有落实。

2010年亚运火炬传递佛山站，胡小燕担任最后一棒火炬手，她点亮的不仅仅是亚运圣火，还有千千万万农民工的梦想

2010年，胡小燕依据农民工网友的留言建议政府出地修建农民工公寓，每套50平方米，低价对农民工发售，让农民工及其子女的户口能落户。当时很多人觉得这是天方夜谭，有人甚至当场笑出声来。让胡小燕没有想到的是，第二年，广东就开始实施新政策，符合条件的农民工可以享受保障房。

为了更好地收集农民工的想法，2010年胡小燕和《南方工报》合作开设了《海燕信箱》专栏。专栏原文刊登农民工来信，并由法律专家解疑释惑。在她卸任人大代表后，《海燕信箱》交由下一任代表管理，依然是农民工的发声渠道。

她说："让所有农民工都有归属感和幸福感，是我始终不渝的追求。虽然代表任期只有五年，但责任是一生的，我永远是农民工的一分子。"为此，她联合社会的力量开展了多项公益项目。

胡小燕的女儿在家乡留守了11年，她对留守儿童特别关注。她得知有些小孩虽然到了父母身边，但因父母没有时间照顾，变成了"二次留守"。2011年，她便联合公益机构开设了专门服务外来务工人员子女的"小燕暑期乐园"，带领孩子们参观父母的打工场所，学会感恩，也让忙于工作的父母能陪陪孩子。"小燕暑期乐园"一直延续至今，其中2018年就有超过一万多个家庭加入进来。此外，她还积极推广"小燕成长"职工学历提升计划，建立多个公共场所"爱心妈妈小屋"。2012年，胡小燕当选为佛山市三水区总工会副主席，成为农民工的"娘家人"，继续为广大农民工服务。

2018年12月18日，庆祝改革开放40周年大会在人民大会堂隆重举行，胡小燕作为"改革开放中涌现的优秀农民工代表"榜上有名。这不是她一个人的荣誉，而是千千万万自强不息、任劳任怨的农民工共同的荣誉，是党和国家对农民工群体巨大贡献的高度褒奖。

在庆祝改革开放40周年大会上，中共中央总书记、国家主席、中央军委主席习近平发表重要讲话，明确指出："建立中国共产党、成立中华人民共和国、推进改革开放和中国特色社会主义事业，是五四运动以来我国发生的三大历史性事件，是近代以来实现中华民族伟大复兴的三大里程碑。"

聆听习近平总书记的重要讲话，胡小燕感慨万千，一种发自内心的自信和自豪油然而生。在这份铿锵有力的宣言书里，她看到了改革开放40年波澜壮阔的历程，感受到了中国道路的无限宽广，人民获得感、幸福感、安全感的持续增强。她深知："'大河涨水小河满'，没有国家这条'大河'，个人的'小河'就成了无源之水。"

一滴露水也能折射一个太阳的光辉。胡小燕的奋斗是千千万万勤劳坚韧的农民工的缩影，是数十年中国急剧变化的翔实而生动的反映，她人生的每一次历练、转折和进步，正是全体中华儿女在追求中国梦道路上勠力同心、砥砺前行的生动写照。

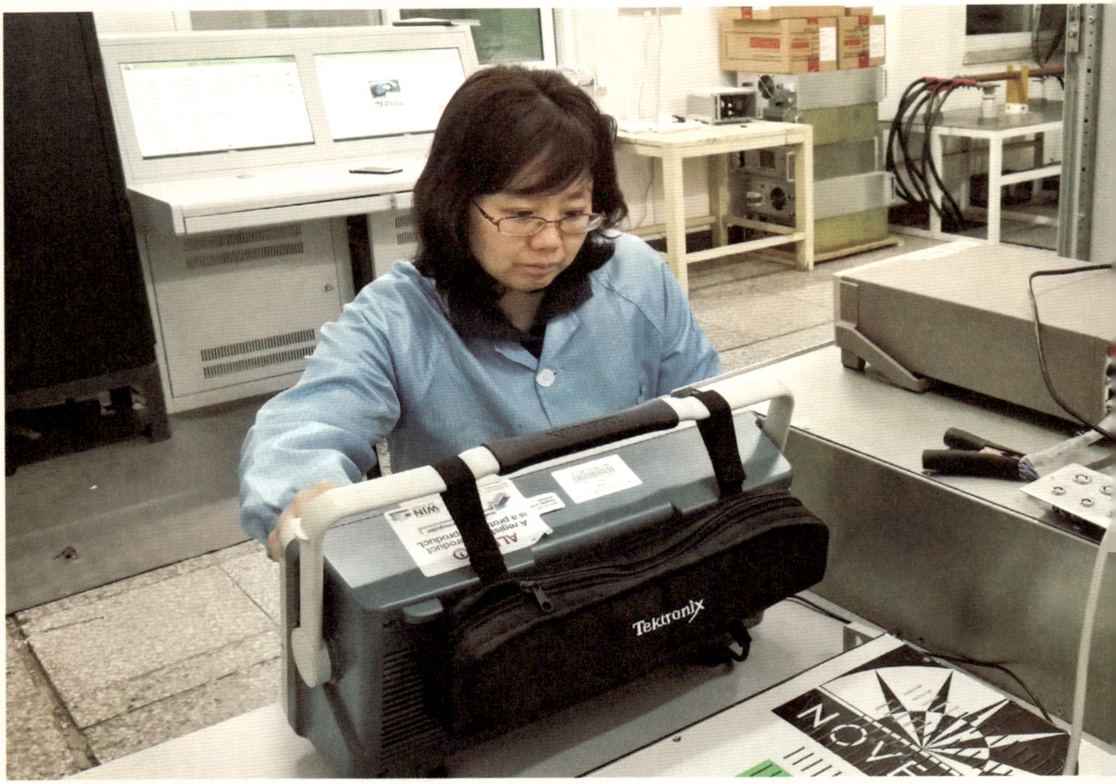

齐欣博士在工作

一个团队只有团结才能出成果，只有团结才能创新，只有团结才能共同进步，只有团结才能施展个人才能。

——齐欣

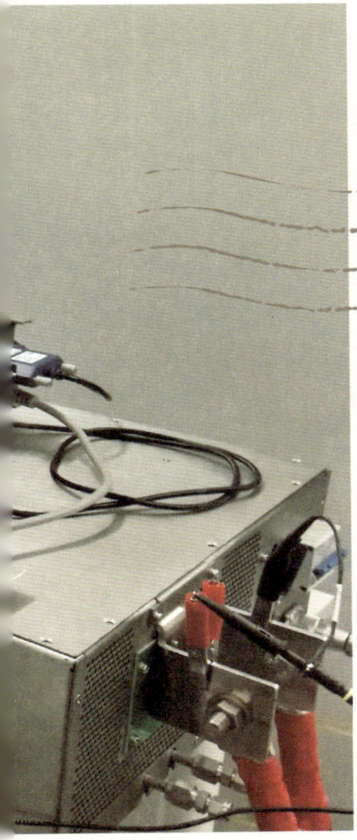

20

松山湖的翅膀

——记『中国散裂中子源』建设暨东莞松山湖转型升级

◎陈启文

若从空中鸟瞰松山湖，在山岚云水间，有一片恍若蒙上了神秘面纱的领地，恰似一双在时空中伸展的翅膀。

我在一场暴风雨中抵达了这个此前可望不可及的秘境，却被一道森严的壁垒堵在了门口。这是中国散裂中子源（简称CSNS）项目的第一道门。在这道门的背后，还有一

中国散裂中子源大门

道道玄之又玄的众妙之门。对于充满了未知又渴望探悉无尽秘密的人类，除了大宇宙，还有一个个神奇奥妙的小宇宙。在对大宇宙的探索中，中国人自主研发的世界最大单口径、最灵敏的射电望远镜——“中国天眼”500米口径球面射电望远镜，让人类的视野延伸到了一直处于盲区的宇宙星系。而在松山湖和大岭山之间的一片荔枝林里，则坐落着我国迄今为止单项投资规模最大的大科学装置，这是人类探秘小宇宙的“超级显微镜”，那些尖端技术就隐藏其间。

一周前，几经周折，我终于联系上了正在这里攻关的齐欣博士。她非常忙，一个“非常之人”自然非常忙，每一秒钟都不能耽误。她像踩着钟点一样准时走出了实验室，拿着一把雨伞，在风雨中把我接到了会客室。我悄悄打量着她，这位还挺年轻的女科学家，绝非我想象中的那种“非常之人”，一个素面朝天的质朴女性，略显苍白憔悴的面容，还有那明显的黑眼圈，她这模样忽然令我感到分外愧疚，真不该来打扰她。

齐欣是最早参加中国散裂中子源工程的骨干之一，而我是带着满脑子疑问来的，第一个就要搞清楚，散裂中子源到底是怎么回事？一个工科生和一个文科生要交流似乎很困难，对于我，这是知识的绝对空白，她只能从扫盲开始，深入浅出地给我讲解，只要不涉及保密

的内容，她都讲得很透彻。

在现代科学产生之前，无论是大宇宙还是小宇宙，人类都只能用肉眼来观察。三百多年前，西方科学家利用光学原理发明了光学显微镜，把人眼所不能分辨的微小物体（如细胞、细菌）放大成像，放大可达千余倍，人类才第一次看到了肉眼无法直接观察到的细胞和细菌等微观世界。这是人类在观察微观世界上迈出的一大步。但光学显微镜的分辨率还是很有限，当科学进入电子时代，人类又发明了电子显微镜，这比光学显微镜的分辨率提高了一千倍左右，甚至可以将极其微小的物体放大几十万倍，让人类可以看到比细胞、细菌更小的病毒。这是人类在观察微观世界上又迈出的一大步，使我们对生物体的生命活动规律有了更进一步的认识。

人类随着对微观世界的探索越来越深入，采用的科技手段越来越高，一种“超级显微镜”——散裂中子源诞生了。中子和光子一样具有波粒二象性，既有波的性质，可以反射、折射、衍射、吸收，又有粒子的性质，可以弹射、散射等。由于中子不带电，不易受到带电质子和电子的阻碍，因而能比其他探测方式更轻松地穿透物质。若将中子束打到被研究的样品上，大多不受任何阻碍而穿过样品，但有些中子会与研究对象的原子核发生相互作用，其运动方向也会发生改变，向四周“散射”，我们把这种散射叫中子散射。中子对轻的原子核非常敏感，能够精确测得分子结构中氢原子的位置，还能定位“混”在重原子中的其他轻原子，还可以区分同位素。这些特性也让中子散射成为研究物质材料微观结构的理想探针，只要测量中子散射的轨迹及其能量和动量的变化，就可以精确地反推出物质的结构。散裂中子源就是一个用中子来了解微观世界的大工具，是国际上公认的、与大型光源互补、发挥着其无法取代作用的新一代主流大科学装置，其支撑的学科研究和应用领域众多，在材料科学和技术、生命科学、物理、化学化工、资源环境、新能源等诸多领域具有广泛应用前景。

中国科学院院士、中国散裂中子源工程总指挥现场讲散裂中子源原理

我听了一阵还是云里雾里，齐欣又给我举了几个通俗易懂的例子。譬如说，在新能源材料领域，为了节能环保、减少排放量，以汽油为燃料的汽车终将为新能源汽车所取代，这其中最被人类看好的就是氢动力汽车，使用氢为能源的最大好处是它能跟空气中的氧相互作用，产生水蒸气排出，有效减少了燃油汽车造成的空气污染，而氢气也不会大量外溢到大气层中破坏臭氧层。但问题是，氢的密度很低，就算燃料以液态形式储存在低温瓶或压缩气体瓶中，这些空间能够储存的能量也十分有限。如何才能实现氢气的稳定储存？研究者希望能把氢气变成密度更高的固体，最直接的办法就是给氢气加压，但一旦加压就很容易引发致命的爆炸。那么，除此之外还有其他办法吗？现在已有科研人员研究出了一种金属有机框架（MOFS）材料，可以把氢气吸进去，要用的时候再把氢气释放出来。这项技术就必须利用中子散射技术，其能帮助科学家准确地找到氢气在金属的什么位置，在什么情况下可以更好地释放。又譬如，大幅度地提高锂电池的性能是电动汽车能被大量推广的关键，中子散射也是研究锂电池的利器，可以将汽车锂电池连同模拟充放电过程的设备放入中子散射谱仪，实时原位测量，在几百次充放电的过程中，记录锂电池各个部分性能的变化，为改进和优化锂电池的设计提供关键数据。国外的散裂中子源都建设了专门研究锂电池的谱仪，并严加保密。此外，可燃冰、磁性材料的研究，以及化学反应催化剂的原位研究等，都必须使用散裂中子源。

既然中子散射的用处如此之大，科学家们如何才能获得实验用的中子？齐欣说，这是一个大难题，中子在正常状态下被原子核紧紧束缚着，不能轻易地离开原子核，而自然界中虽说存在自由中子，但这些中子的寿命很短，最多只能存在一刻钟，特别难以捕捉和搜集。为了解决这一难题，科学家尝试构建一种类似于“中子工厂”的大科学装置，可以源源不断地产生中子。产生中子有两种方式：一种是利用铀235的核裂变反应产生中子，但这种方式对于安全性有很大的威胁，于是，科学家又研发了第二种可以安全产生中子的装置——散裂中子源。其工作原理是将质子加速到16亿电子伏特，速度相当于0.9倍光速，把质子束当成“子弹”，去轰击原子系数很高的重金属靶，金属靶的原子核被撞击出质子和中子，科学家便通过特殊的装置收集中子，从而开展各种实验。这种方式不使用核燃料，热功率低，对环境和安全性都没有威胁，是西方发达国家竞相研发的尖端技术。在中国散裂中子源诞生之前，英国、美国和日本已相继建起了散裂中子源装置。

时不我待！对于中国，一个正在现代化崛起的大国，这是必须掌握的科学利器、国之利器。若不将这一尖端技术掌握在自己手里，就只能仰人鼻息，处处受制于人；一旦突破，将对我国探索前沿科学问题、攻克产业关键核心技术、解决“卡脖子”问题实现全方位突围。中国从来就不缺少充满前瞻性、危机感和忧患意识的科学家，早在20世纪90年代末，中国科学院高能物理研究所和中国原子能研究院的老科学家们就开始奔走呼吁：中国必须建设属于自己的散裂中子源。2000年8月，中科院高能物理研究所与原子能科学院向科技部正式提出国家重大科学工程项目建议书——多用途中子科学装置脉冲强中子源。科学家之忧，也是国之所忧，CSNS项目正式被列入了国家“十一五”的大科学装置建设计划。

齐欣出生于北京的一个知识分子家庭，父亲是研发飞机发动机的高级工程师，母亲是高级教师。她微笑着对我说，在当时一个女生选择工科，可能让很多人都感到不可思议，对于她来说却是自然而然的选择。她从

中国散裂中子源靶站

小深受父亲的影响，父亲时常在家里拆解电机电器的零部件，然后不断地进行重组和连接，尝试着各种可能性，她在一边看得入了迷。在电机电器的内部竟然还暗藏着这样一个复杂而神秘的世界，那各种元件和密如蛛网、细如发丝的连接线，令她眼花缭乱，却把她的思维带入了一个仿佛只有神经触须才能深入的幽深境界。在很多人的印象中，工科生都是机械的、刻板的，其实工科最需要特别灵敏的神经和神奇的想象力。在高考选择专业时，齐欣几乎连想也没想，就选择了她最感兴趣的电力电子专业。大学毕业后，她又考上了中国科学院高能物理研究所硕博连读研究生。那时散裂中子源在中国还处于可行性研究阶段，其中有一项关键技术——大功率谐振电源预制研究，正是齐欣钻研的专业方向。2008年，中科院高能物理研究所成立了大功率谐振电源预制研究课题，那时齐欣刚拿到博士学位不久，还是一个留着一头波浪式披肩发的小女生，但凭借其出色的专业成绩而被委以重任，承担了我国第一台25 Hz谐振电源的研制课题，这是中国散裂中子源项目第一个开展专项技术研究的课题。

当她说到这里，我下意识地看了看她那瘦弱的肩膀，她那一直挂在嘴角的笑意消失了，脸色有些凝重地说："在国内这是散裂中子源的首套系统，我能够参与这么大一个装置建设，真是'压力山大'啊，但我也感到非常荣幸，我咬着牙接受了这个任务，然后就一路坚持着，一步一步走过来了，这一走就是十多年啊。"

散裂中子源的关键技术之一，就是产生用于轰击重金属靶的高功率质子束的强流质子加速器，这种高功率强流质子加速器在国内是首次研制。CSNS加速器采用中能直线加速器和快循环同步加速器的方案，在国内也是首次研制。既然是首次研制，那么在设计图上就是绝对空白。此前，国内在普通同步加速器稳流电源技术研制方面积累了一定的技术经验，但是针对CSNS的峰值功率达3MW的带直流偏置25 Hz谐振电源技术的开发及研制，还没有任何经验，而这套设备技术攻关的成败直接决定了快循环同步加速器方案的可行性。齐欣和课题组成员开始攻关时，在关键技术上就遭遇了超乎想象的挑战。她们遭遇的第一个拦路虎是动态二、四极磁铁电感在高场区的严重饱和造成电感非线性度高达10%以上，由此造成25 Hz的正弦磁场与正弦励磁电流间严重匹配失真。而在试验过程中，快循环同步加速器的25 Hz交流磁铁出现了铁芯和线圈的振动开裂、涡流发热等现象。——虽听不懂这些深奥的专业术语，但透过齐欣的神情也能感觉到问题很严重。齐欣看了我一眼，又下意识地叹息一声，说：“科研工作中，一个关键路线的技术问题解决不好，可能对总体方案造成颠覆性的影响，不仅影响到整体方案的选择，还可能导致经费急剧增加。”

为了尽可能少走弯路，齐欣和课题组成员也动了心思，包括借鉴国外成熟的技术路线。当时，国际上只有日本散裂中子源（J-PARC）成功采用类似技术，齐欣等人为此专程去J-PARC访问，但J-PARC的设备是日立公司研制，几乎每一项关键技术都是“天机不可泄露”的商业秘密，就算你愿意付出高昂的代价，人家也不会卖给你。

在那些特别客气和谦卑的日本同行面前，齐欣感觉有一种冷冰冰的东西扼住了喉咙，那种窒息感，让她真切地体验到了“卡脖子”的滋味。它尽管有时候并不是激烈的、狰狞的，表面上看甚至是温情脉脉的、文质彬彬的、充满了绅士风度的。几乎所有的关键技术、核心技术，都是“卡脖子”的技术，都是国外垄断的。当然，你可以看看那些设备和装置的外部，但其内部则是一个完全封闭的状态。齐欣和她的同事最终两手空空地回来了，而在她的脑袋里，一个意识愈加清晰地凸显出来——对于中国人，自力更生从未过时，只有自主创新，把核心技术牢牢掌握在自己手里，才能“解放”那被牢牢卡住的脖子，开始自由畅快地呼吸。

对于齐欣和课题组成员，一切只能从零起步，从空白处出发，他们要干的，就是要填补中国高科技领域的一项空白。从2008年到2011年，齐欣感觉这是她有生以来度过的最艰难的一段岁月，她和课题组成员没日没夜地“泡”在实验室和试验场地，从最初的原理摸索，到一个个元件、一条条导线的设计，然后通过不同的测试方法去验证。而对于他们，那种被卡住的感觉不时存在，有时候刚刚突破了一个难点，紧接着又被下一个难点卡住了。齐欣眼里时不时就会浮现父亲的身影，也更深刻地理解了父亲，他穷其一生都在不断地进行拆解、重组和连接，尝试着各种可能性，只有这样才能破解科学技术的密码啊。而当你被死死卡住之后，在你尝试着各种可能性的过程中，总有灵光乍现。所谓灵感，其实也是一种可能性，没有尝试就没有灵感。历经四年的攻关，齐欣和课题组如同穿越了一条黑暗而幽深的时光隧道，终于找到了一种突破性方法——高次谐波矢量补偿法，从而利用25 Hz全数字化谐振电源消除了磁铁饱和带来的磁场畸变的难题，这一方式通过上万次的高压大电流实验研究，终于解决了所有的关键技术问题，中国首次自主研发成功兆瓦级谐振电源系统。在第三届CSNS国际评审会上，25 Hz全数字化谐振电源技术获得了国际评审专家的高度评价，这一原创性技术通过电流谐波注入解决了动态磁场的控制问题。磁场测量结果表明，电源技术不仅关键性能指标优于日本散裂中子源，在设计思想、技术和可靠性方面也均优于日立公司J-PARC设备的同类产品。这一技术不仅填补了国内空白，并达到了国际先进水平，对于中国散裂中子源有重要的意义，研制过程中的技术积累也将广泛地应用于其他相关的工程技术领域。

一期三台谱仪之一的小角散射仪

这项国际尖端的技术难题终于被中国人自己解决了，这随即引起了美国、日本等国际同行的“强烈关注和兴趣”，这一次，终于轮到咱们中国人来接待他们的访问和交流了，而齐欣和她的同事们则显得平实而低调。谁都知道，只有将一项又一项的核心技术和关键技术牢牢地掌握在自己手里，才可以这样平实，这样低调。

随着25 Hz高功率全数字化谐振电源技术为“中子工厂”的大科学装置正式开工提供关键路径的技术保障，2011年10月，中国散裂中子源装置终于在东莞松山湖奠基。这一工程由中国科学院和广东省合作共建，总投资二十多个亿。我看见的其实是很小的一部分，连冰山一角也称不上，这个大装置是地下工程，已被大山深深装入心中。那山坡上的荔枝林依然彰显着岭南大地的蓬勃与茂盛，而山底下则是各种高精尖设备组成的一个大装置整体。一期工程主要包括一台8千万电子伏特的直线加速器、一台16亿电子伏特快循环同步加速器、一个靶站，还有一期工程包含三台供中子散射实验用的中子散射谱仪。这一大装置工程极为庞大而复杂，在工程建设中又遇到了一个大难关，由于地质结构问题，加速器隧道等土建工程延误了一年多，严重占据了设备安装和调试的时间。整个工程能否按原定工期竣工验收成为一个严峻的挑战。尽管这是人力不可抗拒的原因所致，但中国中子散裂源的建设者没有推迟对国家承诺的竣工时间，他们将通用设施的安装与隧道土建施工交叉并行，经过几百个日日夜夜的奋战，终于赶回了工期。

2013年深秋，齐欣从北京来到松山湖，担任中国科学院高能物理研究所东莞中子科学中心加速器技术部电源组组长。齐欣刚刚放下行囊，就带领电源组对实验室设备进行安装调试。CSNS谐振电源系统是设备数量最多的系统，电源及辅助设备共计三百余台（套），分散在五个电源厅和户外，设备总重量达上千吨，其中有二十个谐振电感器，每个重达40吨，有4米高，比一层普通楼房还要高。为了不给工程留下任何隐患，且要掌握第一手数据，齐欣每天都在设备上爬上爬下，她必须爬上电抗器的顶部，进行一次又一次的测试及故障分析，逐一解除CSNS后期运行的隐患。就这样，她带着电源组干了两个月，手掌和膝盖磨破了一层层皮，当他们的手掌上、膝盖上长出一层厚厚的硬茧，一个崭新的加速器电源实验室率先在松山湖散裂中子源园区建成——这是整个工程第一个正式投入使用的实验室。

这样一个女科学家，不只是在科学技术的世界里攻坚克难，她也有自己的家庭，她也是女儿、妻子和母亲。当谈及她的家庭，她先是一阵沉默，脸上充满了愧疚和忧伤。这么多年来，她亏欠最多的就是家人。齐欣的丈夫也是中国散裂中子源的科研专家，一声令下，夫妻俩只能撇下在北京上小学的女儿和双方年迈的父母，一起奔赴东莞松山湖。齐欣的母亲患有高血压、心脏病，平日里自己都要儿女照顾，齐欣夫妻俩一走，母亲还要替他们照顾女儿。夫妻俩只能挤时间和母亲、女儿通过视频交流，这也是一家人最开心的时刻。齐欣只要能抽出一点空来，就会通过视频给女儿辅导功课，这稍许能减轻一点母亲的辛劳。2016年春节假期，别人放假回家团聚，齐欣还在加班加点。为了让一家人团聚，母亲只得带着外孙女踏上春运的车辆，长途奔波来到松山湖。一家人刚刚在喜极而泣中团聚，母亲却突然心脏病发作，一头栽倒在地上再也没能起来，这成了齐欣心中永远的痛。她叹息着世事无常，诉说着母亲的离世，声音低沉。“如果她不是这么奔波，这么劳累，如果我有时间多照顾她一些，她又怎会走得如此仓促……”齐欣喃喃自语。

看着她渐渐垂下去的脑袋，我感觉她此时更像是一个柔弱的普通女子，但她没有流泪，哪怕泪珠子在眼眶里打转，最终也没有流下来。我突然想，正是因为有了齐欣这样的科研工作者和建设者付出的心血和汗水，甚至肝肠寸断的生命之痛，中国散裂中子源才能在爱与痛中诞生。

2018年8月23日，这是一个必将载入史册的日子，经过十余年的筹备和六年半的建设，中国散裂中子源一期工程按指标、按工期、高质量地完成了建设任务，并通过国家验收。验收专家一致认为：“中国散裂中子源通过自主创新和集成创新，在加速器、靶站、谱仪方面取得了一系列重大技术成果。设备国产化率超过90%，显著提升了我国在高功率散裂靶、磁铁、电源、探测器及电子学等领域相关产业的技术水平和自主创新能力，使我国在强流质子加速器和中子散射领域实现了重大跨越，CSNS性能全部达到或优于批复的验收指标，装置整体设计科学合理，研制设备质量精良，靶站最高中子效率和三台谱仪综合性能达到国际先进水平。”

这标志着，中国散裂中子源终于诞生了，中国成为世界上第四个拥有散裂中子源的国家。这一项目不但填补了国内脉冲中子应用领域的空白，其技术和综合性能也进入国际同类装置先进行列。

齐欣博士是中国散裂中子源建设团队的缩影，2019年被授予全国“五一巾帼标兵”称号，她谦逊地说：“讲实在话，在散裂中子源建设期间，比我优秀的女科学家还有很多很多，能够拿到这个奖项，我是比较幸运的，也激励我在后面的科研道路上，继续去努力奋斗。”在和她的交流中，她很少提及自己的付出和贡献，更看重的是团队的力量，“一个团队只有团结才能出成果，只有团结才能创新，只有团结才能共同进步，只有团结才能施展个人才能”。这是她的心里话，她也一直鼓励年轻科研人员勇于独立承担课题，给每一位组员以任务、压力以及动力，团队中每个人不仅是自己负责课题的小专家，同时又对其他同事的课题有所了解，每个人都发挥出了一专多能、优势互补的作用。正是秉持着这样的理念和信念，她不仅带领团队成员攻克了一道道科技难关，也带出了一支既能啃硬骨头又充满协作精神的科研队伍。

中国散裂中子源是粤港澳大湾区的一个缩影，而松山湖又堪称是大湾区的一个标本。早在2002年，松山湖就被国家科技部科技促进发展研究中心评为“中国最具发展潜力的高新技术产业开发区”，其潜力就在于以科技创新为核心功能，带动东莞产业结构转型升级，但多少年来，松山湖仿佛缺少一双强有力的翅膀。而今，中国散裂中子源在松山湖落地生根，作为粤港澳大湾区首个国家级重大科技基础工程，不仅承担着国家科技产业创新中心的核心装置重托，更为粤港澳大湾区科技创新和东莞进一步转型升级插上了腾飞的翅膀。

中国散裂中子源航拍图

格力电器董事长董明珠

这个时代的变化，逼着我们去挑战、去创新。一个没有创新的企业，只能依附、追随别人，迟早会被世界淘汰。

——董明珠

21

GREE，空调传奇

——格力电器的自主创新之路

◎曾平标

2018年1月22日，美国。

这天，亚利桑那州朔风凛冽，气温下降至1℃，而凤凰世贸中心大楼内却是暖意融融。

随着一阵热烈的掌声响起，中国格力电器与美国凤凰世贸中心正式签署光伏空调产品协议。

“我们在这个地方见证了‘让世界爱上

中国造’！” 格力电器董事长董明珠异常兴奋地说。

这是一笔不小的订单。

占地面积60万平方米，所需要使用的空调总量达1200台，总冷量超过4200冷吨，每年可发电1050万千瓦时，这可是全美乃至全球最大的光伏空调项目。

除了光伏空调产品，格力的超低温多联机产品也入驻美国水牛城，其高性能的品质在零下35 ℃仍然稳定制热。

美国是全球标准最严格的空调市场之一，光伏空调怎么能在美国“落地”？

首席执行官Marshall Stahl道出了大实话，“格力自主研发的光伏空调与我们在筹建凤凰世贸中心使用新能源的想法不谋而合，所以我们选择了中国制造，选择了格力。”

一段时间以来，一些中国企业相继折戟美国市场，而格力的大笔订单却让“中国造”在美国扬起高昂的头！

术业有专攻

俗话说，一招鲜，吃通天。

创新，是格力的“九阳真经”。

格力电器董事长董明珠说：“企业的核心竞争能力是企业自身的看家本领，中国制造要走向世界，必须解决的核心问题是创新能力。”

光伏直驱变频空调系统是一种集太阳能光伏发电、中央空调、能源信息智慧管理于一体的创新系统，通过光伏直驱变频多联机将光伏发电与变频多联机有机结合在一起，空调运行时直接采用光伏直流电来驱动光伏多联机，实现了可再生能源与空调技术的颠覆创新。

这无疑是一项颠覆传统空调行业的“黑科技”。

听起来似乎匪夷所思。

“这其实源于早些年的一句‘戏言’。”谈起研发光伏空调系统的初心，董明珠曾对多家媒体谈起这样一个故事——

2012年初，董明珠到北京出差，正遇到了雾霾，感觉空气有点呛鼻，整个城市给人若隐若现的感觉，满大街都是影影绰绰戴口罩的人。

“你发财的机会来了。”有人对董明珠说。

董明珠一脸迷茫，问道：“发财？”

“您看北京的雾霾有多严重？可以考虑做空气净化器呀！”董明珠笑了笑，但转念一想，如果雾霾里极其微小的颗粒直接进入呼吸道或肺，会威胁到人们的

董明珠在“两会”现场接受记者采访

健康。

这确实是一个有责任、有担当的企业应该考虑的问题。

董明珠脑洞顿开，她思忖：“格力不能只立足市场，不能仅仅为了利润，格力的格局要更高，要以改善人类生存环境为己任。”

格力无“戏言”。

董明珠思索：“能不能研发一种空调，从源头上杜绝、从根本上解决雾霾问题，变消耗能源为创造能源。”

这就碰到如何把光伏发电和空调用电相结合的技术难题。

“这貌似‘老虎吃天’。”格力工程师们初一听，很是吃惊，“这个想法太大胆了。”研发人员说，将空调与光伏结合起来，这种想法固然很好，但光伏空调系统格力从来没做过，没有可借鉴的经验，是一个很大的技术难题……

董明珠在生产线与工程人员讨论生产细节

没想到董明珠还真的“杠”上了。

在一次内部会议上，董明珠说：“创新是格力的传统和优势，格力发展到今天，就是不断地去探索‘无人区’，不断地改变，不断地突破……”她环视一遍坐在场内的研发人员，用不容置疑的语气说：“我们不能因为没有人做，就不敢做。科技进步总得有人在创新，格力要大胆说‘行’！”

很快，格力组建了一支经验丰富的跨专业研发团队：光伏及空调技术专家、市场调研与产业研究专家、质量管理专家、市场运维专家……研究光伏空调系统的能量转换、传输、调配，研制光伏直驱变频空调系统，解决光伏输出直流电直接驱动空调及直接并网等技术难题。

董明珠说，4年攻关，在1440个日夜里，研发人员十分辛苦，没有周末，没有节假日。遇到困难时，董明珠与研发人员一起加班，一起讨论，为研发人员鼓劲加油。

尝试、失败、突破。

再尝试、再失败、再突破……

386次故障排除。

500多次烧毁电机。

数千万元损失……

2013年初，格力光伏直驱变频离心机组成功面世，光伏直驱利用率高达99.04%！一时间，“全球首创”“国际领先”等溢美之词充斥着各大主流媒体。

董明珠的大胆设想终于照进了现实。

2013年，如火的7月，热浪蒸腾着大地。

这天，是格力光伏中央空调系统诞生的日子。一股太阳能直流电压将重达28吨的光伏中央空调缓缓启动，强劲的光伏电流徐徐注入城市电网。空调机组、光伏电能、公用电网实现了能量自由流动、无缝对接、一体化监控和自动化管理。

可再生光伏能源与制冷设备完美结合。利用太阳能直流电直接驱动空调，发电与用电在这里实现自如切换。宣布成功那一刻，格力研发人员个个热泪盈眶，员工欣喜若狂，奔走相告！

“这是改变世界的一天。”中国制冷空调工业协会秘书长张朝晖如是说。

2013年12月21日，广东省科技厅为格力电器举行重大发明成果鉴定会，权威专家一致认定：格力光伏直驱变频离心机系统结合传统中央空调和新能源光伏产业，通过关键技术的创新，实现了多项突破——

解决太阳能直接驱动空调相关应用问题，提高光伏能利用率6%～8%；

直接对光伏直流母线进行MPPT（最大功率点跟踪）控制，自动寻找到光伏电池的最大功率点，最大限度地利用光伏电池；

全直驱并网，实现公用电网、光伏系统与空调机组的无缝对接，能量在公用电网、光伏系统和空调机组三者之间自由流动；

实现光伏与空调一体化监控和自动化管理，达到无人值守和集中监控的目标。

2017年9月1日，德国柏林。

备受瞩目的国际电子消费品展览会（IFA）上，格力G-IEMS局域能源互联网系统面向全球发布。参加发布会的德国科学院院士、诺贝尔奖预选工作组成员Leo Lorenz教授竖起了大拇指："格力G-IEMS局域能源互联网系统的成功研发，对于世界节能减排事业来讲，意义非凡！"

实现高效发电、安全储电、可靠变电、高效用电……

掌握核心技术，企业有底气，国家有尊严。

格力光伏空调系统被广泛应用于24个国家和地区，搭建了超过6000套光伏空调系统，全面覆盖中东、北美及东南亚等气候区及工厂、学校、楼宇、农场等多种场所。

由此，中央空调开启零电费、零污染、零浪费的新时代。

全球能源产业向着清洁化、智能化迈进，一个网络化能源新世界正式开启了。

我们不妨再来看看几个案例——

【沙特·达曼办公楼】采用格力光伏直驱变频离心机设备1台，光伏直驱变频多联机设备20台，总光伏装机容量100千瓦。

经过测算，每年发电14.85万千瓦时，30年节约电费可达446万元。环境效益方面，30年可以减排二氧化碳3648.93吨，减排二氧化硫33.68吨，减排氮化物9.82吨，减排粉尘21.05吨，综合减排效益达到159万元。

【美国·旧金山农场】采用格力光伏直驱变频多联机设备126台，光伏总装机容量达到了321.75千瓦。

经过测算，每年发电39.08万千瓦时，30年节约电费可达1172.4万元。环境效益方面，30年可以减排二氧化碳9601.99吨，减排二氧化硫88.63吨，减排氮化物25.85吨，减排粉尘55.4吨，综合减排效益达到419万元。

【泰国·曼谷7-11商店】采用格力光伏直驱变频多联机设备2台，光伏总装机容量为12千瓦。

经过测算，每年发电1.63万千瓦时，30

年可节约电费约48万元。环境效益方面，30年共可以减排二氧化碳401.12吨，减排二氧化硫3.70吨，减排氮化物1.08吨，减排粉尘2.31吨，综合减排效益达18万元。

……

“让世界爱上中国造。”这是2015年格力电器董事长董明珠担任十二届全国人大代表时提出的口号。4年之后，她对“中国造”有了深入的思考。她说：“这个时代的变化，逼着我们去挑战、去创新。一个没有创新的企业，只能依附、追随别人，迟早会被世界淘汰。”

格力电器励精图治，在“让世界爱上中国造”的道路上留下了深深的脚印。

好空调　格力造

海到天边天是岸，云凌绝顶我为峰。光伏空调系统产品仅仅是格力自主创新的冰山一角。

离心机是中央空调核心部件之一，其关键技术此前长期被少数发达国家掌握。

李宏波入职格力电器有12年，他聚精会神地盯着一台格力自主研发的离心机说：“费时数月研制的机组被检测认定失败，必须从头再来。”

“对技术要有信心！”他苦心耕耘，在心里暗暗为自己鼓劲。

离心机是核心技术的“命门”，是最容易被“卡脖子”的领域，也是产品质量把控的关键。

格力致力于中央空调的研发和生产，使中央空调成为格力继家用空调之后重点发展的产品。

正因为离心机研发门槛高，格力千方百计寻求突破，投入4亿人民币建设面积达15万平方米的中央空调生产和研发基地。

格力智能装备产品在第三届珠江西岸装备洽谈会上展示

回忆起格力离心机技术“研发史”，李宏波如数家珍——

2009年，攻破行业多个技术堡垒的高效离心机问世。

2011年，对大型建筑节能具有重大意义的永磁同步变频离心机诞生。

2014年后，拥有五大核心科技的光伏直驱变频离心机系统面市，磁悬浮变频离心式制冷压缩机推广使用……

作为格力的研发人员，李宏波说：“这要感谢格力宽松的创新环境。”

自主创新，核心是人才的竞争。

“你有多大才，我搭多大台。”

“允许试错，大胆求证。”

“按需投入，不设上限。”

格力对于自主研发资金的投入不计成本。仅2017年，研发投入就达到57亿元。

创新理念和大手笔投入让格力电器频频走出技术瓶颈和摆脱“魔咒”，多项技术创新填补了国内甚至是世界的空白。

其实，格力的发展史就是一部自主创新史。

变频，是空调技术的皇冠，而变频“一拖多”技术更是这个皇冠上的明珠。据说，格力当年曾派人去日本谈，并愿意花费上亿元转让费从三菱公司购买此项技术，可人家说给多少钱也不卖，即便是一个散件也不行！

后来一打听，原来这项技术是人家经过16年才研制出来的。

从2001年起，格力成立攻关小组整整钻研了一年，在没有任何资料的情况下，就凭着一本产品说明书开始进行技术攻关，凭着坚韧不拔的毅力和执着，变频“一拖多”技术终于被研发出来了。

“现在格力已可生产‘一拖三十二’了。”董明珠说，“国内掌握这项技术的企业少之又少，格力真正占领了中国空调技术的制高点！”

在引领空调网络化、智能化的新时代，格力电器更是将产品魅力发扬光大到一个前所未有的高度。

一台电脑，将远在千米之遥甚至几百公里之外的成百上千台空调掌控于股掌之间。当你对室内环境不满意时，不用起身，只需将鼠标轻轻一点，就能对这些空调的温度、湿度和各种参数进行设置，这些空调便会根据你的设置自动调节开/关机、温度、湿度、风速等参数，恒定最佳室内环境，让你随心所欲，操控自如……

格力遥控器自动化生产线

这就是格力研制成功的远程集中控制、数据采集系统技术。

格力“数码2000”全数字直流变频空调，其独创性的人体感应功能、一氧化碳自动检测技术，能精确感知人群的活动状况自动控制开关机，并能根据室内人数的多少及室温状况自动调整运转频率，被誉为中国空调的“贵族”。

科技的发展推动着空调日益走向“精品”时代。在这样的一个时代，人们对空调的渴求已不仅仅是简单的制冷制热，而是技术更加精湛、功能更加齐全、外观更加豪华，更能满足个性化需求。

从技术突破到性能升级再到产品应用，打造空调技术创新高平台，抢占空调市场的制高点，格力精心营造了一个个令同行难以企及的技术标杆。

在格力，技术创新早已深入到每个员工的骨髓。

董明珠告诉我：“我们必须在这个领域里进行颠覆性的技术突破。只有掌握核心科技，才能立于不败之地。”

迄今，格力有24项国际领先技术，累计申请专利近5万项，其中发明专利2.3万多项，在国家知识产权局公布的中国发明专利排行榜上，格力电器连续多年位列前6名……

让空调“飞”

走进格力，诗一般的氛围、画一般的景致令人流连忘返。

这是一座园林式的现代化工厂。

宽阔笔直的厂道，雄伟壮观的办公楼，高大林立的厂房，绿茵似毯的草坪，繁花似锦的花圃，蓊郁苍翠的绿树……

董明珠在接受我的采访时说：“中国制造要走向世界，核心问题是创新

格力电器优美的厂区环境

能力。”

格力的目光所及更为长远，他们给有梦想的年轻人提供平台，为年轻人创造机会，自主培养人才。在格力，有14个研究院，有1.3万开发人员，有近千个实验室，有如下众多引以为荣的称号：

世界领先的空调研制开发设计基地；

可精确测试空调制冷、制热性能的全新焓差实验室；

业内最具规模的空调器性能实验中心；

国内最大、功能最齐全的噪声性能研究室；

业内首屈一指的可靠性试验中心；

全国独一无二的振动测试实验室……

有了这样的硬件和软件，自主创新使格力不是在“跑”，简直是

格力实验室

在“飞”。

从1992年一个小作坊踟蹰起步，2万台、20万台、200万台、2000万台、3000万台……格力销量犹如一名爆发力十足的运动健将，一路加速疾驰。

强大的产品研发能力和严苛质量控制，独特的资本与代理商结合模式，渠道政策的吸引力，控价体系的优越性……格力挟20多个大类、近400个系列、1万多个规格的产品在残酷的国际国内市场“闯天涯”，在广袤的市场上叱咤风云。

28年市场搏击，格力电器纵横捭阖，笑傲江湖，创造了世界空调产业的传奇。

连续22年销售量、出口量、市场占有率执中国空调之牛耳，连续16年稳居全球销量冠军。2018年，格力再次实现高速增长，营业收入达1981.2亿元，同比增长33.61%。

也许，一个用户选格力是偶然，4亿用户选格力就是必然！

也许，一个国家选格力是偶然，160个国家选格力就是必然！

格力，以她骄人的荣耀、卓越的品质、坚韧的意志镶嵌在珠海的版图上，像一颗耀眼的明珠闪烁在珠江口西岸……

2018年10月22日下午，习近平总书记来到珠海格力电器股份有限公司考察，他叮嘱企业管理层和员工：“要有志气和骨气加快增强自主创新能力和实力，努力实现关键核心技术自主可控，把创新发展主动权牢牢掌握在自己手中。”

围绕国家战略方向和市场需求，格力开启了以空调业务为重点，以生活电器为支柱，以智能装备、精密模具为增长极，以通信设备为突破点的多元化发展新路。

格力要做百年企业。格力有梦想有创造，对于格力人来说，今天的成功只是过去的一部作品，求索才是格力走向未来的彩练。只有把句号当作问号，才能行进在永无止境的探索道路上。

创新，是企业的灵魂。格力崛起的“样本”，成为“中国制造”向“中国智造”转型的一个缩影，体现了中国制造业整体实力的提升。

结束采访，我们走出格力那美轮美奂的厂区，倏然间不知从哪飘来那首节奏明快的广东音乐《步步高》。我们顿足聆听，而不远处，落日染红的大海潮起汐落，我们仿佛看到，格力又站在了浪尖上……

韶关市始兴县马市镇红梨村（小杰摄）

红梨花开，年复一年。

红色的土地，洁白的花朵，金黄的果子。一样的流年，不一样的色彩。一个古老村庄复活返魂，从此踏上致富腾飞的壮丽征途！

22

红梨花开

——红梨村脱贫攻坚纪实

◎袁瑰秋

一

2016年4月，又是一个棠梨花静静开满山沟的时节，广东省委编办派出的扶贫干部曾庆辉、陈勇、陈婧三人，坐着绿皮火车，来到了位于韶关市始兴县马市镇的红梨村。

在36岁的曾庆辉，这位即将上任的“红

梨村第一书记”的行囊里，他最看重的是一本他颇费周折拿到的通讯录。他知道，接下来这三年，“求人”办事，或许是他主要的工作之一。

此前，也有扶贫项目和扶贫干部进驻过红梨村，但这回一来就是三个，而且都是名校出身的硕士、博士，似乎和以往“大水漫灌型”“撒胡椒面式”的扶贫有所不同。

红梨村的老书记傅联海把他们三人领到设在村东头的村委会的“新家”：墙壁上呛鼻的石灰水还在往下滴，一摸满手灰白；入夜一开灯，灯下密密麻麻聚集的是从来没见过的各色虫子……陪同来的镇领导提议让他们住在县里，他们拒绝了。对他们而言，最紧要的是，从踏进红梨村的第一步起，他们就必须明白——自己从哪里来？为何而来？来干什么？

物理学上有一个词语，叫作“虹吸现象”。

一个山里人家倾尽所有养大的孩子，来到了珠三角，通过努力买房、买车，站住了脚，生养了孩子，又把山里的父母接到了城里。就这样，土地倾其所有养大了自己的孩子，村庄倾其所有养育了城市的繁荣，城市越来越繁荣，村庄却越来越荒芜。

红梨村就是深受“虹吸现象”影响的典型，村里1601人，近1000人都在珠三角打工。留给村庄的是坍塌的祖屋，人畜污秽之物肆意流淌的河沟，以及老人、残疾人和留守的孩子……

中国大地上的脱贫攻坚战，就这样成为一项人类历史上最伟大的工程之一。中国共产党，带领着地球上近五分之一的人口，动员全党全社会力量向贫穷发起最后一战！

所以，大批的扶贫干部响应习近平总书记“精准扶贫”的号召回来了，回来反哺土地，扶起坍塌的残垣，扶起古老村庄失落的灵魂与记忆，铲除贫困的野草，斩断愚昧的心智。

二

红梨村391户中有39户133人是按照标准核定的贫困户和贫困人口。

真扶贫，扶真贫，出真招，迅速让这133名老乡稳定脱贫，是曾庆辉所在的扶贫工作队必须要首先攻下的“山头”。为此，他们一家一户地上门探寻致贫的原因，一家一户地建档立卡，寻找稳定脱贫的路径，制定规划，一户一策、一人一法。

2016年6月，在石子头村一间即将被荒草掩埋的泥砖土房前，曾庆辉陷入了沉思，那裸露在岁月里的泥砖的斑驳纹理，让他想到了远在江西的小山村里父亲那布满老茧的双手，父亲也擅长做这种泥砖，正是父亲用粗糙的双手，把他从小学生一路培养为博士。眼前这所废弃房屋的男主人也是一位父亲，名叫卢德茂，他和妻子两人常年在顺德打工，近年双双患了重症。除了供养正在顺德读高中的儿子，还要照看一个长期患精神病的残疾弟弟，得知这些，三人当即决定赶去顺德。

在顺德伦教镇卢德茂夫妇打工的一家有机玻璃厂旁边，一间半是废弃、半是堆砌杂物的破旧民房里，他们和卢德茂一家三口相见。患急性肝衰竭的卢德茂刚从死神的魔爪里挣脱出来，一脸苍白；妻子李扬银刚刚做完乳腺肿瘤切除手术，一脸蜡黄；正在伦教中学读高二的儿子卢辉茫然地睁着无助的大眼睛，打量着三位突然从老家过来的“哥哥姐姐”。

卢德茂夫妇原本在红梨村以种黄烟水稻为生，卢德茂父亲死后，为了让独生儿子接受好一点的教育，夫妇二人开始外出打工。没想到辛苦打拼十几年的积蓄，在2015年因为这场疾病都打了水漂，还欠了十几万的外债。正在走投无路的时候，家乡来了三个扶贫干部，卢德茂一家的命运也因此发生了转折性的改变：卢德茂被送去广州某肝病医院，接着又联系让他去了广东省第二人民医院，接受免费治疗；儿子卢辉也通过陈勇联系上始兴风度中学，顺利参加了高考，考取了大专。

拿到录取通知书那天，卢辉和母亲回到了阔别多年的红梨村专门去看家里的新房。这是一栋用6万元“精准扶贫”款在他们卢家祖屋废墟上建起来的红砖小楼。卢辉是个要强的孩子，回想父亲在病房昏迷的时刻，看着护士每天送过来的账单上动辄就上万的各种费用，他哭着暗下决心一定要考上大学。

如今在大学里他学的是计算机专业，全班几十个同学就他和另外一个同学是属于建档立卡的贫困生。家庭的巨变，让他小小的年纪便懂得了人生的坎坷，也逐渐变得更阳光自信。

三

管湖村的叶素华今年45岁，仪表堂堂，温文尔雅，在红梨村小读书时成绩还不错，可就在初中毕业那年，他被查出了“血友病”。一开始医院不敢确诊，后来他的血液样本被送到某一家大医院会诊后得出的结论，属于母性遗传的家族病。他也因此明白了，10岁那年，为什么他的舅舅摔了一跤，流了一摊血后，就死去了。

病愈后叶素华的双腿就不能再弯曲了，走路一高一低。1996年他开始去深圳打工，批发过水果、家禽，当过门卫、保安队长、采购员，还收获了爱情，妻子也是与他一起在同一家工厂打工的工友。2000年，她不顾家人的反对，毅然嫁给了叶素华，夫妻俩还在寸土寸金的深圳南山区按揭买了一套86平方米的楼房。就在叶素华感到离成功只差一步的时候，潜伏在他身体里的病魔，再次将他推向命运的深渊。为了做手术，他们卖掉了还没有拿到手的房子，还欠了20万的债。

2007年6月，曾经雄心万丈的游子，身无分文，回到满目荒凉的村庄，靠着留在深圳的妻子当保姆的收入，维持一家三口的生计，艰难度日。2012年，他又遭遇飞来横祸，一次车祸让他差点瘫痪。

2016年的一天，曾庆辉一次次敲开他家残破的房门，鼓励他道：“你是有文化有技术的人，你一定还会有站起来的时候。”叶素华正眼都不想看曾庆辉一眼，感到万念俱灰。

“你一个男人不能就这样指望着老婆养活吧？你不要忘记了你还是孩子的父亲！”曾庆辉的话，句句敲在他的心上。

就这样，在曾庆辉的鼓励和帮助下，叶素华鼓足勇气办起了养鸡场。从买鸡苗、买饲料、找市场，曾庆辉和扶贫工作队都想在他的前头；村里闹鸡瘟了，曾庆辉请华农的专家来村里看病，还送他出去培训……就这样一步一步帮助叶素华重拾自信。

如今叶素华也算得上是始兴县数一数二的养殖专家，在广东省“众创杯”技能大赛中荣获优秀奖，还经常现身说法去给残疾人朋友传授技艺，深得大家的喜爱。

叶素华说，在外面打拼了一辈子，回到村里这些年，他才开始活明白了一点，人不能只顾着自己挣钱还得替别人、替这个社会分担一点。眼下，他最开心的，就是自己的技能能帮到更多的残疾人朋友，他对自己与红梨村的未来充满了期待。

四

2016年初夏的一天，曾庆辉他们在蛇窟寨烧得只剩下猪圈、厨房的废墟里，找到孤独一人艰难度日的余作妃，当说要给她重新修房子的时候，她是完全麻木的，没点头也没摇头。

然后，余作妃就像一个局外人一样，茫然地看着他们在她家祖辈留下来的院子里忙前忙后，一砖一瓦、一梁一柱，建起了宽敞明亮的小楼。接着曾庆辉又按照“八有”的标准帮她装修，让她住了进去。她还是觉得像在做梦一样，每天一个人对着空荡荡的墙壁发呆，直到陈勇给她在墙上挂了画，画里是一个桃花盛开的村庄，这下她终于笑了。

文化不高的余作妃，至今不知道扶贫工作队的人来自哪个单位，现在她当上了村里的保洁员，每个月有800块钱的稳定收入，算是稳定脱贫了。

扫完地的余作妃时常上山去采摘一点野竹，回家后剥出白玉一般的竹笋，伴炒一节自做的猪肉腊肠，一个人美滋滋地边看电视、边吃饭，跟着电视里的歌声，学唱着“我和我的祖国一刻也不能分割”，这是余作妃眼下一个人的美好生活。不过，她最大的心愿还是盼着在深圳打工的儿子早点回来成个家。

红梨村39户贫困户，如

今都走上了稳定脱贫致富的道路。卢德茂、余作妃、叶素华只是其中的一个个缩影。

五

强劲的“春风”褪去了红梨村久病沉疴的旧颜，她就像一个装扮一新的“新嫁娘”，脱胎换骨地展现在人们面前。

2018年9月23日，首届“中国农民丰收节”始兴县的主会场，就设在红梨村。民俗歌舞表演、品鉴客家特色美食、体验农耕丰收劳作活动、观看省级航模及轮滑比赛、田园趣味徒步……令人眼花缭乱，各种体育比赛、全民健身运动人山人海，各种文艺表演锣鼓喧天，各种特色店铺的商品琳琅满目。

“丰收大典”的景象背后，是一张广东省委编办历时三年绘就的“精准扶贫”蓝图，和“一张蓝图绘到底”的坚守。

为此扶贫工作队抓产业——设立红梨中草药基

改造后的红梨村如同世外桃源（小杰摄）

红梨村河滨休闲观光绿道

地、微生物高新农业示范基地，把村民逐渐转变成具备现代化素养和技术的产业工人；改善环境，以旅游业立村，打造一个吸引城里人回归“世外桃源”的客家文化古村；兴文化教育，开农民夜校，建文学馆，将客家文化“崇文重教”之魂重新唤回……而最重要的是建设一个能够开拓创新、充满朝气和活力的党支部，打造一支永不撤离的扶贫工作队。

为此扶贫工作队请来省建筑设计研究院编制了红梨村发展规划，对绿化、旅游、重要节点打造和全村户外运动等方面开展了专项调研与规划论证，形成了“一河一路”“一区三园”“一轴两翼”的规划成果；布局发展观光农业、中药综合开发、特色乡村旅游、客家文化创意等现代产业。三年来，他们精准发力，按照“绘好一张蓝图、搭建两个平台、发挥三个作用、推进四项融合、实现五个提升”的总目标，全面推进创建社会主义新农村示范村工作。

六

古老村庄的日子看似宁静，变化却天天都在发生。

老支书傅联海扎根在红梨村，还当过县人大代表，几十年来，他心心念念的就是要改变红梨村的面貌。说实在的，一开始他并不看好省委编办孜孜以求的这张“蓝图”，在他看来，“编办又没有什么钱，只

“广东·始兴（马市）乡村小吃文化节”在红梨村举办的盛况

会‘编’有什么用？”

然而一年、两年过去了，他发现红梨村不是改变了，而是做梦也没有想到过地巨变：路宽了，桥通了，自来水全村覆盖了。以前整一条村，饮用高氟井水，全村40岁以上的人牙都是黑的，现在的年轻人都是白白一口牙；以前村里人得闲就“打天九”、玩纸牌，现在也有人去村头的图书馆看书借书了；以前村里条件好的人都在县城买房住，如今每到周末都回村里来跳“广场

大安坪客家民俗博物馆（农耕文化展厅）

红梨村村庄规划效果图

舞”。如今，城里有的，村里都有了，村里有的“稻香虾肥小桥流水”，城里却不一定有。有些在珠三角打工的人，春节回来后，看见家乡巨变，就不愿离开了。

更让老傅满意的是村集体和村民收入水平提升了，产业结构改善了——如今村委会屋顶光伏发电项目正式并网发电，年收入3万元；红梨生态农庄、红梨微店、微生物高新农业示范基地项目已开始获得收益；随着乡村旅游产业的发展，零售小商店、农家乐、民宿、旅游配套就业、土特产销售，还有制河粉、榨油、酿酒、制作豆腐等传统手工作坊逐渐增多，村民的收益从单一地依靠土地转变成如今的各种产业齐头并进。

最让老傅自豪的是，这两三年党支部的战斗堡垒作用明显发挥出来了，整个村庄精气神明显提振。记得道路拓宽搞拆迁，最头疼的就是遇到村里的“钉子户”。这时候，大安坪村的党员赖吉生率先站出来喊：“修路是红梨千秋万代的大事，要拆请先拆我家的房顶！”就是靠着这样的带头作用，很多过去多少年想干却干不成的事情办成了。

陈勇至今记得，就是这条在他们心中再难也要建成的10米宽的“乡村振兴大道”，修到一半时，施工方突然宣布因为资金链断裂而停工。时值正月过后的梅雨时节，雨水不断、暴雨如注，整个大安坪村被挖得不成样子，大坑连着小塘，一片泽国，村民们走路出村都成问题。拖拉机还要来回运烟苗，各种隐患此起彼伏，更要紧的是，按照原计划植树单位将在3月到位植树，路不修好，树就种不上去，怎么办？

“从来就是自己的事情自己办！”这是三人从走进红梨村的第一天起就各自立下的规矩。他们连叹气的时间都没有，工不能停，路自己修，想到的唯一解决方案，就是紧急调用红梨村所有开得动的拖拉机，去村委会所在的山头挖土来填路基。

对于他们三人，在那持续一周的日子里，大安坪就是一个战场，分分钟都不能下火线。

1000多米长的路基就这样修出来了，事后，一位县领导不无感慨地说，红梨村不愧是“红旗不倒”的红梨村，就是藏着这样一股集中力量办大事的底气。

红梨村的核心景观——大安坪古村落（小杰摄）

中山市南头镇俯视图

南头镇的外耕农网络党建，让我感受到了网络活生生的存在，其中的每一位党员，就是一杆杆旗帜，周围集聚着许许多多追梦的农民。

23

网络里的旗帜

——中山南头镇外耕农网络党建工作纪事

◎郑万里

网络党建成为市镇两级“书记项目”

南头镇，位于中山市与佛山市顺德区交界处，处在10公里家电产业带的中心位置。全镇土地面积28平方公里，是中山市镇域面积最小的镇。

改革开放之前，这里曾经是烟波轻笼、绿风流丹的南粤水乡，桑基鱼塘是这里主要的生产方式。

历经40多年的发展，南头镇已经从一个纯粹的农业镇蜕变成一个纯粹的现代工业镇。现在，该镇拥有各类企业4200多家，按镇域面积计算，平均每10亩土地就有一间企业。2018年，全镇实现工业总产值700亿元，按每亩产值计算，这里应该是广东省镇域经济最发达的地区之一。

然而，工业化进程的不断推进，严重挤压了传统农业的发展。南头镇党委书记吴坤科深有感触地说："南头土地已经用完了，今后的发展要么向高空要效益，要么与周边镇区组团发展，否则，南头将止步不前。"

他最忧心的还是大批失地农民的生计问题。他说："我们镇几乎家家靠出租房生活，这终究不是个出路，人闲散惯了会出毛病的。"于是，关心失地农民的出路，鼓励他们创业、就业成为镇党委镇政府的重要工作。

"十几年来，镇党委镇政府陆续出台了多种激励措施，如《南头镇农民外出种养扶助借款暂行办法》，对资金困难的外耕农户实行小额免息借款扶助，每户发放3万元；《南头镇农民外出种养补贴措施》，每户最高补贴50亩，每亩补贴100元。除此之外，还推出了很多奖励措施，如规模生产奖、科技兴农奖、创业致富奖等。"

自那以后，外出承包土地的农民越来越多，最多时高达430户，在省内外11个县市21个镇区承包土地8万多亩，相当于两个南头镇的面积，带动2000多农民就业，实现年产值6亿多元。

到2012年，外耕农中党员达到了70多人。这些党员由于常年在外，不仅组织生活不能正常化，而且模范带头作用难以发挥。这个问题引起了市镇两级党委书记的关注，时任中山市委书记薛晓峰提出充分利用网络优势，组建网络党组织的设想，并将其列入"书记项目"，指定时任镇委书记招鸿、时任镇委副书记吴坤科督办。

为使外耕农网络党建项目发挥更好的效果，市镇两级共同投入300多万元，建立了一个占地1120平方米，集组织生活、农技培训、信息采集、咨询服务、成果发布于一体的示范基地。

通过这个基地，外耕农坐在自己的田头就可听到党的声音，参加农学院教授的培训，看到农副产品供求信息，极大地方便了他们的生产和生活。

湖南嘉禾外耕农点党支部书记黄正强说："我们这些外耕农大都是60岁左右的农民，文化水平不高，眼界不宽。再加上常年在外，分散作业，信息渠道不畅，特别是对种养新技术了解不多。自从外耕农网络党建示范基地建立之后，感觉不一样了。首先我作为党员，不再是孤立的个人，网络把我们连在了一起。特别是薛书记通过网络党建示范基地跟我通话，问我的种植情况，有什么困难等等，真正感到党心民心在一起跳动了。其次是掌握了很多过去搞不懂也无处学的种养技术，基本上解决了农民靠天吃饭、靠经验吃饭的问题。再次是市场信息灵通了，提高了农产品竞争力。"

外耕农网络党建带领农民致富的创新模式，受到了外耕农发自内心的欢迎，很快引起了中央和省市领导的关注。新华社、中新社、《经济日报》、《南方日报》等国内主流媒体对外耕农网络党建的经验进行了深入报道。

网络党总支的带头人

2012年8月，网络党总支正式成立，下设市内三角镇、民众镇、南朗镇，省内南沙、珠海及省外湖南郴州六个外耕点党支部。从此，分散在各地的外耕农党员100%纳入了网络党组织。

何金全任党总支书记，此人复员军人出身，说话办事干净利落。网络党总支创建之初，一切从零开始，他亲力亲为，四处奔走。如选定外耕农比较集中的党支部所在地；为外耕农建立板房党建活动室；为活动室安装电脑、屏幕、摄像头等各种网络通信设备；与电信部门协商，为地处偏远的外耕点提供网络服务；请专人到现场做联网演示、传授网络设备使用方法等。

这些工作不但烦琐而且累人，外耕点分散在省内外11个县市，交通很不方便，何金全不惜放下自己的鱼塘，不厌其烦地到各网点建网络调信号。这些事，外耕农都看在眼里，感激在心。

2018年9月那场叫做"山竹"的17级台风，硬生生将何江伦养殖的200亩水产刮得堤毁鱼逃，眼看着到手的收成，被一场台风刮跑了，何江伦很是无助，情绪一落千丈。正在闹心之时，何金全带着外耕农协会的人来了。

"当时，我很感动！我们外耕农独立在外，有时候很孤独，这个时候，党组织来关心我，心里的恐惧感一下就消失了，浑身有了劲。"何江伦说。

2012 年 8 月 16 日，南头镇农村网络总支部委员会正式揭牌成立

“你经常去看望外耕农吗？”我问何金全。

“我们的想法就是让线上的党总支落地生根，让外耕农感受到党组织就在身边。从而凝聚力量，带领外耕农致富，促进农业转型升级。”何金全说：“用镇党委书记吴坤科的话说，就是农村网络党建要实现三个创新：即观念创新，突出科学性；载体创新，突出实效性；服务创新，突出融合性。我们的工作就是围绕着三个创新而开展的。”

这三个创新确实抓住了外耕农网络党建的关键。

网络，虽然以超文本形式扩展人们的视野，丰富人们的生活，拉近人们的距离，但它的虚拟性也经常让人感觉若即若离。要克服网络的不足，就必须让网络的触角实实在在地扎根寻常百姓家。

从那时起，何金全不仅兢兢业业地经营网络党课和农技培训，还推动养殖业升级，带动外耕农致富。

2013年，南头镇党委提出“双向培养”目标，即把种养大户培养成党员，把优秀党员培养成种养大户，并以他们为中坚力量，带动外耕农致富。

根据镇党委意图，何金全牵头制定了新党员发展规划，按照规划，每年要培养1～3名种养大户入党。几年来，网络党总支都高标准完成了任务。与此同时，他们还成立了党总支领导下的渔业合作社。外耕农在合作社内统一采购生产资料，合作社提供各种技术指导、信息支持，形成统一的种养规程，生产高标准、出品高质量，统一对外推广和销售。合作社成立后，仅生产资料成本就比往常下降了15%。合作社还经常组织“诸葛亮会”，引导外耕农科学种养。过去，由于外耕农单打独斗，没有及时掌握供求信息，“跟风”现象严重，如2018年生鱼的市场价为30元/斤，养殖生鱼的农户赚了大钱。于是，大家都跟风养生鱼，结果生鱼价跌到了5元/斤，养生鱼的农户赔了很多。“诸葛亮会”解决的就是这个问题，自从成立了合作社，外耕农再也没有“跟风”现象了，经济效益大幅度提高。

养殖大户入党成了农民致富带头人

梁就添是网络党总支成立后发展的第一批党员，后来又担任了民众镇外耕点党支部书记和外耕农协会会长，在外耕农中的威信很高。

他养过种鱼，也养过鱼苗，养过名贵鱼，也养过四大家鱼，成功过，也失败过。他为生产队养鱼兢兢业业，为自己养鱼也本本分分。他有技术，却从不自私，只要有人相求，总会和盘托出，倾囊相授。他虽然是

南头镇农村网络党支部举办第二期在线农业知识培训课

党的十八大代表薛晓峰（右三）、闫文静（右二）向外耕农宣讲十八大精神

农民，却懂得“谋利当谋天下利，留名要留万世名”的道理。

那些年，随着南头镇工业化的迅猛推进，他的鱼塘也一迁再迁，直到他成为名副其实的外耕农。

一直走来，他不知道帮过多少人致富，而他却从不提起。

前些年，梁就添在黄圃镇租了100亩鱼塘，建了一间鱼苗场，生意做得风生水起，养鱼的人都喜欢从他那里买鱼苗，主要是想获得梁就添的技术指导。南头镇有个农民生活很拮据，买不起鱼苗，但又想养鱼，于是他就跑到梁就添的鱼苗场，想赊3000元的鱼苗，等鱼养大了卖了再还钱，梁就添二话没说就答应了。可是，天有不测风云，还没等到鱼长大，债主就去世了。债主去世前一再嘱咐妻子：“鱼卖了钱，一定把鱼苗钱还给‘就哥’。”妻子遵从丈夫的嘱托，鱼卖了钱之后，第一件事就找到‘就哥’还钱，梁就添得知债主的不幸，只收了200元，算是了却债主的一番心愿吧！

有一个福建漳州客户李先生，从网上看到梁就添繁殖桂花鱼苗很成功，便带着儿子千里迢迢来到黄圃，欲订5万元鱼苗，条件是提供养殖技术，梁就添答应了他的请求。此后，李先生每年都从梁就添这里订购鱼苗。时间久了，他们成了朋友，梁就添说：“以后，不用从我这里进鱼苗了，你们建一间鱼苗场，我把育苗技术教给你们。”

那年，梁就添在漳州住了一个多月，把全部育苗技术传授给了李先生。现在，李先生已经是漳州的养鱼大户了，提起这些，他总会感激地说：“‘就哥’，大好人啊！”

前些年，梁六斤在村里无所事事，便找到了梁就添，非要跟着‘就哥’养鱼：“我想发财，但手里没本钱。”

梁就添问：“肯出力吗？”

梁六斤说："肯！"

于是，梁就添带着梁六斤等五位青年人，在离家不远的民众镇承包了1000多亩鱼塘。梁就添说："我出500万元，你们各出5万元，赚了，咱们平分；赔了，算我的。"

五位青年人感动不已，从此他们起早贪黑，终于踏上了致富路。

如今，已经成为南头镇网络党总支第二任书记的梁就添，为了全心全意做好组织安排的工作，毅然退出了与五位青年人的合作。他说："受人之托，忠人之事。带领更多的人致富才是我晚年的心愿。"

南头镇外耕农网络党组织成立之后，王腾昌被列入党员发展对象，并指定专人重点培养。两年后，王腾昌光荣入党，实现了他多年的心愿。在南沙的外耕农多了，党员也多了。网络党组织在南沙成立了党支部，王腾昌任支部书记，成了真正的外耕农致富带头人。

网络党建示范基地提供了一条信息，他那10亩鱼塘的桂花鱼每斤多卖了5.5元。这塘鱼多赚了11万元，真正实现靠信息致富赚钱。

在我的意识里，网络是一种虚拟的存在，它来无影去无踪，始终给人以神秘之感。但南头镇的外耕农网络党建，让我感受到了网络活生生的存在，其中的每一位党员，就是一杆杆旗帜，周围集聚着许许多多追梦的农民。

南头镇的鱼塘

下围村“民主议事厅”会议现场

民主自治是中国基层治理的根本方法。民主自治的门槛并不高，只需要村民知道事情对自己是好是坏，只需要干部大公无私。

24

大家的事情大家办

——增城下围村民主自治纪实

◎黄晓聪

习近平总书记指出：“有事好商量，众人的事情由众人商量。”在广州市增城区石滩镇的下围村，村民们也对这句话津津乐道。“在我们村，自从实施了民主议事制度以来，大家的事情大家开会来办，公开、透明，再无纷争。”今年71岁的村民郭桥英自豪地说。

现在的下围村村民，个个都感到幸福和自豪。让他们感到幸福的是村里的环境变好了，围绕清水湖打造的舒适的人居环境和完善的公共配套设施，一点都不比城市的大型楼盘或小区逊色。而更令村民自豪的是福利变好了，下围村探索实践的民主议事制度，变成了广东乃至全国学习的榜样。村民成为村中事务真正的参与者与决策者，集体物业资产得到盘活，集体经济收入大幅提升，村民分红比以前更多了。

换言之，下围村的幸福秘诀就是：一切好商议，众人的事情众人商量，大家的事情大家办。

“问题村”的由来

郭桥英自幼在下围村长大，一辈子没离开过这里，见证了下围村几十年的历史变迁。他说，下围村的蝶变并非偶然。20世纪90年代，正值南方大开发大建设的热潮，下围村处于原增城市经济开发区之中，地理位置优越。

按理来说，下围村占据了“天时、地利”，想不发展都很难，但却没有“人和”。因为村里的利益分配等问题，闹得干群关系紧张。

追根溯源，还要从1992年的那次征地事件说起。当年，下围村被大面积征地，但征地补偿款村民既见不到，也分不到。“见不到没所谓，但用去哪里，却不能不清不楚。”村民看到的是，村内利益分配由少数村干部说了算。而最离谱的是，有些村干部竟然“暴富”起来，有的甚至购置豪车！

由于村干部的私心杂念和“暗箱”操作，以征地拆迁、物业出租及工程建设为核心的村务财务管理混乱不堪，政务财务不透明，引发了下围村长达20年的矛盾斗争。既得利益和未得利益的村民代表分成两派，形成了“我上台，你反对；你上台，我反对，为反对而反对”的紧张局势。就算是父子，也有可能针锋相对。

1999年第一届村级直选，两派争斗就十分激烈。现任村委郭迪辉回忆，为了保障当年村选顺利进行，上级政府不得不安排近400名警力在选举现场维持秩序。2000年，为了解决无休止的集体越级上访问题，当时的增城市委领导曾入村蹲点三天，试图化解异常尖锐的矛盾纠纷，结果一度被情绪过激的村民围困。

在持续20年的内耗和争斗中，下围村丧失了一轮又一轮的发展机遇，从原增城经济技术开发区的核心区，一度沦落为小五金、小化工和“散小乱”养猪场的重灾区。“散小乱”养猪场最多时达314家，平均每平方公里近80家，形成了“生猪围村、猪场围城”的尴尬局面，投资环境和居住环境一落千丈。企业和村民怨声载道，曾经盛极一时的商贸服务业项目纷纷搁置或烂尾。

饱经内斗之苦的村民痛心不已，“从1994年开始，就上访、封路、堵路、上北京……大事小事没停过”“你一开会，他就来闹，连会都开不成”“2万多平方米的集体经济项目（酒店、商贸城建设）闲置达20年”“村里每逢中秋和过年前，都要拿出一些地来卖，卖地分红成为下围村的‘传统’”。面对这样“坐过山车”式的发展历程，摔了跟头的下围村被扣上了“问题村”“上访村”“经济弱村”的帽子，成为别人眼中的笑话。

下围村村委办公大楼

这种种乱象，一直持续到2008年第四届村级换届选举才有所好转。在那一届干部班子的共同努力下，村务、财务逐步趋于规范，社会秩序也趋于稳定。但由于长期积累的各类矛盾和问题无法得到有效解决，干群关系依然高度紧张。

把希望寄托给年青一代

从广汕公路增江段驶入256省道向南行不到13公里，就能在马路的右侧看到一座红旗飘扬的大楼，导航提示这就是下围村委办公大楼。

大楼一楼是宽敞的村民办事大厅，二楼除了村委班子办公室外，就是民主议事厅。“要知道，我们村戴了长达20年的‘问题上访村’的帽子，只有靠现在墙壁上的民主制度才能摘得下来。”郭桥英清晰地记得，下围村的转折是从2014年1月15日第六届村级换届选举开始的。若换了以前，由于内斗互掐的原因，村里两派候选人的得票，都很难超过半数。但这一次，85%以上的村民，都将自己手中的选票投给了年仅36岁的郭庆东。

也许，大家已经厌倦了20多年的派系斗争，每一位村民在这一次选举中都显得格外理智。大家都明白了一个道理，与其继续内斗下去，倒不如把希望寄托给年轻一代的候选人，看看能不能找到一个真正能带村民致富和改变现状的人。“当村选结果出来后，我知道大家都醒悟了过来”，郭庆东说他以“黑马”的身份当选下围村新一届村委会主任。他能给村民带来什么？

郭庆东从小在下围村长大，在约15岁那年去东莞学做生意。村里的人都说他在东莞做生意颇为成功，是村里不少年轻人学习的榜样。而最重要的一点是，他们家属于中立的一派。“我爸劝我不要回去做村干部，怕我处理不好村中的事情。”郭庆东眼看仅一江之隔的东莞农村都发展起来了，而自己的家乡还是老样子，心里十分不是滋味。“就在那时，我就想回来化解我们村的矛盾，因为我非常了解我们村的症结是什么。”郭庆东说。

从商是郭庆东的老本行，打理村务对他来讲却是新的考验。尤其是面对下围村20年来的“乱账”和复杂局面，没有相关经验的郭庆东能行吗？

2014年2月15日，新当选为下围村委会主任的郭庆东，在村委会大楼门口放了一大串鞭炮，走马上任。郭庆东深信，村干部不是“老板”，只是村务、财务的“组织者”和“保管员”，村里大小事务要让村民都能参与。只有共同商议、集体决策，才能精诚团结，集中力量办好村里事，下围村的各项事务才能发展。

在“民主村治”这一观点上，郭庆东与刚刚调任增城不久的欧阳卫民不谋而合。时任广州市委常委、增城市委书记的欧阳卫民指出，大家的事情大家办，有争议、有矛盾的事情按照大多数人的意志办，事事商量、件件表决，应该成为各级领导干部化解基层矛盾的有效方法。欧阳卫民也曾多次深入下围村进行调研，指导农村民主议事制度和民主议事平台建设，为下围村村民自治新模式的发展注入了新的活力。

根据计划，郭庆东一方面把村委新班子的工作重点放在了清理下围村集体资产的历史遗留问题上，想通过盘活闲置的土地，努力为村集体谋求更多利益。另一方面，反复研读《村民委员会自治法则》《村民委员会组织法则》，并跟上级领导多次交流，最后共同拟定了一套村民代表大会的议事规则草案，希望能借此培养下围村村民平等议事的能力。

“民主商议、一事一议”制度让村民成为村中事务真正的决策者

就这样，以规范村民代表议会制度为核心，推行“民主商议、一事一议”村民自治新模式的探索，在下围村拉开了序幕。

新的农村治理模式

据郭庆东介绍，“民主商讨、一事一议”村民自治新模式的决策机制，即是村中的大小事务，先由村两委讨论，再召开村民代表会议进行表决决策。村民代表会议的议题大到村经济和社会发展规划及年度计划，小到公益事业的经费筹集，涵盖了下围村发展的方方面面。

村民代表会议在村委会的民主议事厅召开。议事厅内分设有主持席、代表席、列席席、旁听席、监督席及发言席六大功能分区，与会人员必须佩戴相应的会议牌证对号入座，履职尽职。议事厅的功能设计和分区，把“抽象无形的制度”化为“具体有形的场景”，让每一个参会人员自然而然产生仪式感和敬畏心。

为了方便村民了解和参与村务，下围村在开设村务公开栏和利用农村广播系统等载体的基础上，推出了增城首个村级政务公开微信平台，以微信形式第一时间将村里的事务、通知、工作动态等告知村民，保障村民的知情权。开通微信平台后，不少村民更是不时通过微信积极与村两委互动，使干群关系愈加和谐。

下围村“民主商议、一事一议”的农村治理模式，是建立在“一套规范细致的村民代表议事制度”基础上的。“一套规范细致的村民代表议事制度”，就是围绕村民代表会议会前、会中、会后三个环节，进行了一系列的制度设计和程序安排。

在会前环节，建立了“议题会审”和“议题公示”两项制度。议题在上会的前三天，必须经村两委、村法律顾问和镇驻村团队共同会审，然后通过微信平台、村广播站和村务公开栏向全体村民公示。

在会中环节，建立了“微信实时转播”“同步录音录像”“轮流发言”“红黄牌纪律处罚”“会议决议即时确认和公开”五项制度。微信实时转播制度，就是通过微信平台，及时向会场外村民转播会议的主要过程；同步录音录像制度，就是在议事厅四个厅角安装摄像头，把会议过程摄录下来，存入电脑，成为数字化视频档案资料；轮流发言制度，就是每人给予五分钟发言时间和三分钟补充发言时间，充分保障参会人员的发言权；红黄牌纪律处罚制度，就是对触犯会议纪律的参会人员，给予红黄牌警告，处罚其暂停一次议事权或表决权；会议决议即时确认和公开制度，就是会议表决后，马上逐个让村民代表和监委会成员在决议表上签名，按下手指模。同时，在会议决议宣布后，第一时间通过微信平台、村广播站向全体村民公开会议结果。

在会后环节，则建立了“会议决议无条件执行”制度。凡是经村民代表会议通过的决议、决定，任何人不得擅自改变或另作决定，全体村民必须无条件执行，并由村两委负责组织落实。

蝶变为民主法治示范村

下围村积极探索和实践以规范村民代表会议制度为核心的村民自治新模式，实施治村理事的变革与创新，大力推行“民主商议、一事一议”，落实依法治国，切实把权力关进制度的笼子里，实现了还权于民，促进了村

下围村党支部书记郭庆东主持民主议事会

内和谐稳定，从“上访大村”和“问题大村”蝶变为全国有名的民主法治示范村。2015年，下围村的治理经验被写进了广州市“十三五”规划，随后在全国掀起了一股学习“下围模式”的民主村治风潮。

通过民主议事，村两委班子积极谋划，与村民群众共同盘活了村中一大批闲置20年的土地、楼房、物业等集体资产。全村的集体收益，从2013年底的390万增加到2015年的790万，再到2018年的1200万。下围村集体、个人的经济收益稳步提高，让村民喜上眉梢。2015年，下围村每位村民共收到红利2200元。400多名60岁以上的老人，除了享受每年两次的“千叟宴”之外，还能得到每个月150元的老人金。集体收入除大部分用于村民分红及老人福利外，其余都用于村道建设维护、卫生整治、环境美化等。

此外，下围村还制定了《下围村集体土地固定资产名录》小册子，向全村每户村民派发一本。该册子将下围村所有集体土地固定资产及其相关属性信息清晰罗列，让村民对村集体的“家底”一目了然，做到心中有数。这样，村民能更好地参与招商事务的民主商议，也能更好地监督村委会招商引资行为，确保公平、公开、公正。“我们有信心，在大家的共同努力下，下围村的集体经济收入会朝着每年10%的增长目标前进，将来的下围村会越来越好。”郭庆东说。

下围村的改革无疑是成功的。如今从增城各村庄建立的议事大厅来看，可以说是借鉴了下围村的民主议事厅模式。下围村也先后被评为“广州市文明示范村”“全国民主法治示范村”，并荣获“2014—2015年广东省治理创新案例奖”，成为全国众多专家学者考察研究的对象。

村容村貌

宜居宜业惠民不止

这几年来，在民主法治的引领下，下围村着眼于城乡一体化的发展，注重提升农村精神文明建设实效，大力实施基础设施建设、清洁水源建设、村组道路硬化、房屋立面整饰和村庄绿化、净化、美化、亮化等重点工程。同时实施村庄公园、文化活动中心、农村体育健身设施等文体设施建设，使下围村的村容村貌焕然一新，也使得村民幸福感大大增强。

走进今日的下围村，处处可见皆美景。清水湖更是美不胜收。清水湖原名清水塘，是下围村的一个大鱼塘。在过去，清水塘淤泥堵塞严重，塘水恶臭，池塘周边荒草丛生。而紧邻湖东侧的近6.7万平方米集体土地更是被200多户村民私占多年，或在上面搭建违章建筑物，或辟作养猪场，或种植果树蔬菜等。

通过“民主协商，一事一议”的议事平台，下围村村民表决通过了一项决议：对这块土地，实行“自家青苗自家清，自家房屋自家拆，自家坟墓自家迁”的治理方法，将土地腾出来用于建设清水湖公园。短短一个月时间，在近乎无偿的条件下，这块土地顺利得到了整治。

建成后的清水湖公园，有一个2000多平方米的休闲小广场，有一个120平方米的亲水平台，打造了一片充满乡村情调的“阳光沙滩”。修建了两条1500米的环湖绿道，人车分流，并配套了石凳、厕所、路灯以及美丽的“花桥”等基础设施，绿化面积达到2万平方米。目前，清水湖公园成了附近群众休闲娱乐的首选去处，受惠群众达到2万多人。

此外，下围村先后完善

昔日臭鱼塘变身清水湖泊

了公共服务站、文化站、户外休闲文体活动广场、宣传报刊橱窗、无害化厕所等建设。在保护村庄文物遗址的基础上，建设了下围村历史足迹文化长廊和祠堂，并不定期开展各式各样的文化活动，着力提高群众文化生活质量。“以前村里端午节划龙舟，大家都坐不到一条船上去的。”村民郭子云说。现在，每年清水湖上都会举办龙舟竞渡，均有村民自发组队参加，最高峰时有超过12支队伍参赛，“就连外嫁女也要回来组一支队伍参赛”！

今年，下围村创新老人福利保障机制，进一步完善了老人生活福利金制度。凡年满60周岁以上的村民，每月可领取的老人生活福利金提高至200元，这一举措让村民感受了到实实在在的幸福。

民主不停步，发展有目标。在村集体经济项目当中，让村民引以为傲的要数由广东某公司投资3亿元建设的花果小镇葡萄产业园。该项目于2019年下半年投产，预计年产优质葡萄1500吨、蔬菜3000吨，年产值1亿以上，解决300多人就业问题，带动周边农民致富，将有效地促进地方经济的发展。

“我们将这些种植地进行规模流转，按照‘资源变资产，资产变资金，农民变股东’的理念，打造连片的田园综合体项目，不仅提升了土地的经济效益，也帮助村民实现增收。”郭庆东如是说。花果小镇葡萄产业园所在地原是农户种植区域，由于缺乏有效管理，无序地种植导致土壤肥力流失，部分农田荒废。在镇政府的支持与指导下，下围村村民通过民主议事制度成功流转约53万平方米的连片土地，将该项目打造成为一个集种植生产、亲子采摘、观光休闲、科普教育于一体的葡萄文化生态公园。

大家的事情大家办。下围村民主自治之路必将越走越宽，越走越好。

2018 年 9 月，茂名露天矿生态公园（黄信涛摄）

在这里，露天矿周边的村庄重归田园牧歌式的诗意生活，生态村、农家乐、田园生态体验基地一扫往日的萎靡，外出打工者回归，外来游客光顾，让生活处处充满朝气和美好。

25 绿水青山就是金山银山

——茂名露天矿变身『好心湖』始末

◎ 张慧谋

一

夏日阳光直射在湖面上，湖水呈现出一片碧蓝，从高空鸟瞰，碧蓝的湖面像一块巨大的翡翠，镶嵌在茂名这座城市的西北边缘，它的名字叫“好心湖“。

这个面积比杭州西湖还要大的湖泊，六十年前却是一个巨大的露天矿坑。湖畔还

2014 年 10 月，改造前的矿坑（黄信涛摄）

有当年开采油页岩留下来的遗址，横断面高耸垂直，岩层脉络清晰、层层叠叠、焦黄粗糙，宛如竖立在湖的西北面的一部大书，真实地让人感受到，这是一部可以触摸的历史，记载着一代人的奋斗历程，记录了一座南方油城的诞生与崛起。

茂名露天矿坑是茂名这座城市的“原点”和“胎记”。20世纪50年代，这里是地处粤西东北部的一片赤地荒原，人烟稀少。

某个冬日，一个放牛娃在山冈就地捡起类似石头的干硬土块垒窑烤红薯，没想到擦亮的火柴不仅点燃了柴火，还点亮了整个土窑，冒出青烟和幽蓝的火光。

从此，“石头”能点火的消息不翼而飞，一时传遍十乡八里。这座矮山冈，也因此被当地人称为“火水山”。附近的村民，也经常到“火水山”捡石头回去当柴火，煮开水或烤火取暖。

据地方史料文献记载：民国初期，曾有几位日本人到茂名金塘“火水山”一带考察未果，“火水山”仍然是个难解之“谜”。

新中国成立初期，百业待兴，石油紧缺。国家石油部门组织专家四处勘探寻找石油，南下的考察专家听闻茂名有座“火水山”。传说中的种种迹象表明，这个地方很可能存在石油资源。专家们实地勘探得出结论——茂名金塘一带地下储藏着大面积油页岩，方圆几十公里，油页岩储存量达50亿吨，而且夹层很厚，有的达到30多米，可供100年开采。对于当时迫切要摘掉“贫油国”帽子的中国来讲，这消息尤其重要，犹如发现“新大陆”。

祖国之南的边地茂名，一次划时代的变革与机遇悄然发生。

一时间，十万建设大军从祖国各地进入茂名金塘，开采油页岩，支援南方油城的建设。

在刚开馆不久的茂名露天矿博物馆里，关于这段历史的大量文字图片，连接起一段曾经的历史，演绎着一个现代版的“愚公移山”，一物一件、可感可触，如此清晰地把人们引向浓缩着一代人情感和记忆的“我为祖国献石油”的燃烧岁月。

笔者采访了几位参与这场“大会战”的开拓者，他们大多已是年过八旬的老人，尽管很多往事都从他们的记忆中消失，唯独这段人生经历，历历在目，记忆犹新。

一位当年在露天矿“小火车”当司炉工的老人说，他是见证了露天矿坑的整个变化过程。他跟随支援队伍从外省来到茂名时，简直不敢相信，这个地方太荒凉了，初来乍到，水土不服，生活条件极其糟糕。

老人说，那时真是头顶只有青天，脚下只有荒野。他们临时在旷野上搭起茅棚，用木头竹片支起“大通铺”，上面铺一层稻草，这就是建设者们临时的“家”。夜间蚊子疯狂，二十来人睡在一个“大通铺”上，一个人翻身，全部人都醒过来，连续睡两三小时都是奢侈的事。

吃就更糟糕了。老人说，那时能撑饱肚子算不错了，鱼呀肉呀根本谈不上。连水井也没一口，每天喝的都是矿坑水和田沟水。没有肥皂，对付衣服上的满身油污，就靠从矿坑挖上来的带碱性的“白泥”（高岭土）。

“就是在这样艰苦的条件下，司炉工每人每班铲10吨煤供‘小火车’做燃料，可以想象工作量有多大，但我们从来没说过一声苦。”老人说。

他是最后一代矿长。如今他已当了曾爷

爷，子女们都在外地工作。近两三年，他偶尔会约老工友们到“露天矿”来走走，这个地方，有他们最刻骨铭心的记忆，一闭上眼睛，那些场面就“回来”了。

“那时我们多年轻呀！”老矿长面对眼前这湖碧蓝的湖水，望着湖岸那边的老厂区，发出深深的慨叹。

二

与茂南区金塘、公馆、山阁三镇接壤的茂名露天矿，是茂名这座城市的发祥地，南方油城的“根脉”所在。曾经的历史与辉煌，被载入共和国石油史册，填补岭南没有石油的空白。从这里成功提炼的第一桶人造石油，被送进了中南海，迎来了国务院发来的贺信。

茂名露天矿先于大庆油田起步，是广东的骄傲，也是新中国成立后诞生的第一座“南方油城”。然而，由于当时国家尚处于经济困难时期，随着大庆油田的崛起，为“保大弃小”，茂名露天矿曾一度濒临停产。当时参与石油提炼的苏联专家被撤走，部分炼油技术力量北上支援大庆，这座刚刚起步的南方油城，霎时间一片肃杀，露天矿一时散尽锐气，从巅峰跌入低谷。

露天矿没有在困难面前倒下，经历过一段非常时期，它在夹缝中找到生机，提出“没有条件也要创造条件保住露天矿”的口号。在国家三年困难时期，露天矿的创业者们，发扬南泥湾精神，开荒种粮、自供自救，渡过难关。茂名露天矿终于迎来新的生机，再度获得国家的重点扶持，并成为共和国的“石油功臣”。数十年间，生产页岩油292万吨，相当于1949年全

矿坑奇特的地貌

国原油产量的24倍。

20世纪90年代初，茂名露天矿再度面临全面停产关闭，久未治理的露天矿区寸草不生，烟尘百丈高，污水横流、遍地狼藉、污染源已经浸漫周边三镇和茂名市区。城市源头沦为环境治理的“重灾区”，成为备受群众诟病的城市“伤疤”。

长期开采形成的露天矿坑，集存废水3000万立方，矿坑湖面积约6平方公里，若不采取有力措施治理，将成为污染这座城市和周边村镇的“毒湖”，环境治理的警钟敲响了。

三

2013年夏季，茂名市委、市政府下大决心整治茂名露天矿，此时，一个两难的问题出现了。经勘探，茂名露天矿往下220米仍然有矿藏，但是目前只挖了40米，最深的地方也才挖了100米。除油页岩之外，还有丰富的高岭土、煤炭储量，总价值预估3000亿元，保守预估，也超过1000亿元。这是一组震撼人心的数据。

茂名是个经济欠发达地区，面对超1000亿元价值的矿产资源，如何抉择？如何取舍？是个艰难的选择。一边是价值巨大的矿产，一边是生态的平衡和村民的健康。经过无数次争论，时任茂名市长李红军一锤定音，“让那些所谓的‘黄金’永远埋在地下，绿水青山才是百姓的金山银山！”茂名市委、市政府决定放弃开发高岭土、煤炭等带来的巨大采矿收益，进行环境整治和生态修复。

然而另一个棘手问题正在等待着他们。此前，茂名市政府与一家实力雄厚的外地企业签约了一个发电项目，对方已投入巨资，如若终止合同，茂名市政府将要为此付出2.15亿元补偿。

2.15亿元不是个小数目。这几年，茂名市贯彻落实“创新、协调、绿色、开放、共享”五大发展理念，投入大量财力到各项民生工程中去，对于这笔巨资的赔偿，他们不得不考虑地方财政所承受的压力。

虽然这个项目投产，会给市里带来一笔可观的收益，但环评结果显示，污染源仍然无法排除根治。既然如此，长痛不如短痛，一刀切以铲除后患。大家一致认为，不能为了少付出这笔补偿费，图一时利益，继续给老百姓留下祸根，千亿矿产资源都搁置一边，留给后人！

共识达成了，调子定下来了。

接下来，是如何整治改造露天矿，根治污染源的问题。会上决定，因地制宜，就地取材，通过“引水、种树、建馆、修路”，让一块昔日的城市“疤痕”蝶变成生态公园。

引高州水库、鉴江水源注入矿坑湖“洗肺”，湖边植树造林，这两项工程首当其冲。露天矿周边的小炼油厂、洗矿厂、红砖厂，必须纳入清除之列。短期内，这些小厂全部清理整治完毕。

一股活水源源不断地从高州水库、鉴江引入露天矿坑，矿坑湖水质天天变好变清。

之前人们持怀疑态度，偌大的一湖“死水”“臭水”，能变好变干净吗？简直是天方夜谭。连当时的市长李红军也一度信心不足，他在接受记者采访时说，2013年决定改造露天矿时，几乎没人相信能够成功，连他本人也觉得阻力巨大、困难重重。

然而，奇迹出现了，经过几年活水“洗肺”，矿坑湖水不但没有异味，而且水质出人意料地好，清澈见底。湖畔浅水区，还能见到成群的小鱼，自由游弋在水草间。

湖边的大片荒地也慢慢变成绿林，通过政府投入和发动社会捐资的办法，此处完成了约8000亩、40余万株的复绿工程，真是难以想象。在当年寸草不长的“排土场”上，冒出一片蓊郁茂盛的绿洲，鲜花盛开，鸟声盈耳。

在这里，露天矿博物馆落成了，40公里的环湖公路修通了，游人也多起来了。2018茂名国际生态马拉松赛也在这里举办，环湖公路“变身”天然赛道，来自海内外10多个国家、地区的近万名选手一边奔跑，一边感受这座城市的沧桑巨变。

露天矿周边的村庄重归田园牧歌式的诗意生活，生态村、农家乐、田园生态体验基地一扫往日的萎靡，外出打工者回归，外来游客光顾，生活处处充满朝气和美好。

四

2017年6月，茂名市政府正式将“露天矿”命名为“好心湖”。

同年，茂名露天矿生态公园被评为“国家矿山公园”。

茂名露天矿生态修复的成功案例引起了社会各界的广泛关注，《人民日报》《南方日报》以及中央电视台等主流媒体纷纷对茂名露天矿生态公园进行了报道。

如今，茂名露天矿生态公园已然成为承载茂名城市精神、彰显文化品位的地标性工程，堪称国内城市生态化转型的标杆、工矿遗址生态转型的样板。

值得一提的是，“好心湖”借力于首届《魅力中国城》竞演节目、央视大平台全面展示和传播，受到了社会各界的关注和认同。时任茂名市长许志

茂名露天矿生态公园（黄信涛摄）

晖，率领茂名的竞演团队，通过精彩演讲和艺术形式，将“好心湖”的来世今生、城市精神和文化内涵，呈现给国内观众乃至世界观众，让寂寂无名的茂名从此扬名。

时任市长、现任茂名市委书记许志晖为“好心湖”量身定制的“城市名片”，不仅展现了“油城人”当年战天斗地为祖国献石油的风采，同时也呈现了茂名的“好心文化”、城市精神和人文底蕴。

茂名的“好心文化”由来已久，可追溯到1400多年前的冼夫人。被奉为“岭南圣母”“中国巾帼英雄第一人”的冼夫人是一位伟大的历史人物，是茂名的历史文化名片。她的传世格言是：“我事三代主，唯用一好心。”冼夫人一生经历过三个朝代，无论是哪朝皇帝，她都忠心耿耿，竭尽全力，助国卫民。她收复海南岛，维护岭南地区的社会稳定。

茂名露天矿的涅槃重生，城市“疤痕”蜕变为“好心湖”，正是茂名“好心文化”的传承和连结点，体现着茂名市委市政府致力贯彻落实习近平总书记“绿水青山就是金山银山”的发展理念，为老百姓留住“青山绿水”的执着和决心。

茂名从“南方油城”蜕变成为一座鲜明灵动的滨海绿城，靠的就是“好心文化”在这片土地上形成的良好文明生态和社会氛围。“好心之城”已经成为茂名人的骄傲和共同打造的一张城市名片。好心，是茂名人追求的精神境界和人生价值，也是茂名这座城市引以为荣的精神和文脉。

山在水云间——梅县雁洋镇

人间四月天，烟雨客乡情。这里是阴那山下的雁洋镇。远山在云雾之中，人们像是从画中经过。但如果四十年前你来到这里，看到的将是荒芜的景象。自那时起，雁洋人开始思索，如何走出适合自己的发展道路。

26

艳阳高照雁洋天

——梅县雁洋镇践行念『山水经』吃『绿色饭』

◎**姚中才**

外修生态　内修人文

头顶雄关，两脚一跨，雄踞两省，这就是雁洋。得天地之灵气而形成的雁洋盆地，雄奇的大自然在这里留下了众多鬼斧神工的瑰丽奇景，让我们流连忘返。向连绵的群山走去，别有一番风光。山顶郁郁葱葱，山腰茶树飘香，山脚流水潺潺，处处涌动

梅县国家现代化农业示范区

着生机和活力。雁洋镇以休闲为主题，积极探索现代观光农业发展之路，用自己的实践，来诠释习近平总书记“既要绿水青山，也要金山银山。宁要绿水青山，不要金山银山，而且绿水青山就是金山银山”重要论断的精神内涵。

雁洋镇 “外修生态，内修人文”，突破传统模式，引进个体资本、民间资本参与美丽乡村建设，促进了经济、社会、生态环境的整体协调发展。山水相抱、风景宜人、丹凤朝阳，这一切成为雁洋镇建设中亮丽的风景，演绎着从传统文明到现代生态文明的精彩嬗变。

行走在雁洋大地，仿如行走在一幅画里。大自然太偏爱雁洋。山的雄奇、水的清幽、石的毓秀、泉的甘冽，在这里能一一找到。春登阴那山，杜鹃踞险，漫山红烛照天明；看百里林海此呼彼应，野兔在林草间奔窜，松鼠在树上嬉戏，漫山遍野、清香醉人，零距离触及大自然，身心都能在此得到完全的放松。夏游梅江岸，看波拥烟霞、倦鸟归林、清风水气，今夕何夕，忘却自己置身何处。秋赏桥溪五彩林，树木珍奇，叶子颜色各异，红的奔放、绿的葱翠、黄的典雅，构成最美的田园风光；满山尽带黄金甲，古朴拙意的岭南秋，织就让人为之倾倒的童话世界，阴那山脉，层林尽染，色彩斑斓。冬游叶帅故居，看寒梅怒放，山中梅花分外香，每一条小路上都有故事，一路史来一路诗。流水、山林、老屋、村落，古风犹存的桥溪古村，像是阴那山下的一幅写意山水，林荫蔽日，溪水奔流。房子沿着山势而筑，石桥、台阶、青砖、灰瓦，采菊东篱生活，白云深处人家。看不够的雁洋，走不够的雁洋……巍巍阴那这神奇的大岭，与绵绵梅江这清幽的大河，注定了要在这块地方创造毓秀神奇。

这片土地，触目都是历史的痕迹。悠久的历史，深厚的文化底蕴，赋予这片山水神韵。这些神秘南来的客家人，来这里开疆拓土，千年文化的积淀都在这古村之中。行走在雁洋大地上，触目都是遗存，举步就能惊醒历史。它曾是硝烟弥漫的战场，满目青山映蓝天，先贤足迹昭日月。雁洋，这片瑰丽的土地，深闺养成，芳名远播。

梅县阴那山

走绿色发展之路

雁洋古时多为湖洋低洼水田，大雁常成群聚于此，故名“雁洋”。雁洋镇山地广阔，资源丰富。全镇总面积188平方公里，山地面积22万亩，水田面积1.2万亩，是被称为“八山一水一分田”的山区镇。

但再好的宝贝，如果不懂得珍惜，一样会蒙尘残败。如果四十年前你到雁洋，将看到人为破坏后的荒芜景象——曾经丰富的森林资源遭滥砍滥伐被破坏，又经历野蛮围垦，导致森林覆盖率低，水土流失严重，晴天黄尘以漫，下雨泥水泛滥。一味地改造山河，一味地无度索取。雁洋，已经不像是当初大自然所创造的雁洋了。当新的时期来临，大家纷纷寻找合适的发展之路时，雁洋人也开始思索，如何走出一条适合自己的发展道路。

叶帅故里

花红草绿入画来

正是困惑之时，广东省委、省政府提出全面恢复生态目标——五年消灭荒山，十年绿化广东大地。而雁洋人也有了自己的目标：全面绿化雁洋，彻底治理水土流失！绿水青山更比金山银山重要，生态资源是最重要的竞争优势，建立生态屏障才能走可持续发展之路。雁洋大地掀起了封山育林、治理水土流失的高潮，全面推进林业生态建设，建设山清水秀的绿色雁洋。要让雁洋成为一座天然的大氧吧，成为一座会呼吸的小镇。

现在，生态资源已成为雁洋招商引资的最大优势。立足于生态资源，雁洋的农业生态旅游度假区“雁南飞”不仅变成雁洋的名片，也成为梅州的名片、广东的名片。雁洋，让游客流连忘返，游客数量连年呈几何增长之势。走绿色之路，雁洋把准了前进方向，保住了可持续发展之根，这些都为雁洋提供了追赢赶超的条件。

雁洋镇桥溪古村村头的宣传画

机声轰鸣，雁洋小镇热火朝天的建设没有停步。雁洋镇在建设特色小镇的过程中，全面提升道路、供水、污水和垃圾处理等基础设施的建设水平以及教育、医疗、文化体育等公共服务的服务质量，构建便捷的“生活圈”、完善的“服务圈”和繁荣的“商业圈”。在雁洋镇核心区，建有包含足球基地、民俗村以及游客服务中心等区域在内的，以文化旅游产业为特色，将生产、生活、生态、空间相融合的特色小镇，同时这个小镇又服务于周边的雁南飞、雁鸣湖等景区，为其提供餐饮、住宿等服务，扩大景区承载力。雁洋正在构建全域旅游格局，在乡村旅游发展、景区品位提升和旅游交通体系完善等方面全面发力。雁洋坚持“绿水青山就是金山银山”的发展理念，结合美丽乡村建设，保护雁洋特色景观、生态和文化资源，加强环境综合整治，构建生态网络，充分利用水系、山体以及道路等沿线布置公园绿地，形成山环水绕、层次分明的绿地系统，打造富有地域特色的旅游城镇形象。

绿水青山变金山银山

改变命运的，是绿色发展。雁洋镇长教村的老支书丘国义，就是这绿色发展的见证者和亲历者。雁南飞茶田度假村的建设是雁洋念好“山水经”的第一篇，而这一开篇的地方，就选在了长教村。最早萌生创办“雁南飞”构想的是长教人叶华能先生。作为一位在外地打拼而有所成就的企业家，回报故土是他一直以来的心愿，带领村民一起致富是他的梦想。他要把这个梦想落到实处，就和长教村的班子商量。大家的心都想到一起去了，让家乡更美，在变美的同时变富，在工业化的时代，走一条农业发展的路子。1995年，宝丽华集团与长教村委会达成协议，投资1.8亿元在长教村兴办茶场，进行大规模的茶叶种植，并联手发展生态农业、旅游产业，建设雁南飞茶田景区，给这个昔日荒山裸露、房屋破旧、生活困苦的贫穷山村带来了发展的“曙光”。丘国义清楚地记得，那个时候大家心里想的，就是怎样把这件事办好。

雁南飞茶田度假村是由广东宝丽华集团公司投资开发，集“三高”农业、生态农业、茶叶种植加工、旅游度假于一体的综合性娱乐休闲度假村，于1995年1月动工，1997年10月开业。按茶田风光、旅游胜地的总体构想，实行山水田林路综合开发、旅游设施配套建设。雁南飞围龙大酒店荣获2004年度中国建筑工程最高荣誉奖——鲁班奖。

现在，很多外地人认识和了解梅州，都是从“雁南飞”开始的。丘国义时刻都记得那一天的情景。1997年10月8日上午，梅县雁洋长教村，伴随着热闹的锣鼓和鞭炮声，宝丽华集团开发建设的梅州雁南飞茶田度假村揭开神秘面纱，正式对外开放。来自全国各地和本市逾3000名人士聚集在茶田广场，见证了这一历史性时刻。

“黄土不露天”，这是宝丽华集团董事局主席叶华能定下的第一铁律。在景区内，但凡开发过的地方，一定要复绿，绝不能让黄土露出来。不仅如此，“雁南飞”还注重保护园区本身的生态链，但凡景区内的动植物，尽可能地让其保持原有的生存状态，比如规定景区内建设尽量保留原有树木，保持原有地形地貌，禁止景区内狩猎、捕鸟等破坏生态的行为。引进新的花卉品种进行绿化，使景区一年四季都能欣赏到不同的花卉等。

在景观中展示客家文化

新建“大观天下”景区

正是因为注重生态的理念，令“雁南飞”迈出了成功的第一步。景区建成当年，雁南飞茶叶销售额、旅游总收入就双双突破1000万元。自2011年荣膺国家5A级旅游景区后，景区的游客接待人数、营业收入呈稳定上升发展的态势。年平均接待游客人数超100万人次，上缴税收400多万元，直接解决了近400多人的就业，取得了明显的经济效益、社会效益和生态效益。

20多年来，“雁南飞、茶中情”以客家文化和茶文化为主题的品牌形象被国内外市场所认同，在全国乃至东南亚地区有较高的知名度和美誉度，为当地社会经济的发展作出了积极的贡献，成为梅州市一张靓丽的名片，吸引国内外游客纷至沓来，引领着梅州旅游更好更快地发展。

雁南飞茶田度假村的带动和示范，使雁洋镇的绿色发展之路越走越宽，桥溪古村就是这样发展起来的。桥溪古村位于阴那山五指峰西麓，离镇区约8公里，村里常住人口40多人，户籍人口200多人，旅居海外及港澳台的则有约6000人，是隐藏于大山的“华侨村”。村中至今仍保留着继善楼、世德楼、宝善楼等客家特色建筑。在过去，这里不通路、不通电，村民只能走出去谋发展。到2010年，美丽的生态和独具特色的文化，吸引了很多游客前来，“农家乐”渐渐多了，乱搭建、乱排污的现象频频出现，污染严重……为了凝聚群众力量，桥溪村在开发中突出“共建共享”，一方面做通群众工作，拆除违建；另一方面保障群众利益，明确门票收益的25%归村里所有。通过整合挖掘散乱的资源，使生态、文化、农业等资源实现“聚变”，将绿色优势转化为发展力量。

如今，雁洋镇处处是风景，田间地头透出丰收的景象，在数十公里的土地上，生态文化旅游产业群正在集聚。绿色发展使村民“家门口就有饭吃”，一些社会问题迎刃而解。近年来，一些生态环保的特色新兴产业正在雁洋兴起。

到雁洋的客家围屋看看，也成了一种风尚。穿行在客家围屋内，与这里的居民聊家常，感受他们的安逸生活，可以将思绪拉回围屋建造的年代。踩着发出吱呀声的木制楼梯，一步一阶地向上，在每一个转弯处，似乎历史就会前进100年。登上三楼，倚栏远眺，一座座围屋伫立在青山绿水间……

当你第一眼撞上那长长的青灰色的城垣，当你缓缓推开那红漆斑驳的厚重木门，当你踏进那迷宫般的高墙深院，忽然间，一切都不一样了，你凝神屏息，便能感到一种由宁静和壮美带来的震撼朝你袭来。长久以来浮躁的心暂时沉下去了……如果说旅游是一种情怀，雁洋就是一个可以实现这种情怀的地方。这条适应雁洋的绿色发展之路，必将越来越宽广。

港珠澳大桥局部

港珠澳大桥的建设创下多项世界之最，非常了不起，体现了我国综合国力、自主创新能力，体现了勇闯世界一流的民族志气。这是一座圆梦桥、同心桥、自信桥、复兴桥。

——习近平

27

大国工程

——港珠澳大桥建设二三事

◎曾平标

港珠澳大桥是一座连接内地、香港和澳门的超级工程，被英国《卫报》誉为“现代世界七大奇迹之一”。

这座绵延55公里，跨越两种不同政治、经济制度，涉及一个经济特区和两个特别行政区的“中国桥”，在“一国两制”伟大构想及实践下成为港珠澳三地人心中的一座精神雕塑和文化图腾。

从80年代发轫到2018年梦想成真，大桥承载着珠港澳三地同胞太久的等待，整整跨过了30年！

30年，浓缩的是港澳回归共圆中国梦的心路历程。

30年，讲述的是三地合作共筑中国桥的精彩故事……

中国可以说“行”

伶仃洋航道是世界上最重要的贸易通道之一，每天有4000多艘船经过这里，为了让大型船只顺利通行，大桥的桥面必须比海平面高出70多米，相应的桥塔的高度要在200米以上。

设计师们有着高超的智慧，他们提出了一个天才设计方案，将大桥会影响到船只和飞行通行的部分埋入海底，变成海底隧道。这个方案创造性地将大桥建成“桥梁+人工岛+海底隧道”的组合，使大型船只与飞机都能不受干扰地安全通行。

海底隧道沉管安装是世界级难题。

开工之前，岛隧工程项目总工程师林鸣和他的团队与荷兰某世界顶级隧

E28 沉管浮运

首个曲线段沉管E33精准安装

道工程咨询公司接触。几经谈判，对方最终同意提供沉管浮运安装施工技术咨询，但要1.5亿欧元咨询费，并且只派出26名咨询人员。

“1.5亿欧元？”林鸣还以为自己听错了。

“是的，1.5亿欧元！”对方耸耸肩，表情无奈地摊摊手：“你们中国没有能力做这件事，当然得接受这样的价格。”

在当时，1.5亿欧元相当于15亿元人民币，这可是天价啊！

荷兰公司吃定：中国的技术不可能建成港珠澳大桥！

断了念想的中国科技人员只能“自起炉灶”。

2010年2月，交通运输部汇聚国内外相关领域著名专家成立了港珠澳大桥技术专家组，成员包括7位院士和2位外籍专家。同年9月，港珠澳大桥跨海集群工程建设关键技术5个课题、19个子课题进入国家科技部“科技支撑计划”项目。

海底隧道需要构筑两个人工岛“转换”。钢圆筒快速成岛技术，是工程师们发明的先进技术，比传统的抛石成岛技术快了两年，这种技术不仅减少对海床的挖泥作业，还降低了对海洋环境的破坏。

钢圆筒体积庞大，每个都有14层楼那么高，重量相当于一架空客A380飞机。用什么方法能使这种构想落地呢？

工程师们决定用小钢板组成钢圆筒，先生产72块小钢板，然后把它们焊接成若干块大钢板，最后将大钢板放在特制的内胆上，拼接成钢圆筒。拼接的大钢板误差控制在3

厘米以内，再加上工人高水平的焊接，这样做出来的钢圆筒就不会出现漏水、漏沙的问题了。

两座人工岛之间，要在海底50米处挖出一条沟，作为海底沉管隧道的基槽，抓斗船每次挖泥的范围误差都不能超过0.5米。

基槽挖好后，还要进行加工，因为海床的泥土含有很多水分，像嫩豆腐一样软，非常容易发生塌陷，十分危险，于是抓斗船的"好朋友"都来帮忙了，挤密砂桩船、清淤船、抛石船、整平船陆续登场，它们在海底各显神通，将基床打造得又平整又坚固。

沉管地基加固的新技术叫挤密砂桩技术，即采用专用沙桩船，通过振动沉管设备和管腔加压装置，把沙强制压入水下的软弱地基中，迅速起到置换、挤密、排水、垫层的作用，增加地基的强度和刚度，加快地基的固结，减少沉降。

"这项技术起源于日本。"叶柏荣是国内最早研究挤密砂桩技术的人，谈起往事，他还是有些愤愤不平："当时，我们跟日本进行洽谈，我们是想要购买这套东西。但是日本人说船可以卖，但里面的控制系统不卖，你们要做工程我们可以帮你们去做。这哪行呢，我们为什么要受制于人家？"

直径的控制，下砂量的控制，置换率的控制，标高的控制，都需要一套完备的控制系统去实现。中交三航局副总工程师时蓓玲和她的助手马振江带领研发团队，经过一年多的研究，终于研

伶仃洋上的"中国结"

发出一套具有独立知识产权的控制系统，彻底打破了外国人对挤密砂桩工程技术的封锁……

之后，一大批中国自主研发的高性能“大国重器”横空出世。整平船“津平1”，起重船“振华30”，清淤船“捷龙”轮，抓斗船“金雄”轮在港珠澳大桥你方唱罢我登台……

2016年3月，林鸣应荷兰某世界顶尖隧道工程咨询公司的邀请，再次来到阿姆斯特丹。令他惊愕的是，就在他们走进集团大门时，一面鲜艳的五星红旗在雄壮的中国国歌声中缓缓升起，这家公司以一种特别的方式来表达对港珠澳大桥建设者的敬意。而邀请方正是当年开出1.5亿欧元天价的那家公司。“如积薪耳，后来者居上。”港珠澳大桥不仅证明了中国人“行”，还创造了“中国奇迹”。

三战伶仃洋

2014年11月16日，珠海最平凡的一个清晨。

8万吨的E15沉管到达安装海域，施工人员顾不得连夜浮运的劳累，立即做好沉放准备，潜水员则潜水“探底”。

“报告！沉管基槽泥沙又增多了！”在人们的忐忑等待中，潜水员急匆匆奔进指挥舱：“我们在海底沉管基槽发现回淤物厚度约4厘米，并且有一定的稠度，用手都拨不开。”

安装船指挥室的气氛瞬间凝固。

林鸣迅速召开团队会议。会上，三种方案摆在与会者的面前：一是计划不变，继续安装；二是暂留附近海域，待清淤后安装；三是停止安装，沉管回撤。

谁都知道，无论是哪一种方案都隐藏着意想不到的风险和挑战。

沉管回拖一次要几千万元，加上海事部门配合浮运的近20条护航船以及拖轮的费用，都将对工程产生巨大的财务压力。

总指挥林鸣比任何人更清楚回撤意味着什么。

“如果强行安装，万一基床上的淤泥让沉管发生滑移，对于设计使用寿命120年的港珠澳大桥来说，未来可能是致命的隐患。”林鸣说。

“撤吧！沉管回坞！”深思熟虑后，他下达了回航指令。

听到这个消息，整个浮运安装团队士气低落。

“内心都是崩溃的，虽然每次都有会失败的预案，真要回去还是无法承受的。但失败意味着什么大家都清楚，谁也承担不起责任。”沉管安装船船长刘建港说。

17日18时，E15沉管正式回撤。现场作业海区风力持续5～6级，有效波高1米，巨浪甚至能直接将人打翻。起重班班长徐兆温带着工人们冒着大风大浪换上泡沫式救生衣，系上保险绳，一边安装已拆除的舾装件，一边进行回航编队。他说：“浪太大了，平时穿的便携式救生衣根本没有办法用，浪头打到了脖子，两个兄弟接连被打翻，差点被卷走。”

顶着寒潮、大风、巨浪，经过24小时的连续战斗，最终，E15沉管艰难“回家”。一句“感谢”还未说完，干了一辈子工程、经历过无数大风大浪的林鸣动情了，泪水在眼眶里打转，久久不能说出一句话，而其他人员也早已泪流满面。

导致沉管基槽突然回淤的原因是什么？

经过两个多月的调查和大量数据分析，专家组在完成200组地质取样普查，30多次密度检测，上千次的泥样粒径检测后，得出了统一结论：海底突然出现的回淤，来源于上游海域采砂船采砂洗砂产生的悬浮物。

2015年春节悄然来临，在广东省政府统筹协调下，7家采沙企业近200艘船舶在不到两天的时间内全部撤离了现场。

“现在铺设的碎石上不再有那层厚厚的‘被子’了，看得清清楚楚。”潜水员张诚高兴地带来好消息。

2月24日，是中国农历大年初六，沉管安装的“窗口期”来临，E15沉管再次出征。这距离第一次拖回沉管已经过去了近4个月。

当船队即将到达施工区时，一个突如其来的消息打乱了既定计划：多波束测深系统在对海底基床进行扫测时，发现基床东北部有大面积堆积物，总量达2000平方米，最厚处达到0.6米。

“看到潜水员打捞上来的满满一箱的淤泥，在场所有的人都惊呆了。”梁桁说。

原来，当第一次出现回淤后，施工人员清理了基床槽底的淤泥，而基槽边坡上面覆盖了一层薄薄的回淤物，回淤物受到外力扰动后，发生了雪崩般的“塌方”。

如果说第一次突淤神秘

2017年5月2日，港珠澳大桥最终接头安装现场（钟凡摄）

莫测，第二次则完全是一个意外。

E15沉管的第二次出航，走到三分之二的路程时只能再次拖回，别无选择。

这是个痛苦的决定，指挥船上霎时气氛凝重，一片沉寂。“当时心情特别难受，忍不住地直掉眼泪。”港珠澳大桥岛隧工程Ⅴ工区常务副经理、山东大汉宿发强心底一片苍凉：“第一次出航非常艰难，200多人的团队连续72个小时不睡觉，巨大的压力已经接近人的承受极限。而这第二次500多人从大年三十等到初六的时间窗口，没有想到又出现塌方返航，心不甘呀！”

数月的努力将从头再来，许多身经百战的工程师、专家无语凝噎，潸然泪下。“我当时的脑子也是一片空白，两次打击实在太大了，根本不知道怎么去安抚员工的情绪。”刘建港蹲在甲板上哭了很久。

港珠澳大桥33节海底隧道沉管预制完成

这是人类无力抗拒自然的痛苦。沉管安装项目部全体人员的心情更是降到了谷底，围坐在指挥舱开始抹眼泪，个个抑制不住落下了痛惜的泪水。王有祥说：“哭，全哭了，全都在抹眼泪，我也在抹眼泪，哭得一塌糊涂……”大家哭完了以后，穿好安全防护衣，还得把沉管再拖回去。

3月24日凌晨，浮运船队携E15沉管第三次踏浪出海。仅仅一个月后，这支队伍面貌一新、士气昂扬。26个小时，经浮运、系泊、数轮沉放、观测、调整，E15沉管姿态完全可控，缓缓沉入40多米深的海里。

“成功了，终于成功了！”

25日凌晨5时58分，经过数轮沉放、观测、调整后，E15沉管在40多米深的海底与E14沉管精准对接，“津安3”沉管安装船的指挥舱里传来了经久不息的掌声和欢呼声，绚烂的烟花照亮了伶仃洋的夜空。

伶仃洋上“搭积木”

建造港珠澳大桥需要的桥墩、箱梁等部件都是预制的。运输船把这些部件运送到施工现场，起重船将桥墩吊装到位，再将钢箱梁放到一座座桥墩之间，就像在海上搭积木一样，组装成海上“钢铁巨龙”，用大国工法将坚硬的钢铁化作珠江口上最壮观的虹，搭建起架接港珠澳的海上天路……

其中最惊险刺激的片段是桥塔的吊装。

2015年2月2日，九洲航道上的“风帆”塔进行吊装。塔柱高度120米，相当于40层高楼，单塔高就紧逼澳门机场航空限高122米线。

中铁大桥局采用国内桥梁中从未使用的“竖转提升”技术，整体竖转提升中最关键的是要控制好横向滑移和竖向提升的同步性，将提升点千斤顶的布置精度控制在5毫米以内。

那天，气温很低，寒风

吹拂着人们的衣襟。“风帆”塔吊装的每一步都是高精度、高要求和高难度，现场的每一位工作人员精神高度集中，小心翼翼。

中铁大桥局二公司工区总工程师徐瑜在现场前后已经待了三天三夜，为“风帆”塔的吊装煞费苦心，总共没睡足5个小时。

“风帆”塔的曲臂是一个异型，两者相接之后形成一个超大的不规则体，它要求37根提拉上塔柱钢绞线的精确度每一根都不能出现大于1度的施工角度，否则造成快速倾斜，甚至倒翻，后果将不堪设想。

徐瑜说：“毕竟没做过，什么问题都反复考虑了，坐立不安。”坐立不安的还有CB05标的总工程师潘军。晚上12点，他给徐瑜打电话，尽是些关键性技术问题：上塔柱竖转到位后万一出现与T3顶口匹配误差较大，应该怎么调整，用什么措施来调整……

6月天，塔柱内部狭窄闷热，环境很恶劣，潘军带着技术人员将钢塔4个壁的对位全部测量完毕，确认符合2毫米规范后，才走出来。

竖转一开始，情况还是猝不及防地出现了——专门配置的监控仪器数据开始滚动。这一情况与前期计算的有小步滑移有所出入。凭借敏锐的数据反应，他们通过提前放置于靠近钢管竖架滑移轨道两侧的千斤顶的拉力，使上塔柱在这一提升段往前滑移，有惊无险。

一波刚平息，又起一波。水平位移达34米时，吊点、塔中心、塔下部支撑点呈一条竖向直线，这时塔柱支撑力处于最为薄弱的临界状态。此时如果不控制有效提升速度，上塔柱会顺势翻过去。

处变不惊，细心的建设者们在上塔柱的滑移轨道端头处两侧分别配置2台千斤顶，到达临界点后，便利用这2个千斤顶的牵扯力，让它缓慢前移，最终安全度过临界点。

竖转提升一直从早8时持续到晚11时。随着现场指挥一声“提升到位”，现场一片欢呼，不少人眼底闪烁着泪光。

平时熟得不能再熟的潘军和徐瑜，那一刻眼泪就涌了上来，紧紧握住对方的手，不知该说什么。

一次性整体“竖转提升”技术，这在世界桥梁史上还是首次，填补了用提升支架整体提升、滑移滑道竖转方式安装上塔柱领域的一项国内空白。

港珠澳大桥——青州航道桥

江海直达船航道上的“海豚塔”有35层楼的高度，重达3000吨，相当于11架空载的A380飞机。广东长大公司是港珠澳大桥7座索塔施工中唯一的“省队”， 这匹“黑骏马”骤然冲入港珠澳大桥与中铁大桥局、中交二公局等“国家队”同台竞技，毫不逊色。

“海豚塔”由12节主塔、12节副塔、7节联系杆、14节装饰塔、2节三角撑组成，吊装时需要高精密度。

2015年8月23日凌晨4点，“海豚塔”从中山火炬开发区预制场码头装船出发，海上行驶约29海里后，抵达港珠澳大桥施工桥址。

中午12时，在距离大桥墩台50米左右外的海面上，“海豚塔”的头部通过吊具固定在“长大海升”船的起重吊钩上，尾部由“正力2200”船配合吊起。

在场所有人都屏住了呼吸，指挥组紧紧地盯住“长大海升”船的四个主钩；操作组则不眨眼地盯着“海豚塔”；监控小组将目光锁定在高精度的仪器显示屏上……

180度翻身、起吊、空中竖转、横移、栓装……两艘船默契地将“海豚塔”缓缓翻转90度，再平移到桥墩基座上，完成安装。

最紧张的是“海豚塔”的竖转过程，竖转过程非常缓慢，每提升4米需要停顿观测一次，确认无误才继续操作，每一步都小心翼翼，持续了4个小时，“海豚塔”终于成了竖直状态。

“心都提到嗓子眼了。” 荣国城说，穿过吊臂的时候，“海豚塔”其实都在微微晃动，和吊臂相距最近的时候只有0.5米，这时候最担心外海会有涌浪袭来。因为塔尖穿过两座吊臂之间的时候，处于高应力状态，一旦巨型“海豚塔”和吊臂“吻”上，就会酿成严重的起重事故。

“心惊肉跳啊！”总工程师王中文说，最怕海底的涌浪和海上的风了，还好“海豚塔”最终与吊臂“失之交臂”。

在两艘大型浮吊船的配合下，钢塔整体空中竖转，缓缓地朝着桥墩移去。由于江海直达船航道桥边跨净距为102米，不足以满足“长大海升”船驻位，“海豚塔”第三次穿过浮吊船的双臂之间，塔尖与吊臂的最近距离不足1米。

安装完毕后，现场所有人都兴奋地欢叫了起来，所有人都拿出手机拍下这激动人心的一幕，现场点燃了早已经摆好的鞭炮……

2018年10月23日上午，港珠澳大桥开通仪式在广东珠海举行。习近平总书记出席仪式并宣布大桥正式开通。习近平总书记指出，港珠澳大桥是国家工程、国之重器。港珠澳大桥的建设创下多项世界之最，非常了不起，体现了一个国家逢山开路、遇水搭桥的奋斗精神，体现了我国综合国力、自主创新能力，体现了勇创世界一流的民族志气。这是一座圆梦桥、同心桥、自信桥、复兴桥。大桥建成通车，进一步坚定了我们对中国特色社会主义的道路自信、理论自信、制度自信、文化自信，充分说明社会主义是干出来的，新时代也是干出来的！